ZOEKTOCHT NAAR HET PARADIJS

Van Arita Baaijens verschenen eerder

Een regen van eeuwig vuur

Oase Farafra

Woestijnnomaden

ARITA BAAIJENS

ZOEKTOCHT NAAR HET PARADIJS

Een onderzoek naar waarheid en werkelijkheid in het hart van Centraal-Azië

Uitgeverij Atlas Contact
Amsterdam/Antwerpen

De auteur ontving voor dit boek een werkbeurs van het Nederlands Letterenfonds.

Nederlands letterenfonds
dutch foundation
for literature

De proloog is voor een groot deel ontleend aan het verhaal 'Op zoek naar Shambhala', dat ik voor *Happinez* schreef en dat in nummer 7-2012 is verschenen.

Eerste druk januari 2016
Tweede druk januari 2016
Derde druk januari 2016
Vierde druk januari 2016

Omslagontwerp Bart van den Tooren
Omslagbeeld Arita Baaijens
Foto auteur Maartje Geels
Typografie Berry van Gerwen
Kaart binnenflap Wayne Paulsen (bewerkt door Berry van Gerwen)
Kaart achterin Meike Ziegler
Drukkerij Wilco, Amersfoort

ISBN 978 90 450 2977 1
D/2015/0108/514
NUR 320

www.aritabaaijens.nl
www.atlascontact.nl

Voor Yuri Badenkov

Men moet de dingen de eigen, stille ongestoorde ontwikkeling laten die diep vanbinnen komt en door niets of niemand kan worden bespoedigd, alles moet uitgedragen en dan geboren worden.

Men moet geduld hebben. Met het onbeantwoorde in het hart proberen de vragen zelf lief te hebben, als afgesloten ruimtes, als boeken, geschreven in een verre, vreemde taal. Het gaat erom alles te leven.
Als men de vragen leeft, leeft men misschien geleidelijk, zonder het te merken, op een zekere dag de antwoorden binnen.

Rainer Maria Rilke

Proloog

De adem van de invallende winter bijt in mijn wangen op deze late herfstmiddag. De vrieskou op de Siberische hoogvlakte doet adertjes springen en zal straks, na zonsondergang, een ijslaagje op drassige poelen toveren. Ik ben op zoek naar het legendarische Shambhala, een mythisch koninkrijk waar mensen voorbeeldig leven en heel oud worden. Volgens de overlevering is de toegang tot het utopische oord te vinden in het Altajgebergte in Siberië, het zou gaan om een verborgen vallei omringd door ijzige bergreuzen. Het geloof in een paradijs op aarde is al heel oud, misschien wel zo oud als het scheppingsverhaal. Boeddhisten noemen hun paradijs Shambhala en het vinden ervan staat gelijk aan het bereiken van de hoogste staat van spirituele ontwikkeling. Er bestaan zelfs oude Shambhalareisgidsen in het Sanskriet, maar de routeaanwijzingen zijn zo cryptisch dat alleen een fantast er iets van begrijpt. Zelf geloof ik niet in het bestaan van een mysterieuze vallei waar mensen eeuwig leven; toch ben ik ernaar op zoek gegaan omdat mijn leven één grote puinhoop is. Ik had mijn paradijs gevonden in de woestijn en trok er jarenlang rond met kamelen, tot op een dag de betovering voorbij was. Het verlies van mijn obsessie voor woestijn en kamelen veroorzaakte kortsluiting in mijn hoofd en met de Shambhalazoektocht wil ik orde scheppen in de chaos. Je zou zelfs kunnen zeggen dat ik dwalend op mijn paardje zoek naar verlossing, niet van mijn zonden, maar van het lege gevoel in mijn binnenste.

Mijn relatie met de woestijn duurde een eeuwigheid, geperst in twintig jaren. Zodra Orion in de herfst aan de nachtelijke hemel verscheen pakte ik mijn tassen en vertrok naar Egypte of Sudan, waar mijn kamelen stonden. Dan zwierven we de hele winter door de leegte. Maandenlang. Jaar na jaar. Ik had er veel voor opgegeven, een goede baan, riante oudedagvoorziening, een geliefde. 'Daar krijg je spijt van,' waarschuwden collega's en familie. Want hoe moest dat later als ik oud was? Maar het verlangen naar leegte was sterker en ik vertrok. En toen, op een dag, was het voorbij, merkte ik aan irritaties over zaken die me eerder nooit ergerden of dwarszaten. Zandstormen, dagen die maar niet voorbij leken te gaan, het langzame voortstappen van kamelen, het bekoorde niet meer. Als er in die periode een drankje was geweest dat mij in een rots of plant kon veranderen dan had ik het zonder aarzelen opgedronken. Want hoe moest ik me dat voorstellen, een leven zonder drive en heilig vuur? De somberte die bezit van me nam was niet prettig, maar ach, dacht ik toen nog, gewoon maar in die put zakken en me overgeven aan de vrije val. Een jaartje gaf ik het proces, daarna zou ik als herboren over de rand kruipen en een nieuw leven beginnen. Maar na drie jaar tuimelen was de bodem nog steeds niet in zicht. Van rasoptimist en levensgenieter was ik gedegradeerd tot hulpeloos wezen. De woestijn had me geleerd dat er geen zelf bestaat dat de touwtjes in handen heeft, de hersenpan is een leeg canvas waarop onze gedachten een film projecteren. Maar wie had in het geniep de avontuurlijke kaskraker verwisseld voor de sneue B-film waar ik nu al veel te lang naar keek? Ik zag maar één uitweg: een nieuwe obsessie vinden die mijn leven weer kleur zou geven. Hoe de obsessie eruit moest zien wist ik niet, maar over de mogelijke vindplek had ik wel ideeën. Het moest een gebied zijn met een cultuur, taal en religie die ik nog niet kende, het klimaat moest extreem zijn en het gebied groot genoeg om in te verdwalen en desnoods dood te gaan. Zo kwam ik in 2007 in Siberië terecht.

Shambhala

'Ken je Nicholas Roerich?' vraagt professor Yuri Badenkov, een Russische geoloog die mij onder zijn vleugels neemt op mijn eerste verkenningstocht. We treffen elkaar op een bijeenkomst voor natuurbeschermers in Toeva, een autonoom republiekje van herders en nomaden in de onderbuik van Siberië. Badenkov, een rijzige man van begin zeventig, begeleidde in zijn gloriejaren wetenschappelijke expedities in Centraal-Azië. Nu reist hij van symposium naar congres en pleit voor het behoud van een van de laatste ongerepte en iconische landschappen ter wereld, het Altaj-Sajangebergte in Siberië. Zijn ogen glimmen als ik vertel dat ik hier ben om een levensvervullende missie te vinden. Hij belooft te helpen en noemt Nicholas Roerich, maar die naam zegt me niets.

'Echt niet?' vraagt de professor. Ik lees verbazing in zijn grijze ogen en voel me genoodzaakt uit te leggen waarom ik niets over Roerich en Siberië weet. We wandelen langs de oever van het verlaten Uvs Nuur, een groot meer op de grens van Toeva en Mongolië, en de professor luistert zoals de monniken in het klooster van Zundert waar ik tijdens mijn studie een tijdje verbleef. Onverdeelde aandacht aan iets of iemand schenken, we zijn die kunst bijna verleerd terwijl het zo heilzaam kan zijn. Al praat-wandelend lucht ik mijn hart bij de oude zeerob, zoals Yuri Badenkov zichzelf schertsend noemt, en vertel hem over de kale en onherbergzame landschappen waarin ik me thuis had gevoeld. Ogenschijnlijk zocht ik in de woestijn naar tastbare zaken, zoals oude karavaanwegen en rotstekeningen. Maar achteraf bezien dorstte mijn geest naar het lege scherm.

De eerste keer dat ik de zandzee binnenstapte, vertel ik de professor, was het alsof ik in de muil van een hongerige tijger keek. Van pennenlikker veranderde ik plotsklaps in een kungfu-*fighter*. Mijn haren stonden recht overeind en mijn pupillen werden groot van schrik en ongeloof door de aanblik van zoveel angstaanjagende schoonheid. Op slag hoorde, zag en rook ik beter, at minder en droomde veel. Levend op het scherpst van de snede was het bestaan precies zoals het volgens mij bedoeld was: eenvoudig, overzichtelijk en vol risico. Waarom de woestijn als een magneet aan me trok kan ik de professor ook na al die jaren niet goed uitleggen, wel begrijpt hij dat ik er alles voor overheb om weer net zo intens te leven als toen.

'Je moet Roerich achterna!' Enthousiast praat de professor me bij over Nicholas Roerich en zijn echtgenote Jelena, twee Russische mystici en wereldverbeteraars die een eeuw geleden in Centraal-Azië naar Shambhala speurden. Per karavaan trokken ze in 1926 vanuit India over de hoogste passen van de Himalaya naar het noorden, waar het mythische koninkrijk moest liggen. In het Altajgebergte, preciseert de professor. Vier jaar reisden de Roerichs onder zware omstandigheden met paarden, kamelen en personeel over het dak van de wereld naar China, Mongolië en Rusland. Jelena trok zich regelmatig terug in haar tent, waar ze in afzondering boodschappen doorkreeg van een onzichtbare spirituele meester. Deze liet weten dat haar echtgenoot een reïncarnatie was van de vijfde dalai lama en op aarde was gekomen om een groot vredesrijk in Azië te stichten. 'De Roerichs hadden het hoog in de bol,' lacht de professor verontschuldigend. Toch bewondert hij de productiviteit van Nicholas, die schilderde, wetenschappelijke artikelen schreef en contacten onderhield met de groten der aarde. Ook de reis naar Shambhala documenteerde Roerich, maar, waarschuwt Yuri Badenkov, in de dagboeken en notities ontbreekt elke verwijzing naar de precieze locatie van de verborgen vallei. Het was zelfs onduidelijk of de Roerichs het geheimzinnige oord hadden gevonden.

Op de terugreis bezoek ik in Moskou het Roerichmuseum, waar een selectie hangt van de duizenden schilderijen die Nicholas heeft gemaakt. De hoekige bergen, besneeuwde pieken, vlammende luchten en Tibetaanse kloosters doen eerder aan visioenen denken dan aan bestaande plekken. 'Roerich zocht naar de spirituele essentie van het landschap,' verklaart een dame bij de receptie, 'hij was geïnteresseerd in de waarneming van het derde oog.' De rondleiding langs foto's, brieven en kunstwerken voedt mijn verbeelding en reislust, maar de gewijde sfeer in het museum beklemt me, net als de dweepzucht van het personeel, robuuste dames van zekere leeftijd, die meester Roerich aanbidden alsof hij God zelve is. Desondanks ben ik vastbesloten Roerich achterna te gaan om Shambhala te vinden. Dat de slaagkans klein is en de aanknopingspunten minimaal zijn ontmoedigt me niet, integendeel, hoe onmogelijker de uitdaging, hoe groter de kans dat in mij opnieuw een heilig vuur ontbrandt.

Enkele jaren later, op een winderige hoogvlakte in Siberië, is de zoektocht in volle gang. 'Daar zijn ze,' zegt de Russische bioloog Misja Paltsyn, zijn paard wendend op de toendra. We speuren naar schuwe bergschapen met reusachtige gekromde hoorns, en deze excursie is een verzetje na een vergeefse poging om Shambhala te vinden in de Argoetkloof, een nauw ravijn met op de bodem een wilde rivier en bovenin steenbokken die over rotsen springen. Hoog boven ons bewegen stippen die de verrekijker omtovert tot robuuste argali, bergschapen met indrukwekkende hoorns. Missie geslaagd. In het wegstervende daglicht stuiven we te paard over de zompige hoogvlakte naar ons onderkomen, een herdershut met dichtgespijkerd raam aan de oever van een bergmeer. Tegen de tijd dat we de plek bereiken is de purper gekleurde hemel al niet meer te onderscheiden van de donkere reep aarde.

'Op het leven.' In het warmgestookte vertrek heft Misja, een dertiger met stoppelbaard en donkerblond stekeltjeshaar, het glas. We zitten ieder op een bed met tussen ons in een ruwhouten tafel. Aan het hoofdeinde prijkt een venster, dat, als er geen planken voor waren getimmerd, uitzicht zou bieden op een gletsjermeer omringd met kale, groene heuvels. Aan de andere kant van de tafel loeit een houtkachel, een oliedrum waaruit een verroest kachelpijpje steekt. Het houten huisje is piepklein en de fles wodka is halfleeg als ik durf te beginnen over mijn allereerste Shambhalazoektocht, twee zomers geleden. 'Er gebeurden vreemde dingen,' vertrouw ik Misja toe. Vreemd voor rationeel denkende wezens, zoals Misja en ik, die zaken waarvoor geen wetenschappelijke verklaring bestaat graag naar het rijk der fabelen verwijzen. Daar was het eigenaardige Russische meisje met wie ik te paard naar Akkem toog, een hooggelegen bergmeer waar de poort tot Shambhala te vinden zou zijn. Halverwege versperden mist en hevige sneeuw ons pad. De winter viel in en tot mijn chagrijn zou het hooggelegen meer een jaar lang onbereikbaar blijven. Akkem liet niet iedereen toe, verklaarde het meisje de pech. De volgende dag was ze plotseling verdwenen. Pas later vernam ik dat ze de langwerpige waterplas, en wie weet ook Shambhala, op eigen kracht had bereikt, mij achterlatend met drie paarden en de rekening. Misja verslikt zich bijna van het lachen. Aangemoedigd begin ik over deze regio, Kosj Agatsj. Na jaren van droogte moest het hoognodig eens gaan regenen in de streek, klaagden dorpelingen bij de lokale sjamaan Slava. Na een uitvoerig ritueel waaraan het hele dorp deelnam vielen de eerste plensbuien, pas een week later werd het droog.

Misja lacht niet langer, maar kijkt me onderzoekend aan. Ben ik soms gezwicht voor spirituele praatjesmakers die hun heil zoeken in de Altaj, bakermat van het sjamanisme? Tot die categorie behoor ik niet, verklaar ik ferm. De wetenschap is mijn bijbel en ik vaar blind op natuurkundigen die de wereld en haar verschijnselen verklaren.

'Toch wringt er iets,' hoor ik mezelf sputteren. Het lege glas bestuderend houd ik Misja voor dat men nog niet zo lang geleden dacht iemands intelligentie aan de schedelinhoud te kunnen aflezen. En functioneerde het heelal niet als een voorspelbare machine tot Einstein de relativiteitstheorie formuleerde? Elke theorie wordt vroeg of laat vervangen. Wat onderzoekers doen is de werkelijkheid naar beste kunnen interpreteren, maar dat is iets anders dan de waarheid in pacht hebben. De grens tussen weten en geloven is veel vager dan we soms willen toegeven.

De houtkachel knettert, vuistdikke muizen spelen tikkertje op de vloer en rondom dansen onze schaduwen op houten balken. 'Waarheid is een afspraak tussen gelijkgestemden,' murmel ik dromerig. 'Mm,' klinkt het afwerend.

Misja's aarzeling is te begrijpen. Ook ik worstel met de vraag hoe ik, bij gebrek aan harde bewijsvoering of meetbare gegevens, fantasie van werkelijkheid moet onderscheiden. Ik denk aan de vele fantasten die in de Altaj mijn pad kruisten. Allemaal hadden ze een lijntje naar de goden, zagen visioenen of voelden het lichaam op krachtplekken tintelen. De enige met wie nooit iets bijzonders gebeurde tijdens rituelen en sessies was ikzelf. Zelfs mijn dromen waren teleurstellend normaal. 'Jouw probleem,' had een ziener met priemende blik gezegd, 'is een gebrek aan overgave.' Eerder had hij me een rauw ei gegeven. De inhoud moest ik op een druk kruispunt in Amsterdam naar alle windrichtingen verspreiden. Daarna, verkondigde de zelfverklaarde ziener en genezer, zou het helemaal goed komen met mij. Mijn blik glijdt van Misja naar de roodgloeiende kachel en de dampende paardenzadels. Ook zonder rauw ei gloort er hoop. Zeker als de bioloog belooft mij morgen naar de heilige Karakolvallei te brengen. 'Misschien vind je daar wat je zoekt.'

Laat op de avond ga ik in mijn eentje naar de *banja*, een kleine Russische sauna die barre winters draaglijk maakt. Het hokje hoort bij de herdershut en staat er een eindje vandaan. Het vuur loeit, water sist op hete stenen. Schoongewassen en dik ingepakt stap ik een uurtje later vanuit de benauwde sauna de vrieskou in. Aan alle kanten oneindigheid, stilte en een snijdende wind die mijn wangen laat gloeien. Boven me de Melkweg, een werveling van miljoenen sterren, gassen en kometen. Denken gaat niet meer, uit vreugde jank ik naar de maan. Een intens gevoel van geluk schiet vanuit mijn grote teen omhoog naar mijn kruin. De leegte, die enorme krater in mijn binnenste, lijkt zich te vullen met champagnebubbels die bruisend mijn hersenen bereiken en daar opnieuw de bliksem doen inslaan. Jaren van misère in een oogwenk verpulverd en verbrand. Op de verlaten en ijskoude hoogvlakte voel ik me als Saulus op weg naar Damascus. De apostel kreeg een visioen en kon van de schok een paar dagen niet zien, eten of drinken. Iets dergelijks overkomt mij op weg naar de jagershut, opeens ben ik de sterren en de aarde onder mijn voeten en besef: ik ben opnieuw verliefd, niet op een man maar op een plek, met duizenden zonnen en planeten als getuigen.

Hoeder van Karakol

Met hernieuwde energie hervat ik mijn zoektocht naar Shambhala maar met een heel andere intentie. Ik zoek het paradijs niet langer uit wanhoop maar uit nieuwsgierigheid en dat maakt alle verschil. Nog steeds weet ik niet precies wat ik denk te vinden, maar de vragen die me op de zoektocht vergezellen zijn wel duidelijk en dienen zich vanzelf aan. Wat is de oorsprong van het geloof in een paradijs op aarde? Welk groot verlangen of gemis steekt er achter de mythe en waarom situeren zovelen het gedroomde paradijs in de Altaj? Kan ik de bijzondere krachten die anderen aan deze bergen toeschrijven ook waarnemen?

Een urenlange rit over hobbelwegen en bergpassen brengt me van de hoogvlakte naar de Karakolvallei, waar Misja me afzet bij Danil Mamyev, geoloog en beheerder van de vallei, die de status van cultureel park heeft. Aan het einde van het brede dal waakt de berg Oetsj-Enmek, dat 'drie fontanellen' betekent. Kijken naar de besneeuwde reus mag eigenlijk niet. Ook het uitspreken van de ware naam is verboden uit respect voor de *ee* (geest) van de berg.

'De berg en de vallei houden de wereld in balans,' verklaart Danil Mamyev het taboe. Volgens de Altajtraditie bezit alles in de natuur – bergen, bomen, rotsen, water – een spirituele entiteit, ee, waarmee mensen kunnen communiceren. Bergen bezitten de krachtigste ee en daarom stellen mensen alles in het werk om de geest niet te vertoornen.

In de stem van de oprichter van het cultuurpark Oetsj-Enmek is geen spoortje ironie te bekennen. De gespierde armen losjes over elkaar en zijn blik op de wolken gericht, legt Danil Mamyev de kosmologie van de Altaj uit. De aarde bezit organen, net als de mens. De berg Oetsj-Enmek is een fontanel, en ontvangt informatie en energie vanuit de kosmos. De kleine heuvel verderop fungeert als navelstreng en geeft de informatie door aan de aarde. Vandaar dat deze plek bekendstaat als navel van de wereld.

Tikken collega-geologen niet tegen het hoofd als ze hem zo horen praten? 'De moderne wetenschap komt maar net kijken,' constateert de man met het Jerommekepostuur droogjes. 'En onze kennis is duizenden jaren oud.' Een wetenschappelijke opleiding ondermijnt het geloof in traditionele kennis niet. Als ik Danil Mamyev mag geloven leerde hij op de universiteit dingen over de natuur die zijn voorouders allang wisten. Hij wijst op de donswitte sluierwolken die het aangezicht van Oetsj-Enmek bedekken en op een oude verweerde stèle, een rechtopstaande gedenksteen. Bomen, stenen, rivieren, alles draagt kennis in zich. Sjamanen pikken de informatie intuïtief op en geven de kennis door. Volgens Danil is daar niets geheimzinnigs of raars aan. In het gedachtegoed van de Altaj is de mens onderdeel van het grote geheel. Onzichtbare touwtjes verbinden ons met de maan, de wind, het gras. Goed en kwaad bestaan, maar zonde niet. Je lot wordt bepaald bij je geboorte en je kunt er dus niets aan doen als je een agressieve inborst hebt. Gelukkig zijn er heilige plekken die zuiverend werken op mensen die een teveel aan negatieve krachten hebben verzameld.

Een plotselinge windvlaag doet me rillen. Ongetwijfeld ziet Danil daar een teken in, maar ik heb het gewoon koud. Een andere cultuur begrijpen en waarderen vergt een open en ontvankelijke geest, maar mijn door de wetenschap gevormde hoofd zit nog op slot. 'Jij vertrouwt op onderzoeksresultaten,' raadt Danil mijn gedachten. 'Wij geloven de woorden van een sjamaan.'

We waden door het lange gras naar een *koergan*, een imposante grafheuvel uit de tijd van de Scythen, een heldhaftig en nomadisch levend volk dat ruim tweeduizend jaar geleden de Altaj bevolkte. De zon kriebelt. Een zachte bries bespeelt grashalmen en boombladeren. Wolken drijven loom van hier naar daar. De Altaj is redelijk ongerept gebleven, mede dankzij het geloof in bezielde natuur en het uitgebreide stelsel van beschermende regels en taboes. Sollen met de natuur verstoort de balans en zou geesten boos maken. Danil vertelt dat hij als peuter een reprimande van zijn vader kreeg als hij een steen opraapte of een bloem plukte. De natuur laat je met rust, leerde hij al vroeg. En als je werkelijk iets nodig hebt, zoals brandhout, veenbessen, paddenstoelen, nootjes, dan vraag je de ee om toestemming en neem je daarna alleen waar behoefte aan is.

Danil Mamyev staat stil bij een manshoge gedenksteen die een grafheuvel van enkele meters doorsnee bewaakt. Het graf van de krijgsheer hoort bij een uitgebreid stelsel van grafheuvels, rotsgravures en honderden raadselachtige stenen structuren. Recent fysisch geografisch onderzoek geeft een indicatie waarom deze vallei al duizenden jaren als heiligdom wordt vereerd. De stenen waaruit de grafheuvels zijn opgebouwd, zijn sterk magnetisch en ze zijn zo neergelegd dat de graven samen een reusachtig magnetisch veld vormen. Dit correspondeert met een ondergrondse, natuurlijk gevormde ovalen ring van een gesteente dat veel magnetiet bevat. Archeologen staan voor een raadsel maar de inheemse bevolking niet. De wetenschap bevestigt hun geloof in het unieke karakter en de functie van de Karakolvallei, waar kennis en energie vanuit de kosmos zouden doorsijpelen naar de aarde. De graven en monumenten vormen met elkaar een krachtenveld dat kosmische informatie aantrekt, te vergelijken met een bliksemafleider die elektriciteit naar zich toe trekt. 'De grens tussen aarde en kosmos is erg dun op deze plek,' verklaart Danil de toegang tot hogere sferen. Dan, met een licht uitdagende blik: 'Al kan niet iedereen de sterke energie waarnemen.'

Een ringvormig magnetisch veld als poort naar Shambhala. In de wereld van Indiana Jones en Alice in Wonderland zou het zomaar kunnen. En in de wereld van Danil Mamyev? Het blijft even stil. Een geladen stilte waarbij Danil geconcentreerd voor zich uitkijkt. Het zal verbeelding zijn, maar het is alsof enorme voelsprieten mijn hersenpan binnendringen om uit te zoeken hoe serieus de vraag is bedoeld.

'Wij geloven niet in een hemels paradijs,' antwoordt Danil ten slotte. 'Ons land biedt alles wat de ziel nodig heeft om een complete ontwikkeling door te maken.' In de Altaj is geen behoefte aan een onverzoenbare god die mensen voor eeuwig naar de hel stuurt of beloont met de hoofdprijs. De mens moet zijn geluk op aarde vinden en waar kan dat beter dan in de Altaj, een woord dat tegelijkertijd goud, moeder, god en hemel betekent.

Met een brede zwaai omvatten Danil Mamyevs stevige armen hemel en aarde. Bomen, dieren, planten, rotsen, alles op onze planeet is van kosmische oorsprong. In het reusachtige net van verbindingen weerspiegelt het grote geheel zich tot in het kleinste deeltje. Het grote geheel moeten we ons voorstellen als een pulserend kosmisch reuzenei, *Kangyi*, waaruit alles voortkomt. Zielen, levende wezens, maar ook planeten, sterren en alle mogelijke soorten energie. Wanneer ik naar Danil Mamyev luister komt het leven in de Altaj me voor als een lieflijk sprookje, maar de werkelijkheid is minder zoet. Het kan behoorlijk rommelen, erkent de geoloog, en hij vertelt over het tumult dat ontstond toen hij begin jaren negentig voorstelde de vallei te beschermen. Het was de tijd van perestrojka, toen kolchozgrond werd opgeknipt en verdeeld onder families in de vallei. Danil Mamyev zag hoe Russische projectontwikkelaars met list en bedrog voor een habbekrats de mooiste plekken in zijn geboorteland opkochten om er hotels neer te zetten. Dat lot moest Karakol bespaard blijven en dat kon alleen als het de beschermde status van cultuurpark kreeg. Een park betekent toeristen.

Nooit, schreeuwden dorpsbewoners, die onder geen beding pottenkijkers wilden toelaten in de heilige vallei. Een angstige blik verschijnt in Danils ogen. Hij ontving doodsbedreigingen en vreesde voor zijn leven. Maar ook ontdekte hij op het hoogtepunt van het conflict zijn ware missie. Alles wat hij in zijn leven had geleerd en gedaan leidde naar dit moment en deze plek. Daarom zette hij door en redde de vallei.

De sjamaan

'Je hebt geluk,' zegt Danil als hij me terugbrengt naar het kampeerterrein in de vallei. De volgende dag begint een bescheiden muziekfestival ter ere van zijn vriend Arzjaan, een sjamaan uit een naburig dorp. Valleibewoners en vrienden treden op om de sjamaan te bedanken en te steunen in zijn moeilijke taak. Sjamaan zijn is geen lolletje. Maar al te vaak gaat het om getroebleerde zielen, mensen die na een zware geestelijke crisis pas willen toegeven aan de roep om te bemiddelen tussen mensen en geesten. Het aldoor schakelen tussen twee werelden is zwaar, zeker als een sjamaan vaak mensen helpt.

Tot mijn verrassing herken ik in Arzjaan de rondborstige muzikant die ik een jaar eerder had ontmoet na een nachtelijke duik in het ijskoude Moeltameer. Er klonk muziek en ik volgde het klankspoor naar een hoog oplaaiend vuur, waarbij een man met een vollemaansgezicht in trance zijn *topshur*, paardenviool, bespeelde. Nee, nee, zo weerde hij de complimenten af, hij was maar een gewoon mannetje en zijn muziek stelde niet zoveel voor. Kippenvel op mijn armen sprak een andere taal. Nu, een jaar na de ontmoeting in het maanverlichte woud, deel ik een traditioneel zeskantig houten huisje met hem, zijn vrouw en naaste vrienden. Iemand pakt een gitaar en tokkelt wat bij het haardvuur. Een ander schenkt wodka en thee. We praten, lachen, voeden de geest van het vuur met lekkernijen en luisteren naar Arzjaan, die veel meer ziet en hoort dan wij. Terloopse opmerkingen over geesten, gesprekken over betekenisvolle gebeurtenissen en dromen, ik laat ze over me heen komen. De grens tussen droom en werkelijkheid vervaagt, de tijd lijkt buitengesloten. In die prettig-vreemde gemoedstoestand pruttelt mijn geest als een auto waarvan de brandstof opraakt. Het hoofd raakt leeg, de benzinemeter zakt langzaam maar zeker naar nul.

'Wat kunnen we van jou leren?' vraagt iemand plotseling. Volgens de logica van de Altaj brengt een vreemdeling waardevolle kennis of inzichten mee. De verwachtingsvolle blikken doen me ongemakkelijk op mijn kruk schuiven. Wat bracht ik eigenlijk behalve cynisme en ongeloof? 'Niets,' zeg ik ten slotte naar waarheid. Ik was gekomen om iets te leren.

'Morgen voor zonsopgang opstaan,' besluit Arzjaan. Verdere uitleg acht hij niet nodig.

Berijpte grassprieten kraken onder mijn voeten en dampwolkjes ontsnappen aan mijn lippen als ik de volgende ochtend in het schemerdonker wacht op wat komen gaat. De sjamaan en Danil Mamyev treffen voorbereidingen bij de offerplaats naast een heilige berk met wapperende gebedslinten in de takken. Vanmiddag staat de zon loodrecht boven de evenaar en is de dag overal op aarde min of meer even lang als de nacht. Herfstequinox, traditioneel is dat het moment waarop de oogst wordt gevierd en mensen de balans opmaken. Wat behoud je, wat laat je los, wat mag veranderen?

Danil wenkt. Zwijgend staan we rond het altaar, een eenvoudige zuil van platte stenen. Mist druipt van de bomen, nevel zweeft boven het land en de kruidige rook van een smeulend jeneverbestakje stijgt vanaf het altaartje omhoog. De jeneverbes, *artsjin*, is een heilige struik, de rook verjaagt 'zwarte substantie' en kwaadaardige geesten en hij sterkt de ziel. De sjamaan ontsteekt een vuur, sprenkelt melk in alle windrichtingen en eert de geesten met gezang. Een heilige plaats, had Danil me voorgehouden, betreed je alleen met een zuiver hart en een hoofd vol goede gedachten. Je vraagt niet om materiële dingen, je mag wel dankbaarheid tonen en offerandes achterlaten. Het 'iets' dat ik bij het altaar achterlaat is de wens een nieuwe obsessie te vinden. Monomanie hoort bij de woestijnperiode, besef ik, en die fase is afgesloten. De vraag is of ik tijdens de zoektocht naar het paradijs een stap verder durf te gaan. Durf ik buiten de grenzen van mijn eigen cultuur te treden om een ander model van de werkelijkheid te verkennen? Niet dat ik opeens in geesten of in het koninkrijk Shambhala geloof, maar dat het verstand niet zonder het hart kan is me inmiddels wel duidelijk geworden. Ik waag de sprong. En zo, terwijl de eerste zonnestralen het altaar raken, is de zoektocht naar een geestvernauwende obsessie overgegaan in een ontdekkingsreis naar mogelijkheden.

Missie

'Een gewaagde missie voor iemand die niet in geesten gelooft,' schrijft een Amerikaanse vriendin bij wie ik een proefballonnetje oplaat over de aard van mijn volgende expeditie. Dit keer ontsnapt Shambhala me niet, had ik stoutmoedig geschreven. Mijn reis was minder groots van opzet dan de Roerichexpeditie, maar niet minder ingewikkeld. Ik wilde te paard het gehele Altajgebergte omcirkelen en de route voerde door gevoelige grenszones van vier machtige landen die het Altajgebergte met elkaar delen: Kazachstan, China, Mongolië en Rusland. Onderweg zou ik een experiment uitvoeren en topografische gegevens koppelen aan gemoedstoestanden om te achterhalen of en hoe landschap en geest elkaar beïnvloeden. Misschien dat ik op deze manier kan doorgronden waar het 'iets' op slaat dat wetenschappers, kunstenaars, sjamanen, avonturiers en berenjagers steevast noemen als zij over de Altaj praten. Pelgrims reppen over geheimzinnige krachten, sjamanen beweren dat de grens tussen het aardse en het hogere in de Altaj flinterdun is en zij daardoor makkelijker naar de onder- en de bovenwereld kunnen reizen. Oudgelovigen situeren in de Altaj Belovodia (Witte Wateren), hun beloofde land. Hedendaagse profeten zijn er ook, zoals Rikla, die met een schare volgelingen de spirituele batterij oplaadt bij een speciale steen nabij de berg Belucha. Net over de grens met Chakassië woont een andere heilsverkondiger, die vanaf zijn hutje op een berg vijfduizend gelovigen aanstuurt die beneden in het dal wonen. Kunstschilders, Roerichadepten, wereldverbeteraars, als drijfhout dobberen ze op een onzichtbare stroom naar het stenen hart van Eurazië. De soms surrealistische verhalen en vreemde verwikkelingen rijgen zich op mijn zoektocht als losse parels aaneen tot een fonkelende ketting en het kan haast niet anders of het landschap heeft met de schittering te maken. Dat de omgeving onze geest beïnvloedt is niet zo vreemd, het polderoverleg is niet voor niets een Nederlandse vinding. Maar dat sommige plekken een opstapje kunnen bieden naar andere vormen van bewustzijn lijkt me te vergezocht. Toch wil ik de aanname testen tijdens de omcirkeling van het Altajgebergte en ik vraag een kunstenares te helpen met de opzet van het onderzoek. Ze presenteert de Shambhala-schatkaart, een grote leren lap met middenin een gouden stip, Shambhala. Daaromheen is een gouden cirkel getrokken met een diameter van ongeveer vijftig centimeter. De lijn verbeeldt de voorgenomen route door vier landen. De instructie luidt: onderweg rechte lijnen trekken als spaken in een wiel, van het middelpunt naar de uiterste rand van de leren lap. Elke lijn krijgt naar keuze de kleur goud, rood, groen of blauw. De kleuren symboliseren een emotie of gebeurtenis die ik waardevol genoeg vind om vast te leggen: goud = geluk, rood = rotgevoel, groen = bijzondere ontmoeting, blauw = inzicht. Alles binnen de cirkel vertegenwoordigt de topografie van mijn geest (geluk, rotgevoel, bijzondere ontmoeting, inzicht) en de ruimte daarbuiten vertegenwoordigt de omgeving van dat moment. Bij dat gedeelte van de doorgetrokken lijnen noteer ik datum, tijdstip, geografische positie, hoogte van het vastgelegde moment. Als de omcirkeling is geslaagd zal de middenstip het geheim van Shambhala prijsgeven, belooft de kunstenares. En de gegevens op de lijnen verraden het effect van het landschap op mijn geest.

De cowboy

'Ik ken een Amerikaanse architect die net als jij rondloopt met het plan de Altajbergen te omcirkelen,' schrijft de vriendin van het proefballonnetje enige tijd later. Bijna niemand in Europa heeft van de Altaj gehoord, laat staan dat een Amerikaan het gebergte weet te liggen. De kans dat een yankee er net als ik te paard omheen wil cirkelen is helemaal te verwaarlozen, dus ik ben wel benieuwd naar het fenomeen Wayne Poulsen. We spreken af op een herdersfestival in de Russische Altaj en trekken een week met elkaar op om te zien of het klikt. Intelligent, stoer, belezen, Brits gevoel voor humor, wat ouder dan ik, ongebonden, het is gewoon een mirakel dat zo'n man mijn pad kruist. Des te vreemder dat zich in mijn buik geen enkele vlinder roert terwijl Wayne echt zijn best doet het mij naar de zin te maken. Vroeger maakte ik me nooit druk om dat soort zaken, maar de woestijn leerde me enkele harde lessen en eentje daarvan is dat onbeantwoorde erotische verlangens een expeditie vroeg of laat opblazen.

Een uitje naar Venetië brengt uitkomst, al is het niet de stad maar Wayne zelf die indruk maakt als hij me in het pikkedonker trakteert op Dylan Thomas. Een man die *Do not go gentle into that good night* uit zijn hoofd reciteert, heeft recht op mijn hart. En ja, zoiets kun je besluiten, want liefde is maakbaar, leerde ik in Egypte, waar gearrangeerde huwelijken, mits met kennis van zaken georganiseerd, een veel langer leven beschoren zijn dan 'liefde op het eerste gezicht'-verbintenissen.

De kleur van verlangen

Tweeënhalf jaar na het gondelvaren nemen de cowboy en ik het vliegtuig naar Kazachstan, waar de expeditie begint. De voorbereidingen namen veel tijd in beslag en ik begrijp nu waarom niemand ons is voorgegaan. Probeer maar eens toestemming te krijgen voor een reis te paard door politiek gevoelige grenszones van landen die elkaar wantrouwen. De hoge bergpassen zijn bovendien maar enkele maanden per jaar begaanbaar en die periode is erg krap voor het lastige traject dat ons te wachten staat. Een extra uitdaging vormt de financiering. De trip slokt een klein jaarinkomen op en een paar maanden voor vertrek staat de teller bij mij nog steeds op nul. De expeditie een jaar verzetten lijkt verstandiger, maar een deadline is bedoeld om geluk af te dwingen en dus laat ik de vertrekdatum staan. Hoe meer D-day nadert, hoe penibeler mijn situatie. De cowboy laat nauwelijks meer van zich horen en op een helpende hand van die zijde hoef ik niet te rekenen, het enige dat rest is vertrouwen dat het verhaal zelf een positieve wending bedenkt. Eind april belt een jongeman uit Kentucky met een verrassend verzoek: 'Wil je de Altajexpeditie voor ons filmen? Zeg maar wat het kost.'

Op uitnodiging van OutWildTV vlieg ik naar New York, volg een spoedcursus filmen in een luxeappartement op Manhattan, ontvang een tas vol kostbare apparatuur en een maand later staat er genoeg geld op mijn bankrekening om tolken, *fixers*, paarden en proviand van te betalen. Mijn incasseringsvermogen heeft intussen zijn plafond wel bereikt dus als de cowboy de dag voor vertrek mijn paniek over zoveel onbekende camera's, zonnepanelen, satelliettelefoon, harde schijven, snoeren en kabels denkt te bezweren met de opmerking dat ik mijn zaakjes beter had moeten organiseren gooi ik hem bijna het raam uit.

De urenlange vlucht naar Kazachstan werkt kalmerend. Hoog boven de wolken herinnert het onpeilbare blauw buiten mijn raampje aan Rebecca Solnit, die precies dit blauw, de kleur van de verte, beschrijft in haar boek *A Field Guide to Getting Lost*. Blauw, betoogt ze, is de kleur van eenzaamheid en verlangen, van dromen en van een einder die je nooit zult bereiken. De kunst is te leren leven op de grens van het onbekende en aan de rand van het mysterie, daar waar ontdekkingen plaatsvinden. De meest opzienbarende vondsten zijn altijd het resultaat van toeval en van gebeurtenissen die je niet kunt plannen en waar je niet naar op zoek bent. 'MET OPZET VERDWALEN,' krabbel ik in mijn notitieboekje.

Het paradijs zoeken gaat over een gemis, een verlangen naar iets wat de mens ooit bezat en is kwijtgeraakt. Dat geldt ook voor mij. Dat ik niet eens meer weet hoe het ontbrekende puzzelstukje eruitziet en waar ik onderweg op moet letten is paradoxaal genoeg een groot voordeel. Volgens een onbegrijpelijke maar universele wet maakt niet-weten de kans op ontdekking groter. Mijmerend dwalen mijn ogen van het notitieboekje naar de verte, voorbij het vliegtuigraampje, waar de einder oplost in oneindig korenbloemblauw.

KAZACHSTAN

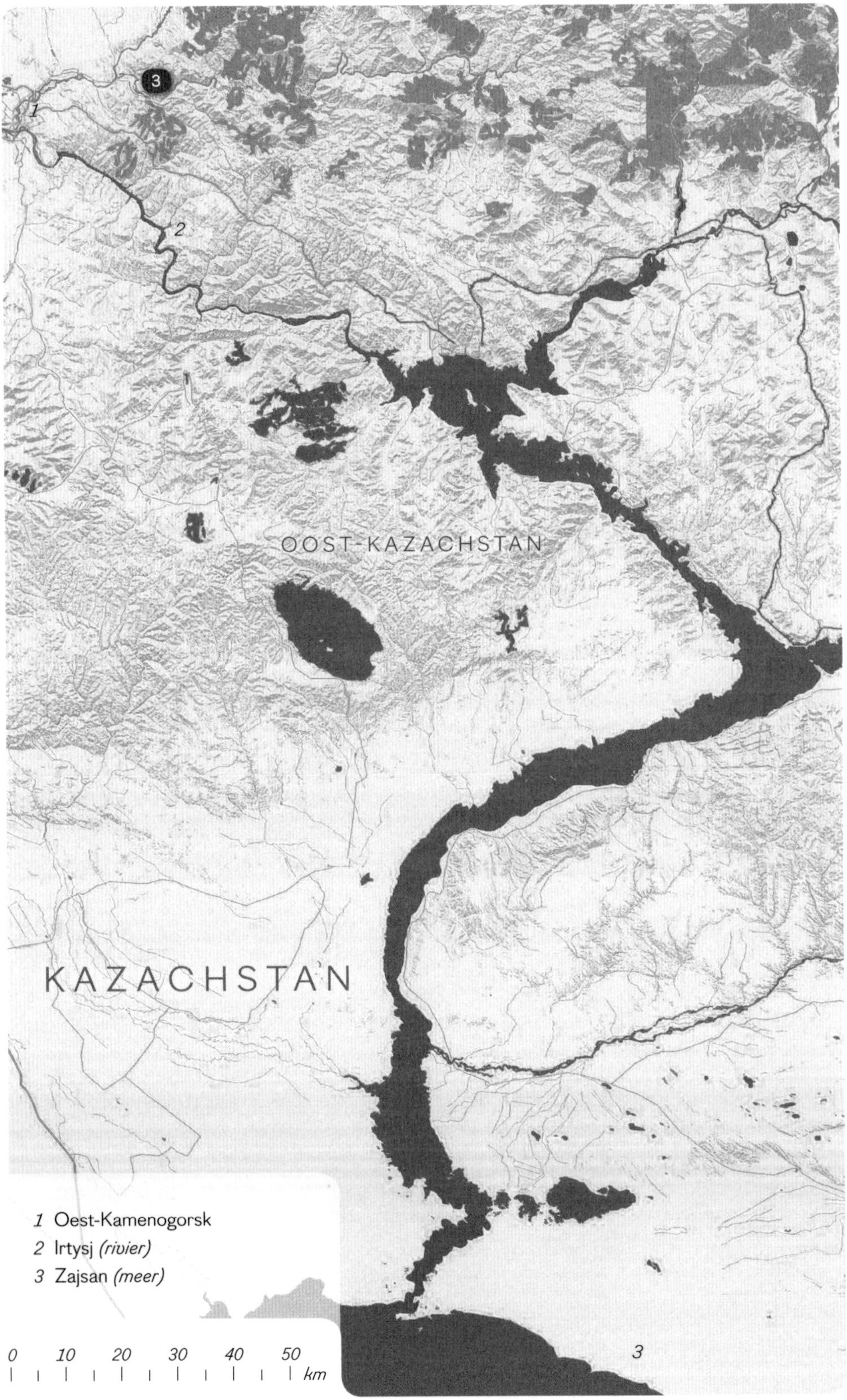

3
1
2
OOST-KAZACHSTAN
KAZACHSTAN
1 Oest-Kamenogorsk
2 Irtysj (rivier)
3 Zajsan (meer)
0 10 20 30 40 50 km
3

dag 3

18 juni – 10.46 uur

49°60'NB | 82°55'OL – Hoogte 353 meter

Weer: zonnig, wolkenslierten in blauwe lucht

Omgeving: heuvels, rivier, fabrieken met rokende schoorstenen

Divers: Konny Dvor (paardencentrum), eerste rijdag, zwermen vlinders

Kleur: goud

Honingkleurig licht. Dartelende witte vlinders met zwarte nerven op tere vleugels. Een uitzinnige bloemenweide waarin mijn paard Ryzjka een smal spoor plet. De natuur in Oost-Kazachstan heeft de kolder in de kop, lentebloemen schieten vol ongeduld uit de aarde na negen maanden winterslaap. Niks intomen en je plaats kennen. Boven modderpoelen copuleren fragiele vlinders tot ze er dood bij neervallen. Bloedrode flamboyante pioenrozen flirten met ingetogen monnikskap, verse look en gekantklost fluitenkruid staan tussen brutale bloemen met Gauguinkleuren. Tot aan de einder vlamt, verleidt, lonkt en bloost de natuur. 'Een bloemenveiling is er niets bij,' roep ik opgetogen naar Wayne, die verdwaasd om zich heen kijkt. Jaren van plannen smeden, contacten leggen, kaarten bestuderen en dromen over de reis bereiden je nooit voor op de allereerste expeditiedag, als de puzzelstukjes in elkaar vallen en de wind met je haren speelt. We rijden op Dzjabepaarden, een kruising tussen een klein ras uit deze bergstreek en een groter Russisch paardenras. De geharde dieren staan het hele jaar buiten en hun vacht is 's winters zo dik als een bontmantel. Tijdens de koudste maanden staan ze hogerop in de bergen, waar de temperatuur tot vijftien graden warmer is dan in het dal, waar zware koude lucht blijft hangen. Ryzjka aarzelt nergens, hij klautert onbekommerd over rotsblokken, stapt door vrieskoud water en gaat met een veeleisender ruiter vast ook in vol galop achter weggelopen vee aan.

Dieper in het bergbos, de taiga, heerst het rustgevende groen van krulvarens, sterrenmos en bessenstruiken. Op open plekken zoemen insecten en overal ruikt de vochtige aarde naar rottend blad. Een veld cadmiumgeel koolzaad doet me naar adem happen. Ik wil verzuipen in het geel en glijd van het paard om met gesloten ogen door een woud van hoge stengels te waden. Bloemen kriebelen in mijn gezicht en een zoete lokstof bedwelmt eventjes de zinnen. Niemand wacht, snel klauter ik weer in het zadel en rijd verder, heuvel op en af. Zweetdruppels, spieren die protesteren, een paard dat uitdaagt en de tijd die zich uitrekt als een lome poes. Hoe overbodig lijken opeens al mijn zorgen over proviand, grimmige grenswachten en verlopen inreisvisums. En dit is nog maar het begin van de reis. Verkeerde ik in een minder uitbundige stemming dan zou deze dag me behoorlijk van mijn stuk hebben gebracht, want stel dat Shambhala zich al op dag één van de expeditie openbaart? Ik wuif die gedachte meteen weg want het paradijs behelst meer dan velden met bloemen, het kan niet anders of de Altaj heeft andere verrassingen in petto.

Voorop rijdt Andrej Koertsjenkov (58), de gids en fixer voor het traject in Oost-Kazachstan. Andrej werkte ooit als geoloog en zocht naar grondstoffen voor Sovjetfabrieken en de metallurgische industrie. Sinds de opdeling van het Sovjetimperium runnen hij en zijn vrouw een reisbureau in Oest-Kamenogorsk, hoofdstad van Oost-Kazachstan, waar tot 1991 vele fabriekspijpen rookten vanwege de verwerking van kostbare ertsen zoals zilver, goud, wolfraam en uranium uit het Altaj-gebergte. Tegenwoordig beheersen spiegelende bankgebouwen waarin oliegeld rondgaat de skyline van de provinciehoofdstad. 'Ik haat het stadse leven,' had Andrej op onze ronde langs banken en geldmachines gezegd. Hij prefereert de bossen en laat het kantoorwerk over aan zijn struise wederhelft, die ik bij aankomst de hand schudde. Een zakenvrouw met een harde oogopslag, in een vorig leven succesvol paleontoloog. 'Er zijn zelfs een paar fossielen naar haar vernoemd,' glimlachte Andrej, die vandaag een rode bandana om zijn halflange grijze haar heeft gebonden en ruige doodskoparmbanden om zijn harige polsen draagt. Onder het mom van een gezellig dagje uit bedacht onze gids een testparcours om te beoordelen of Wayne en ik de geplande tocht wel aankunnen. Vers uit Nederland draven we door greppels en snelstromende riviertjes, glibberen langs steile heuvels en ploeteren door zuigmodder. Zoek het maar uit met je paard, zegt Andrejs platte achterhoofd. Ik geniet. Meebewegen en het rijdier vertrouwen, in essentie is dat ook waar het leven over gaat.

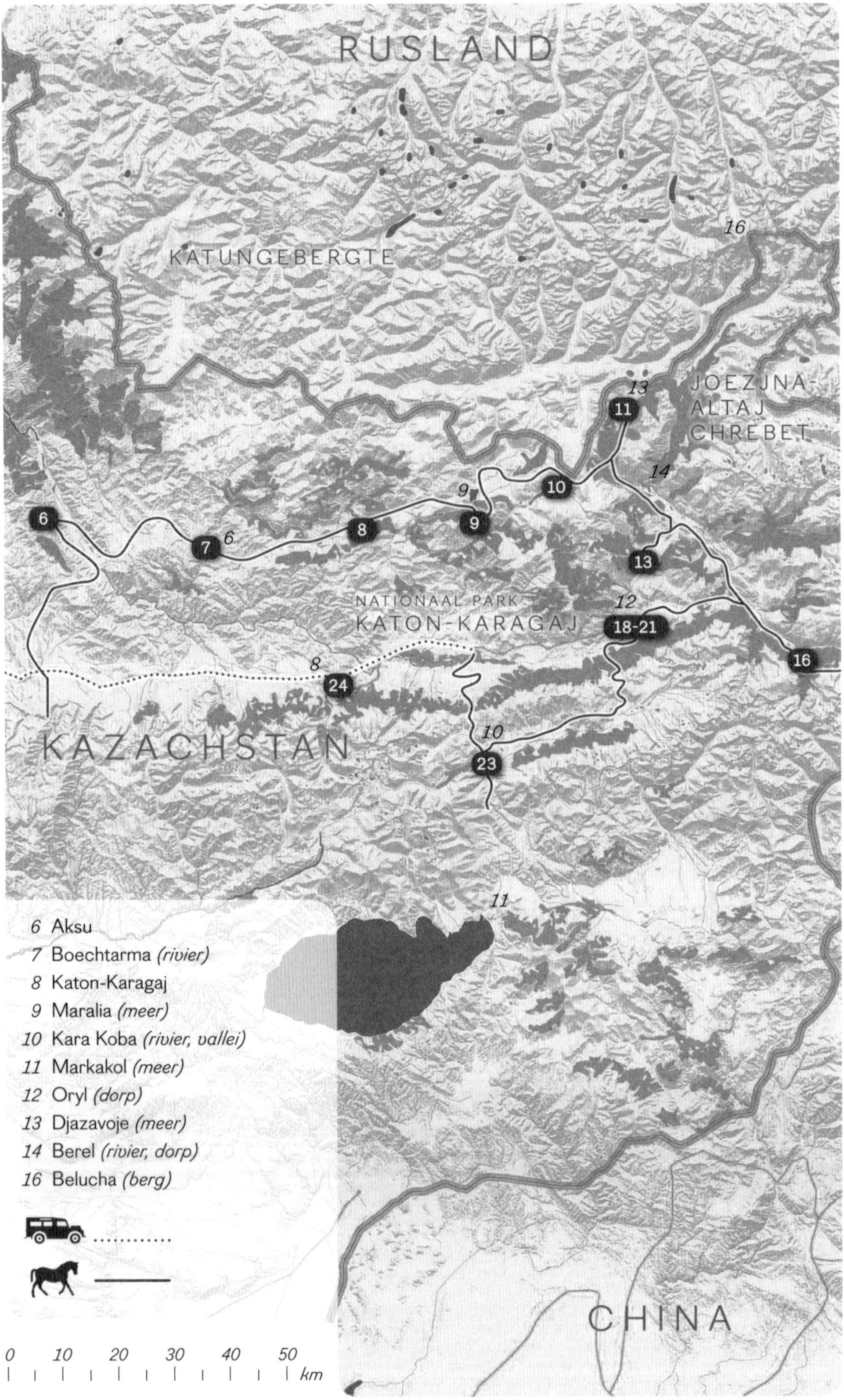

RUSLAND
KATUNGEBERGTE
JOEZJNA-
ALTAJ
CHREBET
NATIONAAL PARK
KATON-KARAGAJ
KAZACHSTAN
CHINA
6 Aksu
7 Boechtarma (rivier)
8 Katon-Karagaj
9 Maralia (meer)
10 Kara Koba (rivier, vallei)
11 Markakol (meer)
12 Oryl (dorp)
13 Djazavoje (meer)
14 Berel (rivier, dorp)
16 Belucha (berg)
0 10 20 30 40 50 km

dag 6

21 juni – 19.20 uur

49°22'NB|85°04'OL – Hoogte 891 meter

Weer: mist, druilerig

Omgeving: stroomgebied, bloemenvelden, verlaten bijenkorven, heuvels, gemengd bos

Divers: arend, buizerd, koekoek

Kleur: rood

Vanochtend begon de reis te paard pas echt. De afgelopen dagen kochten we proviand en probeerden tevergeefs een 1:500 000 detailkaart van het gebied te bemachtigen. Ik testte al mijn apparatuur en begon met filmen. Volgens afspraak moet ik dagelijks vijf korte beeldverhalen maken. Dat lijkt niet veel maar het beheerst mijn gedachten behoorlijk en ik zou veel liever zonder tussenkomst van een camera rondkijken.

Regen sijpelt onophoudelijk uit de grijze lucht en kleurt het land dofgrauw. We rijden uren en uren door nevel, gehuld in lange rubberen regenjassen van Sovjetmakelij, in de jaren vijftig ontworpen om gifgas-aanvallen te trotseren. Weelderige heuvels en bloemenvelden verstoppen zich in mist en nevel, wat zich nog laat bekijken is verschrompeld tot de omvang van een luikje, niet groter dan de opening van mijn stijve capuchon, die stug blijft staan, ook als ik eens wat anders wil zien dan de oren van mijn paard. Bosgeluiden dringen nauwelijks door, alleen het gesnor van paarden doorbreekt de stilte en soms het scherpe gekras van een raaf. Het slechte zicht en de gedempte geluiden doen denken aan Tarkovsky's beklemmende film *Stalker*, die zich afspeelt in een verboden zone waar vreemde krachten werkzaam zijn en waar niemand controle over lijkt te hebben. Het is er levensgevaarlijk, maar toch willen mensen ernaartoe omdat zich in die zone een ruïne bevindt met daarin een kamer die diepste wensen peilt en laat uitkomen. Ook het in nevelen gehulde bergbos lijkt over vreemde krachten te beschikken, het slokt gedachten op en zet de tijd stil. De enkele verlaten boerderij op onze route draagt bij aan de sfeer van onwerkelijkheid. Het zijn bouwvallen met ingeslagen ruiten, overwoekerde moestuinen en half vergane bijenkasten. De ruïnes dateren van het Sovjettijdperk en laten zien dat geen enkel systeem onoverwinnelijk is. Zelfs de sterkste dictator gaat ooit dood of wordt verdreven en dan neemt de natuur haar rechtmatige plek weer in en gedragen herten, vossen en muizen zich als grootgrondbezitters.

Andrej rijdt vrijwel de gehele dag in de achterhoede, hij praat niet graag onderweg en laat het gidsen over aan Arkok, onze paardenverzorger voor de komende twee dagen. Het lijkt wat overdreven om behalve Andrej nog iemand in te schakelen, maar de eigenaar van de paarden wil zijn rijdieren niet aan vreemden meegeven. Bovendien is het doorkruisen van woelige rivieren en besneeuwde bergpassen riskant zonder extra hulp. In Kazachstan moeten we onderweg regelmatig van paarden en paardenmannen wisselen, had Andrej aangekondigd. Waarom kon hij niet uitleggen. Het was prettiger geweest om paarden te kopen, maar tijdrovende inklaringsprocedures bij de grens kunnen we ons niet permitteren als we voor het invallen van de winter de finish willen halen.

Aan het eind van een natte dag zetten we de tenten neer op een zompig graslandje. Geen geweldige plek en de nieuwe tent van Wayne doet de stemming ook al geen goed. Eerder had ik geïnformeerd of de tent genoeg ruimte bood om in te slapen, te werken en mijn gevoelige apparatuur op te bergen. En paste de rest van de bagage in de voortent? Wayne sprak over een villa, maar ik zie een kaboutertentje verrijzen in het dijenhoge en kletsnatte gras waaruit wolken hinderlijk zoemende muggen opstijgen. In de voortent passen niet eens een paar laarzen en de binnentent is zo geconstrueerd dat vrieskou er maximaal circuleert. Het model is ontworpen voor een woestijnklimaat. 'Een topmerk,' zegt Wayne getergd, hoe durf ik er iets naars van te zeggen.

Rollend en kruipend richten we het tentje in. Als Wayne er 's nachts uit wil moet hij mij eerst wakker maken om erlangs te kunnen, bedenk ik narrig als ik de slaap probeer te vatten – in foetushouding want languit liggen lukt niet met de vracht technisch spul aan hoofd- en voeteneinde. De ongemakken stellen niets voor, waarschijnlijk ben ik verwend door de testdag, toen alles meezat, de zon volop scheen en het paradijs binnen handbereik leek te liggen.

dag 7

22 juni

49°22'NB | 85°25'OL — Hoogte 756 meter

Weer: druilerig

Divers: vollemaan, teek in mijn hals

Kleur: goud

Arkok brengt ons naar het gehucht Aksu, de naam betekent wit water. Vanaf hier reizen we met verse paarden en andere verzorgers door Katon-Karagaj, een strook beschermd natuurgebied in het uiterste oostpuntje van Kazachstan. De kern van het park is een reservaat, daaromheen wonen houtvesters en keuterboeren. De flora in Katon-Karagaj zou elke bioloog het hoofd op hol brengen. De soortenrijkdom is te danken aan de vele gesteenten, mineralen, hoogteverschillen, microklimaatjes en de plaatselijke variaties in neerslag. Bijna nergens ter wereld tref je op zo'n beperkt oppervlak zoveel combinaties van omgevingsfactoren. De Altaj doet denken aan een brandkast met duizend verschillende vakjes met in elk daarvan een kostbaar sieraad, een zeldzame orchidee, lelieachtige of vetplant. Driehonderd van de bijna drieduizend hogere plantensoorten tref je alleen in dit gebergte aan en soms beperkt zo'n endemische soort zich ook nog tot dat ene valleitje of die ene bergspleet. Toch lijkt niemand in Kazachstan onder de indruk van het natuurschoon aan de oostgrens. Er komen zelden bezoekers, zegt Andrej. Misschien is het land te groot – Nederland past er 65 keer in – om je druk te maken over een reepje natuurschoon dat bijna van de landkaart tuimelt. Tussen de Kaspische Zee en de grens met China ligt drieduizend kilometer steppeland en de vrijwel onbeperkte olievoorraad onder de grond maakt meer indruk op de Kazachen dan de bloemenpracht in het oosten, waar alleen overwoekerde ruiterpaden nog herinneren aan de tijd dat hun voorvaderen met schapen door de bergen trokken en lofliederen zongen op de natuur. Mij komt de vergetelheid van dit bloemrijke gebied goed uit. Hoe minder mensen, des te meer de natuur haar gang kan gaan.

Nationaal Park Katon-Karagaj

Oppervlakte: 1632 km^2, waarvan 126 km^2 biosfeerreservaat
48°53'-49°49'NB | 86°10'-87°19'OL
Opgericht in 2001
Alpien ecosysteem
Duizend plantensoorten, waarvan dertig met uitsterven bedreigd
In oppervlak het grootste beschermde natuurgebied in Kazachstan

---

dag 8

23 juni – 13.57 uur

49°23'NB|85°45'OL – Hoogte 1385 meter

Weer: zon, af en toe wolken, temperatuur 20° C

Omgeving: heuvels, velden pioenrozen, ravijnen, bos

Divers: goedgeluimd

Kleur: groen

Onze route loopt in zuidoostelijke richting en volgt de grens met Rusland. Batyr Bai (53), de hoofdinspecteur van dit parkdistrict, rijdt een paar dagen met ons op. Uit nieuwsgierigheid en als verzetje, zegt hij, zijn gouden tanden bloot lachend.

We lunchen op een bergweide die oogt als een impressionistisch schilderij. De hoofdinspecteur stapt in zijn blote bast langs zwiepende paardenstaarten en regelt een kookplaats aan de rivieroever. Behendig snijdt hij een verse tak van een boom en hangt die over twee rechtopstaande, gevorkte takken boven het vuur. Ik schil aardappelen. Hij snijdt kool en gooit peen met wilde look in de gebutste soepketel. Kokkerellen, klooien, keutelen. Het is alsof we nooit anders hebben gedaan. Dat ik alles op camera vastleg valt in goede aarde, Batyr Bai lacht en hoeft niet eens een buikje in te houden. Hij bokst in zijn vrije tijd en heeft een goed getraind lichaam.

Gisteren vroeg Batyr Bai aan Andrej hoe oud ik was. 'Jeetje,' reageerde hij verrast, 'op die leeftijd rijden onze vrouwen allang geen paard meer.' De twee andere paardenmannen die ons begeleiden, ook inspecteurs, liggen ontspannen in het gras. Ze zijn makkelijk uit elkaar te houden, de een is dik en de ander verschrikkelijk dun. Het team lijkt goed op elkaar ingespeeld. Het haantje Batyr Bai regeert, de dikke speelt het spel goedmoedig mee. Hij is behalve collega en ondergeschikte ook een vriend van Batyr Bai, die niet rookt en geen alcohol drinkt. De dunne zegt nooit iets, de man bemoeit zich alleen met de paarden en dat lijkt iedereen prima te vinden.

In het dagelijks leven speuren de parkwachters op hun inspectierondes naar stropers en jagers, maar hun belangrijkste taak is het signaleren van bosbranden, die jaarlijks grote arealen bos in de as leggen. Vaak zijn de parkwachters weken achtereen op stap, met in de zadeltas een geweer, bijl, hengel, tent, slaapzak en kookketel. Onderweg kauwen ze op wilde rabarber en look, bietsen honing van een imker, room van een boer en verzamelen geneeskrachtige kruiden voor thuis. Strikken van stropers nemen ze mee, maar zelden betrappen ze iemand op heterdaad. En als partijbonzen willen jagen in het beschermde natuurgebied, verkeren ze niet in de positie om hun dat te beletten. Batyr Bai haalt zijn schouders op. Regels gelden niet voor iedereen, zo zit het systeem nou eenmaal in elkaar.

Na het eten vult Batyr Bai onze mokken met thee van vers geplukt blad van de geurige zwartebessenstruik. De sfeer is ontspannen, het gras droog, dus ik haal mijn Shambhala-schatkaart in wording tevoorschijn. Op de leren lap staan al diverse lijnen, de rode (klotemomenten) hebben met Andrej en het weer te maken, de gouden (jubelstemming) met de natuur. Inzichten heb ik nog niet gehad en onder de ogen van de inspecteurs trek ik mijn eerste groene lijn (bijzondere ontmoeting). 'Vanwege jullie.'

De mannen voelen aan het soepele materiaal en klakken waarderend met de tong. Dat is niet zomaar een lapje, zegt hun kennersblik.

'Wat betekent die gouden middenstip?' vraagt de dikke.

'Shambhala,' zegt Andrej, op een toon alsof het net zo goed Moskou of Amsterdam kon zijn.

De dikke en het haantje knikken goedkeurend.

Mijn verbazing over de terloopsheid waarmee een atheïst en twee moslims met elkaar over een boeddhistisch paradijs spreken zegt meer over mijn gebrekkige historische besef dan over deze mensen. Want waarom zouden zij niet bekend zijn met het boeddhisme? De Altaj is altijd een kruispunt van culturen en religies geweest, lama's trokken in vroeger tijden de Himalaya over en verspreidden zo hun geloof tot in deze contreien.

Shambhala, zeggen de twee inspecteurs als ik om uitleg vraag, is een mythische plek waar vuur, aarde en water samenkomen. Het is niet waar de doden leven, maar een schemergebied ergens tussen hemel en aarde. De mensen die er wonen bevinden zich in een overgangsfase, vertaalt Andrej. Of misschien doelt hij op een ander bewustzijnsniveau, want Andrejs Engelse woordenschat is beperkt en omgekeerd versta ik zijn taal niet. Hoe dan ook, haasten de twee vrienden zich te zeggen, als moslims geloven zij natuurlijk niet in Shambhala. Toch weten ze er verrassend veel van, terwijl religie tijdens de Russische overheersing lange tijd tot staatsvijand was verklaard. Religieuze leiders werden in de twintigste eeuw op bevel van Stalin vermoord of naar werkkampen gestuurd, wat vaak op hetzelfde neerkwam. Minstens twee generaties lang verdwenen goden en geesten van het toneel, dus hoe is gedetailleerde kennis over een mysterieus boeddhistisch paradijs dan overgeleverd? De inspecteurs zwijgen verlegen. Andrej wil mijn verdere vragen niet meer vertalen. 'Dat ligt moeilijk,' is alles wat hij zegt.

Ik kan het plotselinge ongemak bij mijn gesprekpartners niet verklaren. Pas later bedenk ik dat het gesprek misschien een te serieuze wending nam. Vragen over cultuur en geloof zijn in dit deel van de wereld niet onschuldig, onder Stalin vonden zeker twee miljoen Kazachen om die reden de dood. Nog eens een miljoen Kazachse herders wist uit te wijken naar China, Mongolië, Afghanistan. Iedere Kazach kent wel iemand die is vervolgd of vermoord vanwege afkomst, leefwijze of geloof.

'I love you,' fluistert de baas met de gouden tanden even later in mijn oor. Op mijn uitnodiging krabbelt Batyr Bai in goudkleurige inkt een paar woorden op de rand van de huid. Rita (geluk), staat er. Over Shambhala nooit meer een woord.

Navigeren

Misschien komt het door mijn fixatie op het landschap, maar routedetails laten mij op deze reis redelijk onverschillig. 'Als het maar een cirkel is,' zei ik tegen Wayne, die zich lang van tevoren over kaarten boog en trouw verslag deed van zijn vondsten. Hij toonde paden die we konden volgen, wees op problematische bergpassen en onneembare rivieren, liet me via Google Earth als een vogel over bergruggen en valleien scheren. Ik knikte enthousiast maar keek meestal langs zijn vinger heen of kneep mijn ogen halfdicht. Nooit heb ik mensen begrepen die van tevoren willen weten hoe hun bestemming eruitziet. Het heeft jaren geduurd voor ik zelfs maar een gps in de hand wilde nemen, laat staan dat ik enthousiast raak van satellietkaarten waarop iedere kronkel van het pad staat aangegeven, vaak met foto. Ik houd niet van een tweedehandsblik, ik wil me laten verrassen en laten leiden door toeval, door mensen en verhalen onderweg, door een bloem of rotsformatie die me misschien vraagt ergens langer te blijven.

Toch verbaast het me eerlijk gezegd wel een beetje, het gemak waarmee ik het kompas uit handen geef. In de woestijn zou ik daar niet over peinzen en nog steeds kan ik me urenlang verliefd buigen over oude British Surveylandkaarten die ik op mijn woestijnreizen gebruikte. De stevige papieren vellen met 1:50 000 stafkaarten laten de gevaarlijke leegte van Egypte en Sudan intact, ze tonen alleen het hoognodige: vage contouren van bergformaties, zandduinen en een zeldzame blauwe stip die een waterbron verbeeldt. Het spannendste zijn rode lijnen die oude karavaanwegen weergeven of routes van een Britse landmeter of ontdekkingsreiziger die mij voorging. De spaarzame tekst op de stafkaarten is van een poëtische schoonheid: *wilderness of wind eroded hills, bad going, sand sea, two trees, pass only accessible for camels.*

Misschien komt het door het cyrillische schrift op de Russische kaart, of door mijn onbekendheid met Russische ontdekkingsreizigers in dit gebied, of simpelweg omdat bergen en rivieren op de kaart met een moker zijn platgeslagen en ik de gebogen hoogtelijnen en blauwe streepjes maar niet tot leven kan wekken, feit is dat de gebiedskaarten in mijn zadeltas geen enkele ruimte laten voor de verbeelding. Ik houd van witte vlekken op de kaart, onontdekte gebieden waarin dromen, eenhoorns en monsters zo goed gedijen. En ook het paradijs. Maar de verbeelding is van de kaart geveegd door cartografen die elke vierkante centimeter wilden invullen met lijnen, tekens en kleuren, informatie die op geen enkele manier recht doet aan hoe zintuigen het landschap ervaren. Geef mij de Shambhala-schatkaart maar. Op de leren lap verbind ik het landschap van mijn geest met het fysieke landschap, zoals het hoort. Mijn zintuigen sturen signalen naar de hersenen, die de informatie vertalen in het beeld dat ik waarneem. Het verband tussen binnen- en buitenwereld mag cartografen ontgaan, maar zonder die link zouden wij niets kunnen ervaren. Voeg daarbij dat iedere cultuur en ieder individu de wereld door een andere bril bekijkt en voilà, je doorziet de illusie van de neutrale kaart. De cowboy protesteert, maar zelfs de meest 'neutrale' kaart die hij me laat zien versimpelt en vertekent de wereld. Waar is de orale geschiedenis gebleven, het gebeuk van de wind, het schuren van gletsjer tegen rots, de geur van zongestoofd gras, de vreugde over het zien van een zeldzame orchis in een nat valleitje? De Altaj is zoveel meer dan een 1:200 000 stafkaart mij wil doen geloven.

dag 9

24 juni – 12.30 uur

49°23'NB|85°45'OL – Hoogte 1385 meter

Weer: zon

Omgeving: bergbos

Divers: kameraadschappelijke sfeer

Kleur: groen

Kruipend over geurend walstro en bloeiende tijm verlaat ik de tent in alle vroegte. Met een paar verse takjes kruidige tijm onder in mijn rubberlaarzen wandel ik naar het riviertje waar we gisteren na een lange rijdag neerstreken. Damp slaat van de rivier en op de natte oever ontwaar ik slingersporen, achtergelaten door scherpe nageltjes van bosmuizen en wezels. Aan de overkant van het water kruipt een weelderig bos langs de heuvels omhoog. Het stikt daar van de wolven, vertelde Batyr Bai gisteren bij aankomst.

Ons kamp staat op het uitgestrekte terrein van hertenboerderij Kondrasjika Ekedos (Twee Vrienden). De honderden mannetjesherten die in het omheinde bos leven dragen hun kapitaal op het hoofd. De jonge voorjaarsgeweien zijn veel geld waard en elk jaar in juni worden de edelherten, *maraly*, samengedreven en van hun gewei ontdaan. Het toeval wil dat het vanochtend zover is, de half wilde herten zijn in een kleine omheinde ruimte gedreven en wachten binnen de houten schotten onrustig hun lot af. 'De eerste keer huilen ze,' zegt een medewerker. De jaren daarna ondergaan de herten het afzagen van hun gewei bij de aanhechting net boven de schedel met bange hertenogen die weliswaar droog blijven, maar uitpuilen van angst zodra het zagen begint. Terwijl mannen de herten beroven van hun prachtige, met donshaartjes beklede hoofdtooi, schoppen hoeven uit protest tegen het houten schot en rollen bruine met witte ogen in een niet-begrijpend hertenhoofd, dat stevig wordt vastgehouden. De arbeiders bezweren dat het afzagen geen pijn doet, maar de stress die de dieren ondergaan is evengoed een marteling. Helderrood bloed druppelt uit de zaagwond in een glas, scheut wodka erbij en opdrinken maar. Een levenselixer eersteklas, glundert een kuurpatiënt, die kampt met pijnlijke gewrichten en op de boerderij verblijft om te baden in water vermengd met bloed en extracten uit hertengeweien. Het is een oude traditie, begrijp ik, alsof dat een geldig excuus is voor dierenmishandeling.

Het afgezaagde gewei wordt nauwkeurig gewogen, gedroogd en na enige tijd in hete baden gedompeld. Het verschrompelde gewei wordt tot poeder vermalen en gebruikt als grondstof voor zalfjes, geleipillen en tincturen die het metabolisme versterken, kanker en vrouwenkwalen bestrijden en lustopwekkend zouden zijn. 'Helpt ook bij opvliegers,' glimlacht Andrej, die ik om uitleg vraag. Misschien wil ik een paar potten hertenhormoon aanschaffen?

De tent is versierd met oranje ranonkels, paarsblauwe bergviooltjes, roze koekoeksbloemen, zachtgele vrouwenmantel en blauwe veronica's. 's Ochtends thee van verse tijm.

Tegen tienen rijden we in pittig tempo langs overwoekerde paadjes de bergen in, door dampend loofbos met bergweiden. Het intense zonlicht laat planten op deze hoogte sneller groeien dan ik had verwacht, grashalmen en bloemstelen komen regelmatig tot aan mijn middel. Mijn nieuwe rijpaard houdt het fikse tempo makkelijk bij en ik geniet van de bloemenzee naast het pad. Velden Matisserode pioenrozen en wit-roze lelies wisselen af met witte bruidsboeketten en botergele weidebloemen. De plantenrijkdom weerspiegelt de ontstaansgeschiedenis van het gebergte, een complex verhaal van orogenese, erosie, sedimentvorming, minstens vijf ijstijden, vulkaanuitbarstingen en aardlagen die als spekkoek op elkaar liggen, gebogen en verschoven. Aardlagen kwamen omhoog, erodeerden, gingen opnieuw de lucht in, de laatste keer zo'n veertig miljoen jaar geleden toen botsende continentale platen gesteentelagen samenknepen alsof het om zachte boter ging en de massa omhoogstuwde.

Gek genoeg kennen de inspecteurs alleen namen van bomen, in plantjes zijn ze niet geïnteresseerd. Eigenlijk zou een officiële naam er niet toe moeten doen, maar mijn behoefte om een plantje boven de anonimiteit uit te tillen is groot. Een naam wil zeggen dat iemand zich over de bloem boog, meeldraden en kroonbladeren telde, de vorm van stamper en blad noteerde, net als geur, smaak, beharing en kleur. Een naam betekent de voorkeur van een kruid of struik kennen, een standplaats in de schaduw of halfzon, op droge kalkgrond of drassige klei, een vleugje kwik erbij of toch liever ijzerhoudende grond. Een plant met een naam als veenpluis of schoenlappersplant bekijk ik toch anders dan wanneer ik er 'dinges' tegen zeg.

14.50 uur

49°26'NB|85°56'OL — Hoogte 1778 meter

Weer: wolken, af en toe neerslag, kille wind

Omgeving: sneeuwvelden, waterscheiding, bergpas scheidt twee ecosystemen

Divers: zweven tussen hemel en aarde

Kleur: goud

Dikke jas. Muts. Tintelende vingers. Na een barre, koude tocht over zigzagpaadjes bereikt ons groepje vuilwitte sneeuwvelden boven op een winderige bergpas, die twee stroomdalen van elkaar scheidt. Tien maanden van het jaar heersen hier boven poolcondities. Nergens een boom, alleen maar taaie kromgegroeide struiken en *badan*, schoenlappersplanten met bladeren zo groot en stevig als schoenzolen. Eenmaal verdord kun je er thee van trekken, armeluisthee in de volksmond. Ik buig me over korrelige plakkaten oranje en groengele korstmossen, taaie overlevers, die met gemak een paar eeuwen meegaan, al zie je dat er niet aan af. Het nietige organisme is geen mos maar een symbiotische levensvorm van schimmels met algen, ze groeien maar een fractie van een millimeter per jaar en wachten soms jarenlang op een regenbui om weer een flintertje in omvang toe te nemen. Korstmossen bezitten de meest fantasievolle namen in het schimmelrijk: een mooie vind ik landkaartkorstmos, maar geelberijpt boomspijkertje is ook een prachtige vondst.

Naast het pad ruist en bubbelt ijskoud water dat uit sneeuwgrotten druppelt en lange watervlechten vormt. Het voorjaar dat beneden aan de berg allang is begonnen ontluikt op deze hoogte nu pas. Op groene plekken in de brosse sneeuw piepen frêle lelieachtigen tevoorschijn, *Erythronium sibericum*, met naar achter geklapte lila bloemblaadjes. Ernaast knikken witte klokjes in de wind. Geen van de bloempjes wil imponeren, ze zijn er gewoon, zoals een zonnestraal na een lange winter. Als toevallige passant kan ik ervan genieten, maar zonder getuigen bloeien de voorjaarsherauten even goed. Lang duurt het bloemenfestijn niet, maar dat is ook niet wat het plantje beoogt. Zonder protest doorloopt het de voorbestemde levenscyclus. Zaadje ontkiemt, brengt bloem en vrucht voort, plantje gaat dood. Waarom zou het voor de mens anders zijn? Waarom ingewikkeld doen over ouder worden en doodgaan?

Staande op de rand van een door schurend ijs uitgeslepen sleuf kan ik maar moeilijk bevatten dat zoveel grootsheid in twee kleine ogen past. Voor me ligt een hemelsblauw amandelvormig gletsjermeer, Maralia, waaruit koude tranen een glibberspoor trekken over de olijfgroene bergtoendra waarop bedjes van sneeuw glinsteren. Verder naar het oosten glanzen ijskappen van het Katungebergte in Rusland. Was ik maar een ballonvaarder die vanuit een mandje de samenhang tussen bergen, dalen en rivieren kon zien. Bestaat er een woord voor het champagnekurk-knallende gevoel dat grenst aan gekte? Extase klinkt zo afstandelijk, uit je dak gaan is weer te plat, misschien zielsverrukking? Hoe dan ook, ik wil dansen en springen en zou dat zeker hebben gedaan als John Muir naast me had gestaan. 'Beklim de bergen,' schreef de natuurvorser en dichterlijke ziel een eeuw geleden, 'en laat je door ze meevoeren. De rust die de natuur uitstraalt zal door je stromen zoals zonlicht bomen binnenstroomt. De wind zal je vanbinnen verfrissen, de stormen zullen je kracht geven, terwijl zorgen als herfstbladeren van je af zullen vallen.'

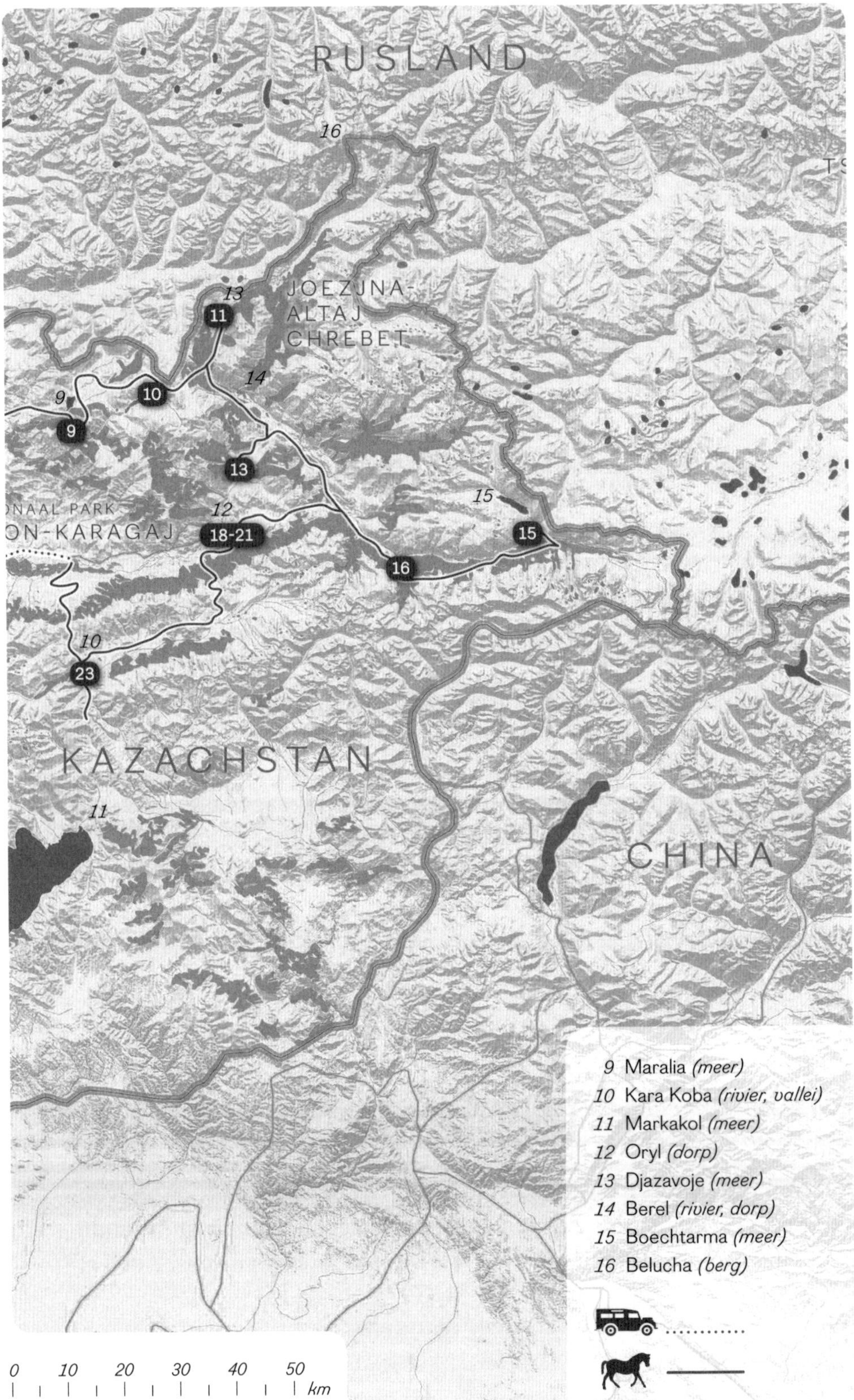
RUSLAND
JOEZJNA-
ALTAJ
CHREBET
NAAL PARK
ON-KARAGAJ
KAZACHSTAN
CHINA
TS
16
13
11
10
9
14
12
18-21
15
23
9 Maralia (meer)
10 Kara Koba (rivier, vallei)
11 Markakol (meer)
12 Oryl (dorp)
13 Djazavoje (meer)
14 Berel (rivier, dorp)
15 Boechtarma (meer)
16 Belucha (berg)
0 10 20 30 40 50 km

dag 10

25 juni – 17.20 uur

49°26'NB|86°10'OL – Hoogte 1989 meter

Weer: blauwe lucht, koud, droog

Omgeving: kale glooiende heuvels, gletsjermeren, moeras

Divers: kampeerplek Tom Pak, bruine heuvels

Kleur: goud

De komende dagen rijden we oostwaarts, de route loopt evenwijdig aan de kronkelgrens met Rusland, op de kaart maar een vingerbreedte van ons verwijderd. Gistermiddag, nadat we de bergpas waren afgedaald, volgden we een smal ruiterpad langs de gezwollen rivier die vanuit de hoogte zo onschuldig had geleken. In de nauwe passage tussen het snel stromende water en een ijskoude sneeuwmuur verdween het pad soms totaal. Batyr Bai en Andrej keken zorgelijk. Aan de overkant van de rivier wacht een volgend team met verse paarden, zei Andrej, maar een brullende en gezwollen rivier oversteken waarvan je de diepte niet kunt inschatten leek hem niet verstandig. Tegen de avondschemer dook een lokale paardenman op in ons kamp, hij beloofde ons de volgende dag door het woelige water te loodsen.

Nu is het zover. Zweetdruppels glinsteren als pareltjes in de snor van Batyr Bai, die als eerste de bulderende stroom trotseert. De gelegenheidsgids roept instructies, wenkt en wijst welke verraderlijke stukken Batyr Bai moet vermijden. De met ijzer beslagen paardenhoeven wankelen op onzichtbare en spekgladde rolstenen. Het aanstormende water duwt zijn paard bijna omver, maar Batyr Bai haalt de oever, ook al is het met natte voeten. Andrej volgt. Dan Wayne, wiens paard de kortste benen heeft. IJskoud water klotst halverwege in zijn rubberlaarzen. Dan grijpt een sterke hand het voertouw en een paar minuten later staan cowboy en paard veilig op de andere oever. Ik ben de laatste. Als mijn paard struikelt, valt of wegdrijft op de gezwollen stroom, kan ik filmen op deze reis vergeten. De hulpvaardige loods biedt aan mijn apparatuur te dragen. Hij heeft de oversteek nu al een paar keer gemaakt, dus deze keer zal hij ook wel droog blijven. De rivier staakt het tumult geen milliseconde, water wervelt, kolkt, schuimbekt, grijpt naar zadeltassen, doet mijn paard wankelen en laat mijn hart op topsnelheid slaan.

Andrej maakt een sprongetje van blijdschap als we de overkant bereiken. Hij wilde ons niet ongerust maken, maar er zijn bij een minder hoge waterstand op deze plek ruiters kopje-onder gegaan.

Wayne knijpt zijn sokken uit. Ik controleer mijn camera's. Dan gaat de reis verder, met paarden en verzorgers die al sinds gistermiddag op ons wachten. We vorderen niet snel vanwege zuigende modder en drassige veenpoelen, maar ik heb geen haast en geniet van kluitjes paarse en gele primula's, sleutelbloemen, in beekjes en watervalletjes. Het liefst zou ik afstappen, maar nog verder achterop raken op dit late uur lijkt niet verstandig. Pas als het schemert stoppen de voorste ruiters op een flauwe helling met uitzicht op bergmeren, achtergelaten door terugtrekkende gletsjers na de laatste ijstijd. Batyr Bai, de dikke en de dunne nemen afscheid, vanavond gooien ze de hengel uit en morgen rijden ze terug naar Aksu, met in de zadeltas een maaltje vlagzalm.

De drie meren liggen er doodstil bij, het oppervlak een donkere spiegel waarin gevederde wolken drijven. Op de onbeschutte hoogvlakte krijgt het woord 'kosmos' een andere klank dan beneden in de beschermende taiga, het bergwoud, waar gebladerte en boomstammen voor houvast zorgen. Onbevattelijke grootheid kan de mens niet aan, het vraagt om ordening en om beteugeling van de chaos. Elke cultuur verzon verhalen en mythen die het grote geheel en onze plek daarbinnen verklaren, wie de uitleg wil ontkrachten met het argument dat de verklaringen op fantasie berusten heeft er niets van begrepen. Mythen zijn per definitie onwaar, hun functie is het onverklaarbare te verpakken in een beeld dat het mysterie intact laat. In de kosmologie van de Altaj is het universum een pulserend ovaalvormig lichaam, Kangyi. De *axis mundi* loopt van de Poolster naar de zon en raakt de aarde in het Altajgebergte. 'Trek aan een draadje en het hele universum beweegt mee,' had de hoogbejaarde Nikolaj Sjodojev me tijdens een eerdere Siberiëreis uitgelegd. Zijn dorp in de Altajrepubliek ligt hemelsbreed niet eens zover verwijderd vanwaar mijn tentje nu staat. Het gepensioneerde schoolhoofd is inmiddels overleden, maar tot zijn dood verzamelde Nikolaj Sjodojev het culturele erfgoed en gedachtegoed van de Altaj en bracht het onder in een museum dat nog steeds bestaat. Over het belangrijkste hoor je te zwijgen, zegt een inheems spreekwoord, maar Nikolaj Sjodojev doorbrak die regel omdat er te weinig mensen over zijn die weten wat hij wist. Voor zijn dood publiceerde hij een dun maar belangrijk boekje over de kennis van zijn volk. Die kennis, schrijft hij, is geen dode vijver waar nooit vers water in stroomt. Integendeel, kennis over de wereld van geesten en goden, de aarde en de kosmos veranderen constant, mede onder invloed van de tijdgeest en de politieke realiteit. Overgeleverde kennis en uitleg over de kosmologie zijn verzameld in de *bilik*; dit Oudturkse woord staat voor een levensfilosofie die op drie pijlers rust: onderzoek, levenservaring en wijsheid. Voor iemand die opgroeide in een streng gereformeerde gemeente, zoals ik, is het verrassend te merken dat de bilik geen dogma's kent. Verschillende clans of personen, met dezelfde Turkse wortels, geloven soms in verschillende goden, of in dezelfde god maar onder een andere naam. Ook zijn elementen van het christendom en het boeddhisme vermengd geraakt met het geloof in een onzichtbare wereld bevolkt door geesten, die zich in meerdere hemellagen kunnen ophouden. Soms leiden verschillen in opvattingen tot wrijvingen, schisma's of zelfs onderdrukking van bijvoorbeeld sjamanen. Maar niemand kan zich beroepen op een heilig gelijk, de bilik is pragmatisch en kent geen formele regels. De praktijk wijst uit welk geloof of welke richtlijn voldoet en de enige constante is de functie van de bilik als hulpmiddel, prisma of moreel kompas dat mensen door moeilijke tijden heen loodst.

Inzichten over het universum, de ziel en de natuur dragen ook bij aan de spirituele ontwikkeling van een mens, vertelde dr. Maja Petrovna me vorig jaar zomer. We dronken thee in een cafeetje naast de Gorno-Altajuniversiteit in de Altajrepubliek waar zij Folklore doceert. Deze term stamt uit de Sovjetperiode, toen inheemse cultuur en traditionele kennis als achterhaald werden beschouwd. Folklore was iets om je over te verbazen of mee te amuseren, zei de docente en ze klonk nog steeds gekrenkt. Maja Petrovna behoort tot een van de Altajstammen en het ergert haar dat tien jaar na het uiteenvallen van de Sovjet-Unie de cultuur van haar volk in het eigen land nog steeds niet serieus wordt genomen. 'Mijn Russische collega's op de universiteit,' zei ze, 'vinden mijn onderzoek naar plantenkennis, taboes en kinderspelletjes een beetje kinderachtig.' Daar kon ik in komen, want dat vond ik zelf ook. Pas toen ik essays van de Canadese antropoloog Wade Davis las begreep ik dat traditionele kennis ook in onze tijd nog steeds van waarde is. Inheemse culturen, schrijft Davis, zijn geen mislukte pogingen om te worden zoals wij. Ieder volk formuleert, afhankelijk van de omgeving en cultuur, een uniek antwoord op de vraag wat het betekent om mens te zijn. De duizenden verschillende uitkomsten getuigen van de genialiteit van de menselijke geest, concludeert Davis. Van achterlijkheid is geen sprake.

Het denkduwtje veranderde niet meteen mijn opvattingen maar liet me wel op een frisse manier naar de Altajcultuur kijken.

dag 11

26 juni – 16.15 uur

49°34'NB|86°18'OL – Hoogte 1672 meter

Weer: fris, helder, later op de middag regen

Omgeving: Djazavojemeer, besneeuwde bergen. Naaldbossen. Zicht op de Belucha.

Divers: blokhutten; grenspolitie; omheiningen; mensengeur

Kleur: goud, rood

Van de hemel in de hel en dat in luttele uren.

De dag begint veelbelovend. Ontwaken in een kraakheldere, vrieskoude wereld. Rijp op gras. Een ochtendplas doen met uitzicht op besneeuwde bergen en een berengezin op de heuvel tegenover het kamp. Vannacht zwierf moederbeer met haar twee pups rond het kamp, bewijzen paniekrondjes van vastgebonden paarden. De drie struinen nu doodgemoedereerd de helling af, op zoek naar bessen. Uit de achteloosheid van hun gebanjer door de bergtoendra kun je opmaken dat de berin ons niet met wapens en dodelijk geweld associeert. Het vertrouwen van een dier is een gebaar van genade, zou Barry Lopez zeggen.

De geur van rook en gegrild spek lokt me naar het kookvuur, waar Andrej in een theeketel roert. Op het ontbijtkleedje liggen heerlijkheden waar gezondheidsfreaks hun neus voor zouden ophalen: room, boter, witbrood en jam. Gesterkt bestijgen we de paarden en gaan de zon tegemoet, voorbij ingezakte heuvels en ronde waterplassen waar ijsvliezen op drijven. De paarden vullen onder het lopen hun buik en klimmen zonder protest naar koudere regionen, waar sneeuw ligt. Smeltwater vloeit in brede banen over de flauwe helling, eerst aarzelend en bij de steilere delen allengs sneller. Waterslingers vormen smalle geultjes die beneden in het stroomdal gezamenlijk noordwaarts stromen, waar ze zich verenigen in de Ob.

Van een afstandje lijkt de pas niet spectaculair, het pad ernaartoe stijgt geleidelijk en met de hoogte valt het wel mee want overal groeit gras. Ik verwacht dan ook geen groots uitzicht, maar boven aangekomen staar ik sprakeloos naar de besneeuwde vierduizenders aan de horizon. Netjes in het gelid tekenen de gekartelde bergreuzen zich af tegen de strakblauwe lucht. Wayne riedelt hun namen op. Aan onze rechterhand vijf toppen op een kluitje die samen Tavan Bogd heten (ze staan op het drielandenpunt van China, Mongolië, Rusland), aan de andere zijde de Joezjna-Altaj Chrebet (bergketen), die Rusland en Kazachstan met elkaar verbindt. En wat afzijdig van de rest staat de Belucha, met 4506 meter de allerhoogste berg in de Altaj. Als alles goed gaat zullen we na onze rondedans haar voeten kussen. De voortekenen zijn gunstig, stelt Andrej ons gerust. De Belucha houdt zich meestal schuil, maar vandaag verspert geen enkele wolk het zicht op de helderwitte top.

Een bergpas overgaan blijft een wonderlijke ervaring, de scheiding tussen twee stroomdalen markeert een overgang naar een nieuwe wereld. De reiziger maakt een verse start, letterlijk en figuurlijk. Volgens de Altaj-traditie moet op deze plaats een *ovoo* staan, een piramide van losse stenen, bedoeld om de geest van de bergpas te eren. Maar tot nu toe zag ik geen enkel gebedslint, stenen monument of iets wat op natuurverering wijst.

Ik zou de tijd willen rekken. Op deze waterscheiding stroomt meer weg dan alleen water. Het is volkomen stil in mijn hoofd en in de rest van mijn lichaam. Weg spervuur aan gedachten. Weg pijn in mijn rug. Voor even ben ik zo licht als een veertje.

'Hier lunchen we,' zegt de cowboy op een zacht glooiende alpenweide met uitzicht op de besneeuwde berg Belucha. De paardenmannen doen er het zwijgen toe en laten de zadeltassen demonstratief hangen. Codetaal voor: We blijven maar even en een versterkend glas thee kun je vergeten. Wayne en ik doen net alsof we de korzeligheid niet opmerken. We breken een reep chocolade in stukken, knabbelen op gedroogde abrikozen en genieten van het panorama. Op mijn buik schuif ik door de alpenweide en fotografeer blauwpaarse en gele Altajviooltjes tussen pastelblauwe vergeet-me-nietjes met op de achtergrond de Belucha, de ijskoningin. Tussen berg en weide doemt een donker woud op waarin bruine beren en wolven wonen. Een bos zoals bossen moeten zijn: mysterieus en niet ongevaarlijk. De romantiek ontgaat Andrej, de man die zo-even nog beweerde te genieten van het buitenleven trekt onrustig aan een filtersigaret. De twee paardenmannen lopen ongedurig rondjes, controleren de paarden met een boze frons op hun voorhoofd en kijken steeds vaker onze kant op.

'Laten we maar gaan,' zeg ik berustend tegen Wayne.

Het bospad voert loodrecht naar beneden, langs Siberische dennen met breed uithangende takken en veenstruikjes waarin afgekloven dennenkegels liggen. De voedzame pijnboompitten tussen de schubben zijn opgepeuzeld door grondeekhoorns en muizen. Onverwacht doemt een brede zandweg op met daarachter een uitgestrekte waterplas, het Djazavojemeer. Het zandspoor voert langs het meer naar een houten nederzetting, een basiskamp voor sportvissers.

'Jullie zijn de eerste gasten dit jaar,' zegt een tanige vrouw met gesprongen adertjes op de wangen. Ze gaat ons voor over loopvlonders waaronder drassige veengrond gemoedelijk meedeint. We kiezen de grootste blokhut. Een dikke laag stof bedekt vloeren en bedden. Muggen. Lichte regen. Het gevoel zwaar belazerd te zijn. We hadden nog uren in het bos kunnen blijven, maar de paardenmannen wilden gewoon naar huis. En nu mogen wij in dit muggenparadijs een dag op de volgende ploeg wachten, laat Andrej weten.

Heel even Salomé te zijn, fantaseer ik met een blik op de hakbijl naast de deur.

19.10 uur

49°34'NB | 86°18'OL – Hoogte 1672 meter

Weer: opgeklaard

Omgeving: Djazavojemeer

Kleur: goud

Zelfde plek, zelfde dag, paar uur later. Frisgewassen haren, schoongeboende huid, glas whisky bij de hand. Ik zit op een boomstam naast de cowboy. De Belucha glinstert aan de horizon. Tussen de berg en het bankje glanst een purperzwart cyclopenoog, het Djazavojemeer. Afgetekend tegen de hemel een ragfijn silhouet van een roeibootje, een visser en een hengel. Geluk valt je pas ten deel als je geen voorstelling hebt van hoe het leven zou moeten zijn.

Onbevangenheid is waar deze reis om zou moeten draaien, maar afgaande op de vele rode lijnen op mijn Shambhala-schatkaart komt daar niet veel van terecht. De gouden momenten zijn er wel, maar blijkbaar beklijft geluk minder dan ergernis.

dag 13

28 juni – 15.05 uur

49°17'NB|86°34'OL – Hoogte 1246 meter

Weer: droog, wolken en zon

Omgeving: landelijk, heuvelachtig, bos

Kleur: rood

We rijden alweer twee dagen door een bos dat geurt naar regen en dennenhars. Ons groepje volgt de rivier de Boechtarma en hoewel ik de schoonheid van het loofbos wel zie, ervaar ik iets anders. Ik heb even schoon genoeg van botte paardenmannen, gesleep met camera's, regen en een tolk die niet goed functioneert. En bovenal erger ik me eraan dat alle paarden lekker draven behalve het mijne. Gisteren wisselden we opnieuw van rijdieren en personeel. Kijkend naar mijn kersverse en supersnel dravende reisgenoten dacht ik: waarom krijgen anderen toch altijd een beter paard dan ik? Nu rijd ik op het wonderdier van de voorman omdat het mijne een zere poot heeft en verdorie... weigert het beest te lopen! Ik moet het met mijn voeten aanmoedigen en ook nog eens flink in de flank porren met een tak. Het is, kortom, hard werken om de groep bij te houden. Wayne geeft eenmalige instructies – versmelt met je paard – en schudt meewarig het hoofd als ik geërgerd informeer hoe je dat doet, versmelten.

Omdat we elke twee of drie dagen van paarden wisselen – ik weet nog steeds niet waarom – heeft investeren in een relatie met het paard weinig zin. Dus ik laat het versmelten zitten en bedien me van mijn gelaarsde voeten en een soepele twijg. Behalve mijn paard ben ik ook de kerels die ons begeleiden meer dan zat. Neem de alcoholist, Irzjan, die zich niets aantrekt van onze wensen. Het zou me geenszins verbazen als zijn opgeblazen kop met uitpuilende ogen onderweg nog eens explodeert. En dan is er dat andere mannetje, een inspecteur, prima vent, schriel postuur, aardig en behulpzaam (in tegenstelling tot de rest). Het punt is alleen dat we hem niet mee hebben gevraagd. En de derde man is Sasja, een grote vlezige Rus. Dertig jaar oud en hoofd van het toerismedepartement van het Nationaal Park Katon-Karagaj. Hij gaat op eigen verzoek mee, of misschien heeft Andrej hem gevraagd. Sasja's specialiteit is toerisme, maar vreemd genoeg is hij totaal niet in ons of onze missie geïnteresseerd. Hij zegt nooit iets tegen mij of Wayne en stelt geen enkele vraag. De mannen hebben genoeg aan elkaar, ze maken lol, zuipen en kletsen gezellig onder het rijden. Wayne en ik zijn slechts decor. Andrej bemoeit zich evenmin met zijn opdrachtgevers, hij rijdt in de achterhoede en geniet in alle rust van zijn sigaretjes.

18.10 uur

49°20'NB | 86°20'OL – Hoogte 1128 meter

Omgeving: Berelvallei

Kleur: groen

De Berelvallei lijkt in slaap gewiegd, het enige wat beweegt is het wuivende, trillende gras en een enkele gevederde wolk. Nergens een dorp, huis of mens in de vallei der koningen, zoals het dal in de volksmond heet. In het hoge gras van de brede en met puinwallen omzoomde gletsjervallei liggen koningsgraven van de Scythen, die ooit vanuit de Altaj tot in Europa uitzwermden. Over de bijzondere vondsten in deze grafheuvels, koergans, is veel gepubliceerd omdat de goed geconserveerde lichamen van mensen en paarden, en de duizenden gouden voorwerpen en andere schatten een nieuw licht werpen op de geschiedenis en cultuur van de Scythen. Toch wijst niets in de weelderige vallei op de bijzondere ontdekking die in 1997 zoveel opwinding veroorzaakte. Ik zie slechts afgeplatte en cirkelvormige steenhopen, waarvan sommige schuilgaan in het gras. Ooit staken de steenhopen metershoog de lucht in, maar door hun enorme gewicht verdwenen ze langzaam in de grond. Andrej heeft zo zijn eigen theorie over de oorsprong van de necropolis in de Berelvallei. De gletsjer die in een vroegere ijstijd het dal uitschuurde liet in de permafrostbodem een langwerpige ijscel achter, die de Scythen met opzet zouden hebben benut om lichamen te conserveren. Wayne vermoedt eerder dat het dal werd gekozen omdat het enigszins afzijdig lag van een belangrijke migratieroute.

De eerste die over de Scythen schreef is de Griekse geschiedschrijver Herodotus (484-425 v.C.). In zijn tijd was het ruitervolk vanuit Azië doorgedrongen tot aan de Zwarte Zee, waar de Scythen handel dreven met Griekse kustkolonies. Herodotus was dus een ooggetuige, maar niemand geloofde zijn beschrijvingen nadat de Scythen van het wereldtoneel waren verdwenen. Concubines en schitterend opgetuigde paarden zouden samen met gestorven krijgsheren in graven zijn bijgezet, vijanden werden gescalpeerd, er zou een overdaad aan goud in omloop zijn geweest, zoveel dat zelfs paardenriemen met goud waren ingelegd. De verhalen waren al net zo fantastisch als de zeemonsters die de Grieken op oude wereldkaarten intekenden, maar de recente vondsten in de Berelvallei stellen Herodotus alsnog in het gelijk.

We rijden het breed uitwaaierende en uitgesleten gletsjerdal in en zetten halverwege onze tenten op bij een bergbeekje. In mijn eentje loop ik terug naar het grootste geopende graf en draai om mijn as, op zoek naar een aanwijzing in het landschap. Waarom werden juist hier zulke belangrijke mensen begraven? Wat zag het steppevolk uit de bronstijd nog meer behalve een vallei die iets terzijde van hun migratieroute lag en uitkeek op de Katon-Karagajbergen? Hoe spreekt de natuur tot nomaden die hun rijkdom danken aan wat de omgeving voortbrengt? Hadden de Scythen zieners die goden raadpleegden bij het selecteren van een geschikte vallei voor de doden?

'Vrijwel elk detail van het graf, ook de ligging, heeft betekenis,' vertelde professor Jean Bourgeois me ruim een maand eerder toen ik hem in Gent opzocht. Uit publicaties wist ik dat Belgische archeologen, onder wie de professor, al vanaf 1998 betrokken waren bij opgravingen in Berel. Omdat de vallei op onze route ligt en door de Scythen als heilig werd beschouwd, dacht ik er goed aan te doen af te spreken met Jean Bourgeois, een van de weinige archeologen die proberen te doorgronden welke betekenis de Scythen aan het landschap toekenden.

'Voor omgevingsaspecten is nog te weinig aandacht in ons vak,' beaamde Jean Bourgeois in Gent. Om een cultuur te ontrafelen bestuderen zijn collega's tastbare objecten, terwijl de mens van oudsher misschien wel minstens zo gevoelig was voor het niet tastbare, het onzegbare maar wel voelbare dat aan de basis ligt van elk geloof en elke religie. Als Jean Bourgeois een graf voor het eerst bezoekt steekt hij niet meteen een spade in de grond maar kijkt eerst rond, tast de omgeving af en legt zijn oor te luisteren bij de wind. Zichtlijnen, geluid van water, markante rotsen of een berg die op een slapende mensenfiguur lijkt, zelfs de akoestiek ter plaatse, de aanwezigheid van een totemdier of een adelaar die overvloog, het kan allemaal van doorslaggevende betekenis zijn geweest bij het uitkiezen van een geschikte vallei voor de doden.

Archeologie is het ontrafelen van dromen uit het verleden, omschreef de Britse archeoloog Christopher Tilley het proces en hij voegde eraan toe dat het 'vangen' van de essentie van een heiligdom het beste gebeurt in je eentje.

Ik ben alleen, maar waar moet ik op letten? Mijn ogen glijden langs bergcontouren, op zoek naar een betekenisvol silhouet. Ik noteer kleuren en geuren, kijk naar de baan die de zon beschrijft, luister en wacht geduldig op een seintje. Maar een ingeving of kippenvelmoment blijft uit. De vallei is prachtig maar ik had stiekem gehoopt op meer.

Verderop in het dal staat een enkel gebouwtje, een provisorisch museum, ingericht door een optimistische investeerder. Twee dames wachten ons op bij de deur, ik verwacht niet zoveel van het bezoek maar de foto's, reconstructietekeningen en nagemaakte voorwerpen in de vitrines doen me naar adem happen. Lijkwades bestikt met gouden voorwerpen, massief gouden halskettingen, vrouwenvoetjes in gedecoreerde leren laarsjes, een pruik waaruit een sierlijk torentje met gouden versierselen steekt. De gezichten zijn lang en smal, met hoge jukbeenderen en lange rechte neuzen. In de meeste graven waren paarden bijgezet, sommige droegen goudkleurige gezichtsmaskers die doen denken aan de maskers van nomadenvrouwen uit Oman. De artistieke kwaliteit van gouden tuigage, gouden ornamenten en gouden sieraden en ook de hoeveelheid vondsten was in tegenspraak met wat archeologen dachten aan te treffen in deze vallei en aanvankelijk wist niemand zich raad met de hoeveelheid kostbare objecten in de koningsgraven. Niet alleen deze gouden voorwerpen maar ook andere, zoals Chinese spiegels en handgeknoopte zijden weefsels, stelden de wetenschappers voor een raadsel. Want waar haalden nomaden deze spullen vandaan? Wandelend langs de vitrines denk ik aan de archeologen die de eerste graven in Berel openden. Ze moeten zich Howard Carter hebben gewaand, de ontdekker van Toetanchamons graf.

Gouden voorwerpen van de Scythen doken al in de tijd van Peter de Grote op en de eerste officiële opgraving van een koergan vond honderd jaar geleden in Berel plaats. Maar niemand kon toen vermoeden dat het steppevolk zo'n verfijnde en wijdverspreide cultuur had gekend. Nomaden worden vaker onderschat door stedelingen die denken dat beschaving voortkomt uit zitvlees. De Scythen leefden aan de periferie van de 'beschaafde' wereld en voerden handel met India, China, de Grieken en het Perzische Rijk. Goud haalden zij uit de Altaj, genoemd naar een Oudturks woord voor goud. Vaklieden, die vanwege hun alchemistische werkzaamheden een aparte status moeten hebben gehad, smolten en bewerkten het edelmetaal tot magische voorwerpen waarin dieren figureerden. De griffioen, het vliegende paard en de eland met gelobde oren vinden hun oorsprong bij de Scythen en werden later ook door andere culturen overgenomen. De Scythen lieten geen geschriften na en het is bijna onmogelijk om hun wereld enkel aan de hand van grafvondsten te herscheppen. Maar gezien hun leefwijze en de oriëntatie van de graven in het landschap, met aandacht voor de vier windstreken, de nabijheid van rivieren en sterke zichtlijnen, moet het landschap een belangrijke rol hebben gespeeld in de kosmologie van de Scythen. Wat de vraag oproept of die wereld misschien nog te reconstrueren is en kiemkracht heeft, net zoals duizenden jaren oude zaden onder de juiste omstandigheden soms toch nog gewas voortbrengen. In de nabije toekomst lukt het misschien om aan de hand van symbolen, taal en voorwerpen het geestelijke verleden van verre voorouders tot leven te wekken, maar ik denk niet dat we hun denkwereld ooit zullen doorgronden. Toch neem ik me voor om morgen een voorzichtige poging te wagen.

dag 14

29 juni

Berel geeft me het gevoel hopeloos te falen. Na het gesprek in Gent met Jean Bourgeois had ik me voorgenomen een paar dagen in deze vallei te verblijven om mijn ogen de kost te geven, de wind te voelen, in mijn eentje bij een koergan te slapen. Ik zou een berg op klauteren om de vallei vanuit vogelperspectief te bekijken en net zolang op mijn arendsnest blijven zitten tot er iets gebeurde: wat, dat merkte ik vanzelf wel. De natuur in de Altaj is doortrokken van levenskracht, zeggen herders en sjamanen in Siberië. Iets daarvan moet voelbaar zijn in de afgelegen Berelvallei. De Scythen geloofden in een bezielde natuur en ze kozen deze plaats welbewust als meest geschikte locatie voor een necropolis. Maar wat het geheim van de plek ook is, ik kom er niet achter.

dag 15

30 juni – 08.50 uur

49°17'NB|86°33'OL – Hoogte 1246 meter

Omgeving: rivier Boechtarma, weelderig bos, mals gras voor de paarden

Kleur: goud

Dauwdruppels spelen met de zwaartekracht. Nevel stijgt langzaam uit het rivierdal omhoog en een lichte ochtendbries verjaagt de slaap uit mijn ogen. De paardenmannen draven ver voor ons uit. Laat mij maar, gebaar ik naar de cowboy, die vragend omkijkt. Mijn paard zoekt zijn weg door een modderig weitje, waar mijn oog een paars vlekje ontwaart. Haastig trek ik aan de teugel, spring uit het zadel en buig me met een zakflora over een gevlekte orchis in nat gras. Een gelovige zou niet eerbiediger kunnen knielen bij het voorwerp van devotie. Mijn eerste orchidee in Kazachstan! Vanwege een paar gevlekte blaadjes en wat paarse bloemetjes ben ik als bij toverslag een ander mens. Weg knallende hoofdpijn, weg ergernissen van de afgelopen dagen.

'Leuke bloem,' zegt Wayne, als ik hem een foto van de orchidee laat zien.

namiddag

49°14'NB|87°00'OL – Hoogte 1730 meter

Weer: helder en koud

Omgeving: wit besneeuwde reuzen

Divers: zon op 04.10 en onder 20.35

Kleur: blauw

Einde van de wereld. We bevinden ons in een onbestemde zone tussen twee landsgrenzen. Mijn neus en tenen bevriezen langzaam, maar waarom klagen over dode tenen? De rit voert door druppend bos met de geur van hars, paden slingeren over berghellingen die zelfs de meest verwende botanist in vervoering brengen. Misschien haalt zo iemand de neus op voor de spetterend rode pioenrozen die mij in hemelse sferen brengen, maar niet voor de blauwe iris op het korte steeltje (*Iris ludwigii*) en de zoetgeurende *Biebersteinia odora*, een eenjarig plantje dat hoog in de bergen voorkomt en in 1806 is vernoemd naar de Duitse ontdekkingsreiziger en botanist Friedrich von Bieberstein, die aan het einde van de achttiende eeuw door de Kaukasus trok. Twee eeuwen later was de Kaukasus allang in kaart gebracht terwijl de Altaj een onbekende tovertuin was gebleven. De Russische veldbiologen die vijftig jaar geleden op pad werden gestuurd om in deze uithoek de flora en fauna te beschrijven hadden het kaliber van een geharde ontdekkingsreiziger zoals Przjewalski, die in de negentiende eeuw Centraal-Azië verkende. In de jaren zeventig en tachtig trokken de biologen Yuri Kototsjov en Boris Sjtsjerbakov eropuit zonder tent en slaapzak (te zwaar), ze keerden twee maanden later lek geprikt en sterk vermagerd terug met uitpuilende botaniseertrommels en beschrijvingen van tientallen nieuwe broedvogels. Nog steeds verrast de Altaj. In 2007 sprak ik een Deense botanist die met Russische collega's in Oost-Kazachstan naar plantensoorten zocht die gedijen op plaatsen waar van nature veel radioactiviteit voorkomt. Hij opperde dat de speciale energie die mensen in het Altajgebergte menen te voelen wel eens te maken kon hebben met de aanwezigheid van grote hoeveelheden radon en uranium in het gesteente.

We stoppen bij een verrotte brug, meer gat dan plank. Een van de mannen gaat erop af met een bijl, trekt aan losse spijkers, wrikt een paar balken los, slaat ze elders vast en wenkt de paarden. Onder de gatenbrug spettert en buldert water met de kleur van bedorven melk, de zon maakt er fonkelend opaal van. Hoe hoger we komen, hoe meer het bos in de vallei verschrompelt tot een groene streep. De onstuimige Boechtarma was een uur geleden nog een razende stroom die boomstronken losrukte en meevoerde, maar stroomopwaarts is van vernielende kracht niets te merken en verwelkomt de bergstroom ons met vrolijke deuntjes. Halverwege de middag doemt eindelijk de zendmast op, een dunne naald op een berg waarover de grenspolitie waakt. Hun arendsnest ligt op 1750 meter hoogte en het uitzicht is spectaculair. In het oosten een onneembare rij hagelwitte bergen. In het zuiden suist de Boechtarma naar het dorpje Berel. Ruige bergen in het noorden markeren de grens met Rusland en in westelijke richting lonken sappige alpenweiden. We vragen belet bij de poort. Ook dit is een heilige plek, lijkt het, want we mogen met geen voet de drempel over. Voorbij de ingang ligt een oefenterrein met in het midden een witte stok waaraan de nationale vlag wappert. Daaromheen staan legerbarakken, woningen en schuren. De grenswachten zijn twintigers, fit, met waakzame blik in trotse ogen. 'Wij zijn een elitekorps,' lees ik daarin. Op de binnenplaats kijken twee jonge vrouwen verveeld naar enkele spelende kinderen. Gezinnen wonen het hele jaar door op deze godverlaten en winderige berg, waar niets te beleven valt en waar het grootste deel van het jaar sneeuw ligt. Hoe komen vrouwen de dag door? Eindje wandelen in de bergen? Vissen in de rivier? Haken en breien?

Bij de poort schuift Andrej onze Sasja naar voren als woordvoerder. Officieel hebben we toestemming om een vallei te bezoeken die tegen het Oekokplateau in Rusland aanligt, maar de grenspost kan een veto uitspreken. De officier bekijkt het overhandigde reisdocument en haalt de schouders op. Hij heeft geen zin in rondneuzende buitenlanders in de verboden grenszone. Als goedmakertje mogen we het visrijke Boechtarmameer bezoeken, een goed uur rijden de andere kant op. 'Het is me nog nooit gelukt voorbij deze post te komen,' zegt Andrej als we de berg af rijden. God, wat haat hij stempelaars, pennenlikkers en iedereen die meer te zeggen heeft dan hij. Zonder uitzondering bezorgen al deze lui hem zware migraine, iets wat hij later misschien ook over mij zal zeggen.

dag 16

1 juli – 11.50 uur

49°15'NB|86°59'OL – Hoogte 1742 meter

Weer: bewolkt, miezer

Omgeving: lariksen, overal bloemen

Divers: eerste lint

Kleur: goud

Rendiermos. Vuurrode veenbessen. Siberische lariksen. Kruidige hars en vochtige humus. Uitzicht op het Boechtarmameer, waaruit de gelijknamige rivier stroomt. Midden in het stille meer liggen een paar grijsgroene rotsen, vanaf een afstand lijken het zeehonden die nieuwsgierig mijn kant op kijken. Voorbij het meer waken bergen over de oneindigheid.

De cowboy en Sasja gooien een vishengel uit bij een versperring van rotsen. De rest van de bemanning ligt bij de paarden in het gras. En ik heb me verstopt op een heuvel in het bos, bij het spiegelgladde meer. Geuren opsnuiven. Dagdromen. Niets fotograferen. Niets filmen. Geen indrukken omzetten in een nuttig product. Ik zak achterover op een zacht tapijt van naalden en krullerig mos, en mik af en toe een handvol rode besjes in mijn mond. Mazzelkont.

LINT

Ik heb een katoenen zakje bij me met linten van zijde en katoen waarop vrienden een wens of vraag schreven. Onderweg zal ik af en toe een wenslintje pakken, de tekst lezen en mijn reactie noteren. Het lint laat ik achter in de Altaj, wapperend aan een boomtak, struikje of graspol.

Vraag op lint: Hoe ruikt en smaakt en proeft het paradijs?

Ik ben nog niet in het paradijs geweest. Of ja, toch, heel even, op het traject met Batyr Bai, toen ik op de waanzinnige bergpas stond en in gedachten over het Maraliameer vloog. 'Tussen elk stel zilversparren gloort een opening naar een nieuwe wereld,' schrijft John Muir. Mij overkwam iets dergelijks op de pas, waar het weidse panorama een aangename kortsluiting veroorzaakte in de oververhitte telefooncentrale die mijn hoofd is. Op de pas stopte het gebliep, geknetter en de vloed aan gedachten. Op slag was het oorverdovend stil en pas na enige tijd drongen weer geluiden tot me door, zoals het vrolijke geruis van smeltwater dat de weg van de minste weerstand zoekt. Eigenlijk een groot mirakel, de hoeveelheid water op onze planeet en de weg die het aflegt. Rivieren vervoeren seconde na seconde massa's waterdruppels, water dat ergens vandaan komt, uit hooggelegen sneeuwvelden, smeltende gletsjers, regenwolken of opwellend uit de aarde. Elk druppeltje gaat op reis, verdampt, verdwijnt in dorstige kelen of plantenwortels, koelt fabrieken, lost op in de steppe of versmelt met de zee. Zoet water verandert in zilt vocht. Zeewater verdampt, stijgt op, wolken drijven van hoge naar lage drukgebieden, zware druppels bevruchten de aarde en zo begint de cyclus weer opnieuw. *Samsara*, een eeuwig worden, zonder begin of einde.

Ik klim naar beneden en steek mijn hand in het Boechtarmameer op de plek waar het op het punt staat rivier te worden. Het water smaakt koel als de bergen, fris als de wind, zacht als het mos.

dag 18

3 juli – middaguur

49°17'NB|86°30'OL – Hoogte 1710 meter

Weer: stralend

Omgeving: Kok Daba (groene bergpas)

Kleur: rood

Zo'n twee uur geleden verlieten we de rivier de Boechtarma en bereikten Kok Daba, een bergpas. In het volgende dal ligt het dorp Oryl, waar we bij Andrejs broer zullen logeren. Vanuit de lucht gezien bevinden we ons nog steeds in het stroomdal van de Boechtarma, een gebied dat eind zeventiende eeuw onder Russisch gezag kwam te staan. Kozakken in forten en boeren op akkers moesten het tsarenrijk tegen Chinese horden beschermen, maar het vlotte niet met de aanwas van landbouwers en de tsaar stuurde op den duur dwangarbeiders, die zich in ertsmijnen kapot werkten. De omstandigheden waren zo bar dat de dichte bergbossen hoog boven de Boechtarmavallei bevolkt raakten met Boechtarminski, voortvluchtige gevangenen, dienstweigeraars, bandieten en ander vrijheidslievend volk. Ze werden ook wel 'steenmensen' genoemd, naar de bergen waarin zij hun toevlucht zochten. De vrijplaats in de Altajbergen trok steeds meer mensen en toen Catharina de Grote aan de macht kwam besloot zij een einde aan de situatie te maken. De tsarina deed de steenmensen een aantrekkelijk voorstel: wie afdaalde uit de bossen rond de Boechtarma mocht overal in Siberië gaan wonen, hoefde geen belasting te betalen en zou niet naar de mijnen worden gestuurd. Een klein Utopia, dat niet lang standhield.

Paardenhoeven splijten drassige aarde, straaltjes modder schieten zijwaarts en bedekken grashalmen en roodpaarse geraniums met een sausje bruine chocolade. We passeren drie oude Siberische lariksen, die in een diep gesprek verwikkeld lijken. Wayne wijst van de groene parasol naar het mooie uitzicht en zo komt het dat we midden op de dag zomaar een halfuur uitrusten onder een luchtige overkapping van fijnmazig kant.

Aan de andere kant van de berg begint een nieuw district, met een andere commissaris aan het bewind, legt Andrej uit als we ons weer bij de mannen voegen. Het groepje wacht boven aan de pas op instructies van de districtschef in Oryl, het dorp waar we heen gaan. Het gaat om een ritje van hooguit twintig kilometer, maar doorrijden mag niet. De chef stuurt verse paarden waarvoor we niets hoeven te betalen, kraakt een stem door de radio. Niemand snapt er iets van, maar wachten moeten we evengoed. Het duurt zeker twee uur voor de paarden zullen arriveren en van dit volstrekt chaotisch functionerende park wil Sasja een toeristische trekpleister maken. Hij streeft naar een verdubbeling van de bezoekersaantallen, zegt hij: van vierduizend naar achtduizend. Andrej moet er hartelijk om lachen, want vorig jaar werden maar vijf buitenlanders in het park gesignaleerd en op dit moment zijn wij de enige toeristen.

Een van de inspecteurs uit Berel houdt het voor gezien en wil terug naar huis. De dikke zuiplap Irzjan gaat wel mee naar Oryl, net als Sasja, die ons daar zal verlaten. Dit is het betaalmoment. Wijs geworden had ik gisteravond de nota met Sasja doorgenomen: volgens afspraak vijf paarden en één paardenman, namelijk Irzjan. Hij had instemmend geknikt, maar zijn berekening valt vanmiddag toch anders uit. Op de loonlijst staan ook de inspecteur uit Berel, zijn paard en dat van Sasja.

'Akkoord?' leg ik de herziene begroting voor.

Sasja kijkt alsof zijn schoenen ernstig knellen.

Andrej staat erbij als een dom schaap.

Wayne is nergens te bekennen.

'Verdorie,' reageer ik geïrriteerd. 'Jullie doen alsof ik de boze heks ben. Maar ik kom ALTIJD afspraken na. Dus zeg voor de verandering eens een keer: "Arita, je hebt gelijk!"'

'Arita, je hebt gelijk,' klinkt het moe gestreden.

F*#@ing mafkezen.

15.53 uur

het dal na Kok Daba

Omgeving: knalgroene heuvels, sneeuwkappen

Divers: toppaard

Kleur: goud

Vanaf Kok Daba zijn we met zeven paarden (vier te veel), twee honden, twee mannen uit Oryl en wij, dat zijn Wayne, Sasja, Andrej, Irzhan en ik.

Grote plus: mijn nieuwe paard voor een halve dag is echt GEWELDIG. Deze rijdt als een Porsche vergeleken met de roestbakken die ik gewend ben. Langzaam lopen, draven, stoppen, keren, het grote sterke paard doet alles subiet. Het is bovendien alsof ik op het gaspedaal druk, een enkel tikje en *zoeffff, fasten your seatbelt*. Wat een pit en souplesse. Bij elke versnelling beweegt mijn lichaam van schrik naar achteren. Drie uur lang mag ik van dit wonderpaard genieten. We dansen bergen af, stappen door plassen en draven over bochtige ruiterpaadjes. Eerst voorop, dan achteraan om rustig te fotograferen. Het paard taalt geen seconde naar zijn kameraden en gaat pas sneller lopen als ik erom vraag. De turbomotor onder mijn gat is balsem voor mijn gewonde ziel want mijn gevoel van eigenwaarde liep een behoorlijke deuk op door de onwillige paarden op rij. 'Dat leer je nooit,' grijnsde Irzjan minnetjes, toen ik hem om tips vroeg. De relatie tussen paard en berijder viel niet uit te leggen, zei hij. Je groeit met paarden op en dan weet je het. Of niet, en dan weet je het niet.

In mijn eentje rijdend merk ik dat mijn zintuigen gevoeliger reageren, afgesneden van gezelschap voel ik me opeens alerter, sterker, groter, energieker. Ondertussen verdwijnt de karavaan achter een heuvel en zou ik mijn poot kunnen breken zonder dat iemand het merkt. Ook Wayne controleert niet waar ik blijf. De onverschilligheid doet ongemakkelijk aan. Alsof ik er niet toe doe. Wat ook zo is, natuurlijk. Alleen in mijn eigen universum ben ik belangrijk.

dag 20

5 juli – 21.40 uur

49°13'NB|86°21'OL – Hoogte 1090 meter

Weer: bliksem en donder; nat en kil

Omgeving: woonkeuken

Divers: ontmoeting met berggod Choba

Kleur: groen

Het dorp met de welluidende naam Oryl staat op vrijwel geen enkele kaart maar vormt het centrum van de wereld in dit district. Langs brede zandstraten staan eenvoudige en goed onderhouden houten huizen. De sierlijke uitgesneden raamkozijnen zijn geschilderd in de Altajkleuren wit en blauw. Voortuinen staan barstensvol boerenbloemen en appelbomen. In het centrum is een warme bakker, ijzerwinkel, minisupermarkt en een handjevol overheidsgebouwen. Het grote ommuurde complex aan de uiterste rand van het dorp is van de grenspolitie. Oryl lijkt me een prima dorp om te vertoeven, in de zomer dan. De sfeer is gemoedelijk en er rijden bijna geen auto's. Loslopend vee heeft altijd en overal voorrang. Als een koe je tuin leegvreet is dat jouw schuld, had je het hek maar dicht moeten laten. Op de houten daken prijken krakkemikkige schoorstenen waaruit rook kringelt. De geur van houtvuur doet me verlangen naar een wereld die misschien alleen in mijn fantasie bestaat. Hard maar overzichtelijk. Huizen bouwen met bomen uit het omringende bos, meubilair bestellen bij de plaatselijke timmerman, zelf brandhout hakken. Varkens en kippen houden voor het spek en de eieren. Elke ochtend een vrolijke stoet schommelkoeien door je straat zien schuifelen. Aan het einde van de dag keren ze terug met een volle uier en wachten geduldig bij het juiste hek. Iedereen in Oryl bezit een paard en er is een hoefsmid. Blubberpaden vereisen laarzen in plaats van trippelschoentjes. Vrouwen van 40+ zien eruit als bonkige moekes. Dat mag hier! Gebloemde hoofddoek, gebreide sokken, trui en vest strak over elkaar, daaronder rok of trainingsbroek en rubberlaarzen. Voor elk raam hangen glasgordijntjes, daarachter schemeren rode geraniums in een pot. Bij de deuren stapels hakhout en een tapijt van spaanders. In de verste hoek van de tuin een buitentoilet en een slinkende hooiberg die eruitziet als een warrige haardos. En onzichtbaar voor het oog een ondergrondse winteropslag van aardappelen, kolen en penen uit de moestuin.

Rijdend door het dorp ervaar ik de menselijke maat. Misschien ben ik beïnvloed door Russische plattelandsschilders van wie ik werk zag in de Tetrjakovgalerij in Moskou. Het is op schilderijen uit die periode altijd zomer, boeren en boerinnen kijken vrolijk en dragen kleurrijke kostuums. Misschien heb ik net als de romantische schilders behoefte aan een dorps Utopia en doet het kleinschalige Oryl met zijn modderstraten en houten boerenhuisjes daarom zo weldadig aan. Een econoom zal beweren dat zo'n karig bestaan het bruto nationaal product niet opkrikt, een keuterboer kan maar ternauwernood overleven en draagt niet bij aan een groei-economie. Geboren worden, voor nageslacht zorgen, familie in leven houden, doodgaan, is zo'n cyclisch bestaan treurigmakend of raakt het juist de kern? En welke vragen stellen dorpelingen zich tijdens hun leven? Zijn ze gelukkig? Afgaande op de hoge alcoholconsumptie en de gemiddelde leeftijd waarop de mannen doodgaan (50 jaar) niet. Dus waarom verkoos een gestudeerd man als Evgeni Koertsjenkov (69), de oudere broer van Andrej, naar wie we op weg zijn, na zijn pensionering het platteland boven de stad?

Andrej heeft zijn broer jaren niet gezien maar vroeger waren de twee onafscheidelijk. Andrej was tien jaar oud toen zijn vader overleed en de acht jaar oudere Evgeni nam de zorg voor Andrej op zich. Soms zwierven ze door de bossen, Evgeni was een ervaren woudloper en wist waar otters en wilde zwijnen leefden en hoe je in het bos kon overleven. Op een van de tochten liet hij zijn broertje hout hakken. De bijl kwam in Andrejs schoen terecht. Evgeni zei niets, deed alleen voor hoe het moest – tussen de benen door hakken – en liet zijn broertje de tocht uitlopen op kapotte schoenen. Harde lessen, grinnikte Andrej, maar wel effectief.

De broer wie ik de hand schud komt op mij best vriendelijk over, maar zijn vrouw – kortgeknipt en geblondeerd haar, adelaarsblik, het lichaam zo compact en hard als een boksbal – lijkt verdacht veel op een strenge kampbewaakster. Ze voegt zich alleen in de warme zomermaanden bij haar man. Evgeni om opheldering vragen over zijn vlucht van de provinciehoofdstad naar Oryl is niet meer nodig.

Yuri Badenkov, de professor uit Moskou, is een goede vriend van Evgeni. Zo weet ik dat mijn gastheer, ook een geoloog, het Nationaal Park Katon-Karagaj hielp opzetten en ik verheug me al dagenlang op een inhoudelijk gesprek. Maar op het erf en in de keuken stuiten mijn vragen, hoe voorzichtig ook geformuleerd, op een nors stilzwijgen. Evgeni wil niets kwijt over het park en ook niet over de toekomst van de Altaj.

Pas een dag en enkele wodka's later begrijp ik dat achter de brombeer een gedesillusioneerd man schuilt. Tot zijn grote verdriet kan het de regering geen zak schelen wat er met de natuur gebeurt. De brieven en rapporten die hij schreef, de raadgevingen en tips over natuurbehoud en parkmanagement, ze hielpen geen zier. Het enige wat Evgeni nog voor de toekomst wenst is dat toeristen wegblijven. 'Er is al genoeg kapotgemaakt,' sombert de natuurbeschermer, die moet lachen om Sasja's bewering dat het park jaarlijks duizenden bezoekers trekt. 'Behalve een enkele visser komt hier nooit iemand,' smaalt hij. 'Dat het zo mag blijven.'

Pas 's avonds laat, na een drukbezette dag van paarden controleren, boodschappen doen, rondbellen over de toestand van de bruggen op ons traject en het halen van de vereiste stempels bij de grenspolitie, ontdek ik de zachtere kanten van Evgeni.

We zitten in de woonkeuken met een fles wodka op tafel en bespreken de route. Het ziet er niet best uit, want de in onbruik geraakte onverharde weg naar het Markakolmeer die wij willen volgen is waarschijnlijk onbegaanbaar. De rivier op onze route is buiten zijn oevers getreden, het kolkende water sleurt rotsblokken en boomstammen mee en de kans dat de vijf oude bruggen die wij moeten oversteken het bulderende geweld hebben overleefd is nihil. Tot overmaat van ramp is noodweer voorspeld. Bliksemschichten flitsen uit vuilgrijze wolken en het is niet verstandig om nu de bergen in te gaan, maar willen we tijdig bij de Chinese grens aankomen dan moeten we haast maken. Aangemoedigd door de wodka vraag ik Evgeni of we iets kunnen doen om de weergoden gunstig te stemmen. Een ritueel, een offer, een gebed, wat hier ook maar de gewoonte is. Tenslotte gaat het om plaatselijke weergoden, zeg ik, een schamper lachje verwachtend. Maar tot mijn verbazing klaart Evgeni's gezicht op, hij wenkt en gaat me voor naar zijn werkkamer. Daar staat tussen allerlei spulletjes een kleibeeldje van een raar mannetje. Hij draagt een slappe hoed en rookt een pijp, en heet Choba. Dat is de god van de lokale bergen, zegt Evgeni zonder ironie. Voor hij de bergen in gaat vraagt hij Choba om bijstand en als hij gezond weerom komt, bedankt hij Choba. Het beeldje gaat mee naar de keuken. Er komt melk bij te pas en een paar druppels wodka. We leggen de routekaart op tafel en zetten het kleibeeldje erop. Ik voer hem melk en wodka, en mag een wens doen: Droog weer. Droog weer. Droog weer.

dag 21

6 juli – 13.00 uur

49°14'NB | 86°21'OL – Hoogte 1090 meter

Weer: regenwolken, nevel

Omgeving: modderplassen, hooibergen, mestvaalten, stapels hakhout

Kleur: groen

De hoefsmid in Oryl is net zo onmisbaar als een automonteur in de stad. Mijn rijpaard staat stevig tussen vier boompalen ingeklemd, voet voor voet gaat omhoog en krijgt een hoefijzer aangemeten. Het zijn speciale ijzers met twee naar beneden wijzende punten voor extra grip. *Kloink, kloink, kloink*. Geluid van staal op staal. Een buurman komt voorbij, maakt een praatje, de smid rookt een peuk en gaat weer verder met nagels drijven. Het karwei vereist concentratie, kracht, precisie. Het paard voelt de opwinding van de aanstaande reis en ook bij mij overheerst opwinding. Het enige schaduwrandje is de man die met de paarden meekomt, een pezige veertiger, topfit, duistere blik. Bij de kennismaking vermorzelde hij mijn vingerkootjes bijna en er gaat eenzelfde stille dreiging van hem uit als van de koolzwarte wolken boven het dorp. Die doen ook niets, ze hangen maar wat rond, tot opeens de ontlading komt.

16.35 uur

49°14'NB|86°21'OL – Hoogte 1090 meter

Weer: donkere wolken, vochtige kou

Omgeving: modderplassen, hooibergen, mestvaalten, stapels hakhout

Kleur: groen

Weduwe *baba* Njoera is de kruidenvrouw van het dorp. Ze is 94 jaar, hardhorend, heeft pretogen, een aanstekelijke lach en een kromme rug. We zitten op stoelen met kanten kleedjes in haar witgekalkte huisje met moestuin aan de rand van het bos.

Evgeni schreeuwt een vraag in haar dove oren. 'Ja, ja,' lacht ze, de buitenlandse mag alles filmen. Met een stok die net zo welft als haar rug hobbelt baba Njoera naar de bijkeuken, waar geneeskrachtige planten en berkenbast te drogen hangen. Nee, hulp heeft ze nauwelijks, ze doet bijna alles zelf. We volgen haar naar de tuin en het bos, waar nog maar weinig kruiden groeien: 'Loslopende koeien vreten alles op.' Baba Njoera is te oud om de bergen in te gaan – waar nog wel van alles groeit – maar soms verzamelt haar dochter de kruiden waar ze om verlegen zit. Hoe ze weet welke planten bruikbaar zijn? 'Gewoon naar de koeien kijken.' Wat een koe eet is ook goed voor de mens, leerde ze van haar moeder. Baba Njoera is vergeetachtig, daarom noteert ze in een kruidenkalender vindplaatsen, bloeitijden en de data waarop de verschillende kruiden geplukt moeten worden. Zo oogst zij berkensap na 14 april. Dan steekt ze een ijzeren pin in de berkenstam, bakje eronder en drinken maar. Het sap is een levenselixer en houdt haar het hele jaar gezond. Vrouwen mogen uitsluitend drinken van de vrouwelijke berk (neerhangende takken volgens baba Njoera), mannen van de mannetjesberk (horizontale takken).

Recept van baba Njoera: Thee trekken van berkenblad, het brouwsel verlicht jicht en reuma.

Binnen, aan de tafel met daarop een gehaakt kleedje, vertelt ze over haar leven. De bloedige jaren onder Stalin, het harde werk in ijskoude mijnschachten aan de voet van de Belucha, waar het zeldzame metaal wolfraam werd gedolven. In de Tweede Wereldoorlog waren grote hoeveelheden wolfraam nodig bij de productie van staal, omdat het hardheid verschaft. De graafmachines in de bergen kermden toen het hele jaar door, ook hartje winter. Na de oorlog moest baba Njoera dikke bomen omhakken in het bos. 'Ook heel zwaar werk,' lacht de oude vrouw een paar tanden bloot. Ze rilt onwillekeurig als ze aan de barre omstandigheden denkt maar toch verlaat de lach haar gezicht geen seconde. Ze haalt herinneringen op aan het leven in de kolchoz, ziet arbeiders voor zich die werden weggevoerd maar ook betoverende nachtelijke ritjes met de arrenslede door een maanverlicht winterbos. Baba Njoera praat en praat, over haar jeugd in Berel, over bekenden die voor haar ogen werden vermoord, over versterkende kruidenbaden en satellieten die vanaf de steppe de lucht in gaan en giftige onderdelen van het ontstekingsmechanisme afstoten boven de Altaj. Waarover de monoloog ook gaat, altijd is daar die nieuwsgierige blik en guitige lach. Nooit een klacht of de verzuchting dat het vroeger beter of slechter was.

'Jij wordt later net als baba Njoera,' voorspelt Wayne, als we het toverhuisje verlaten.

'Ja,' zeg ik, 'alleen nog even oefenen op die aanstekelijke lach.'

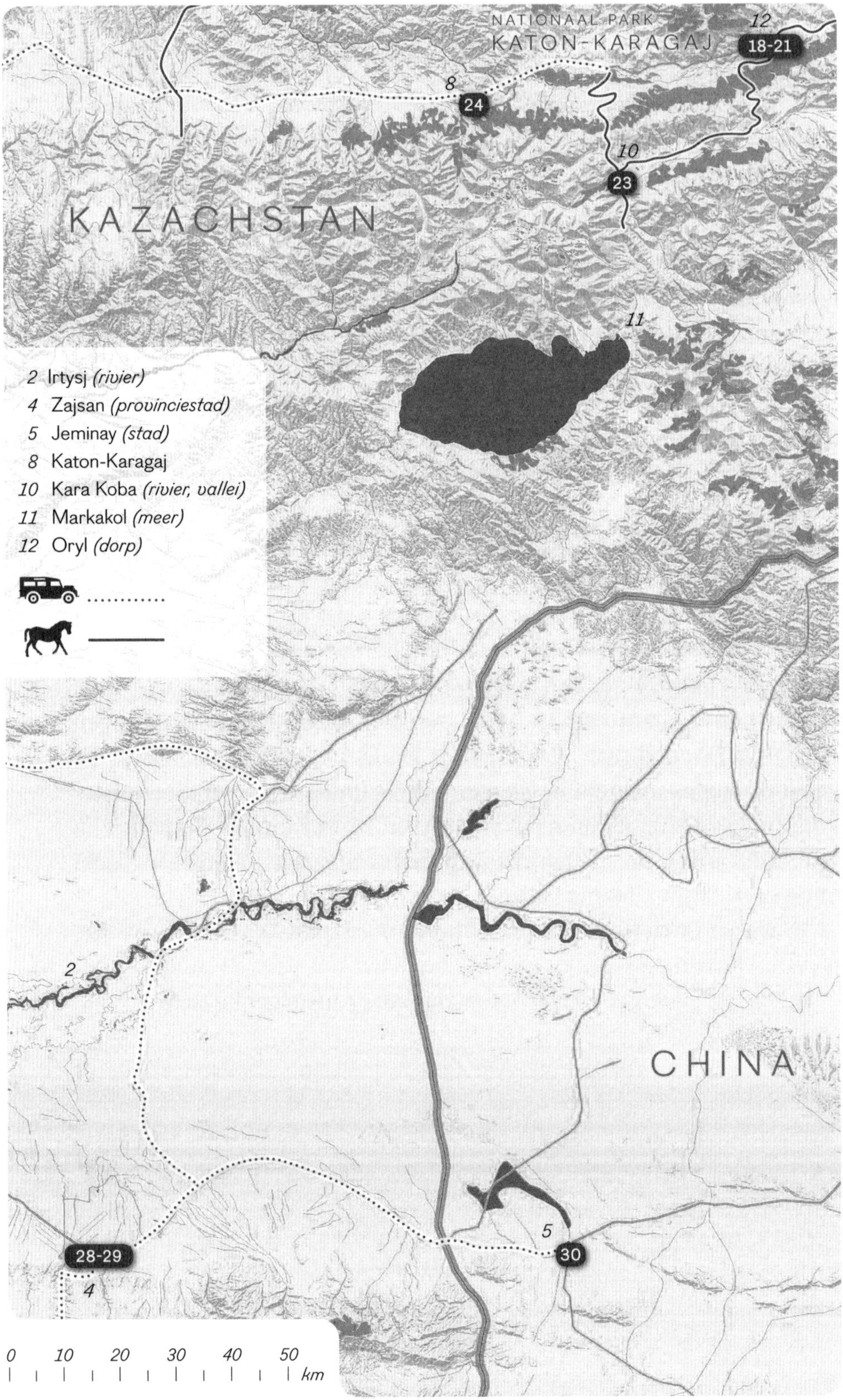
NATIONAAL PARK
KATON-KARAGAJ
12
18-21
8
24
10
23
KAZACHSTAN
11
2 Irtysj *(rivier)*
4 Zajsan *(provinciestad)*
5 Jeminay *(stad)*
8 Katon-Karagaj
10 Kara Koba *(rivier, vallei)*
11 Markakol *(meer)*
12 Oryl *(dorp)*
2
CHINA
5
28-29
30
4
0 10 20 30 40 50 km

dag 23

8 juli – hele dag

Kara Kobavallei

Weer: blauwe lucht met cumuluswolken
Kleur: goud, rood, goud

Halfzes in de ochtend. Rijp op grashalmen van fondant. Geknisper onder mijn koude rubberlaarzen, die alleen 's nachts uitgaan. Bij de bergstroom vul ik de theeketel en hang de zwartgeblakerde pot aan een stok boven de vlammen. Hurkend warm ik mijn handen en prijs me gelukkig met het moment. De wereld is wat mijn ogen ervan maken: een vuur, handen boven oranje vlammen, besneeuwde bergen en een vallei met wilde paarden die dromerig voor zich uit staren. De Kara Kobavallei begint waar onze tent eindigt en lijkt op dit vroege uur te aarzelen tussen dromen en wakker worden. De donkere nachtschaduw glijdt langzaam van de bergen naar beneden en verdwijnt schielijk het dal in, voorbij het groepje paarden dat daar onbeweeglijk staat. *Goud, goud, goud,* krabbel ik in mijn notitieboekje. Shambhala zou zomaar hier kunnen zijn en als ik een wens zou mogen doen, zou ik iedereen behalve mezelf in nevelen laten oplossen en verdwijnen. Mijn ogen volgen het bergstroompje langs de tent naar het gebouwtje van de grenspolitie dat een paar honderd meter stroomafwaarts staat. De mannen kwamen gisteravond langs en vertelden dat alle driehonderd merries, veulens en hengsten in de vallei van de grenspolitie zijn, zij worden hier gefokt en getraind. De training tot politiepaard kan soms jaren duren.

Na het ontbijt ontmoet ik de hoofdtrainer, een boerenpummel met enorme flaporen, scheve tanden, pukkels en een vreemd lachje. Hij lijkt niet helemaal in orde, tot hij op zijn paard springt en huzarenkunstjes uithaalt.

Halverwege de ochtend bereiken we de brug over de rivier de Kara Koba. De houten balken zijn van hun plaats gerukt door het sterk gezwollen water dat rotsblokken en boomstammen meevoert. Aan de overzijde begint de Oostenrijkse weg, tijdens de Eerste Wereldoorlog aangelegd door krijgsgevangenen uit het Habsburgse Rijk. De onverharde weg moet ons in twee dagen naar het Markakolmeer brengen, maar de rivier oversteken lijkt onmogelijk. Ik stap af om de situatie op te nemen en Andrej draait nerveus in zijn zadel.

'Arita, we steken de rivier NÍÉT over.'

Ik geef hem gelijk, maar Andrej registreert alleen het 'nee' uit mijn antwoord dat we niet oversteken.

'Dat wordt onze dood!' klinkt het schel. Hij voegt er overspannen aan toe dat hij een zaak en een gezin heeft.

'Andrej, het is in orde,' zeg ik langzaam. 'WÉ-STÉKEN-NÍÉT-ÓVER.' Langzaam schud ik mijn hoofd ontkennend heen en weer: 'We gaan terug. Terug. Terug.' Ten overvloede wijs ik naar de vallei waar we vandaan kwamen. Andrejs halsaderen zwellen op en zijn ogen staan zo wild dat ik vermoed dat hij een duivelin ziet staan. In mijn hoofd knapt een draadje of misschien breekt er wel een dijk. Alles wat daarachter ligt opgehoopt aan ergernis en frustratie stort zich over de verschansing. Zoveel misverstanden, stemmingmakerij en nooit, maar dan ook nooit gaat Andrej uit van mijn goede bedoelingen. Ik geef mijn paard de sporen, onze tolk bekijkt het maar.

Hoelang ik naast de gloeiende sintels lig te dromen weet ik niet precies. Wel voel ik dat kriebelbloempjes en grasssprieten de spanning uit mijn nek en schouders masseren en dat besneeuwde bergreuzen iets in mijn ogen druppelen waardoor boosheid wordt verzacht tot een dromerig staren. Vanmiddag volgden we de Kara Koba een paar uur stroomafwaarts naar een vriendelijk bosje. Onze tent staat op een bloemenveldje bij lariksen aan een ruisende beek. Wayne heeft zich teruggetrokken met een boek en de anderen vermaken zich verderop, buiten gehoorafstand. In het westen valt ook de nacht en boven me vieren de sterren feest. Ik blaas leven in het smeulende vuur en geniet intens van de stilte. Kijkend naar de oplichtende bergen denk ik aan natuurliefhebber Robert Macfarlane, die meent dat je een markant landschap twee vragen zou moeten stellen.

Vraag 1: Wat weet ik als ik op deze plek ben wat ik nergens anders kan weten?

Vraag 2: Wat weet deze plek van mij wat ik niet van mezelf kan weten?

Wat heeft de Altaj mij op dit late uur te vertellen? Mijn gedachten volgen het spoor terug naar de Kara Kobavallei, de wilde paarden en de blokhut van de grenspolitie. Maar daar stokt de beweging. Ik heb geen zin om de natuur op dit late uur een antwoord te ontfutselen, liever staar ik doelloos in likkende vlammetjes en gloeiendhete kolen.

Wayne is nog steeds wakker als ik tegen elven de tent in kruip. Hij zwaait de slaapzak uitnodigend open en twee ruwe eelthanden verwelkomen mijn verkilde lichaam.

dag 24

9 juli – 20.25 uur

49°10'NB|85°36'OL – Hoogte 1037 meter

Kleur: rood

De setting van ons kleine expeditiedrama is een karig ingerichte woonkeuken in een huurflat in Katon-Karagaj, de hoofdstad van het gelijknamige district. Andrej lijkt uiterlijk volkomen kalm, maar de gekte in zijn hoofd is er niet minder op geworden sinds we vanochtend in de stromende regen werden achtergelaten op een eenzame plek in het bos. De twee paardenmannen weigerden ons vanmiddag naar het provinciestadje te brengen omdat ze liever meteen naar huis wilden gaan met de paarden. De botte houding zal een erfenis van Stalin zijn, maar ik was het gesol meer dan zat en liet dat bij het afscheid duidelijk blijken.

Een paar uur later presenteert Andrej de rekening voor mijn woedeuitbarsting in het natte bos. Dat de paardenmannen ons in de stortregen achterlieten is vergeten, hij herinnert zich alleen mijn boze woorden en heeft zichzelf wijsgemaakt dat wij hem zijn loon niet zullen uitbetalen. De verdachtmaking slaat nergens op maar praten heeft geen zin, zegt Andrej. Zijn besluit vast: 'Ik hoef jullie geld niet meer, ik neem ontslag.'

De mededeling is behoorlijk vervelend maar geen ramp, we kunnen ook zonder Andrej het stadje Zajsan bij de Chinese grens bereiken. Vreemd genoeg draait onze gids bij nu hij van zijn kwelgeesten is verlost.

Hij belt zijn zoon, die belooft ons naar de grens te brengen en zo eindigt de avond toch nog gemoedelijk.

dag 28

13 juli – 16.15 uur

47°28'NB|84°52'OL – Hoogte 660 meter

Weer: zon, warm

Divers: klam en vochtig

Kleur: groen

Het is wennen aan een plek waar de tijd niet heeft stilgestaan. Zajsan is een bruisend grensstadje met asfaltwegen, luxe auto's, standbeelden, glanzende gebouwen en een levendige markt waar goederen uit China worden aangeboden. Op weg naar het hotel passeert ons taxibusje hoge stoepen en keurige plantsoenen, kom daar eens om op het platteland. De luxe hotelkamer is goed voor een vreugdedans over koele tegels en ook het hotelpersoneel ziet er voornaam uit. De Aziatische jongedames van de receptie lijken zo van de catwalk gestapt, met stilettohakken onder giraffenbenen, chique jurk, perfect kapsel en gestifte mond. Het moet de cowboy duizelen, gewend als hij is aan een rimpelig exemplaar in rubberlaarzen.

Zajsan begon in 1868 als militaire post aan de rand van het immense tsarenrijk en groeide al snel uit tot een levendige pleisterplaats voor kamelenkaravanen, die goederen uit China en Centraal-Azië meebrachten. De ontdekkingsreiziger Przjewalski bivakkeerde hier rond 1880, op weg naar Lhasa, dat hij nooit zou bereiken want in de tijd van de Great Game verliepen expedities ook lang niet altijd volgens plan. Op foto's uit de beginjaren van Zajsan oogt de nederzetting als een welvarende buitenpost omringd door ongerepte steppe waarin tijgers rondliepen en paarden die later naar Przjewalski werden vernoemd. Het tsarenrijk verdween, net als de wilde dieren en schommelende handelskaravanen. De Sovjets, die daarna aan de macht kwamen, stuurden geologen en biologen naar het verre Zajsan. Van hieruit trokken onderzoekers te paard naar het Altajgebergte, waar ze goudaders, zilver, koper en tin hoopten te vinden. De Nederlandse vogelkenner Chris van Orden ging in de jaren zeventig en tachtig met Russische veldbiologen mee op veldtochten in de regio rond Zajsan en schreef daar het boek *De glans van het echte* over. De observaties van Chris van Orden geven een zeldzaam inkijkje in het herdersbestaan aan de rafelrand van het Russische en het Chinese rijk. Ondanks de gevoelde knoet van Moskou en Peking bleek de Kazachse cultuur aan beide kanten van de grens nog springlevend en verrassend vitaal en rebels.

dag 29

14 juli – 16.15 uur

het dorp Karasaj

Weer: stralende lucht, zomerzon

Omgeving: steppe

Divers: pioniersgevoel

Kleur: groen

In het achterland van Zajsan City gaan herders op hun brommer achter de kudde aan. Behalve paarden en gemotoriseerde herders steekt op de verlaten steppe niets boven het maaiveld uit. Geen boom of struik neemt het op tegen de zwaartekracht en de koude adem van de niet-aflatende wind. Gras en stof tot aan de gekromde einder. Na vijftig kilometer zandweg komt Karasaj in zicht, een nederzetting van dertig huizen en iets meer zielen, die elkaar dag en nacht in de gaten houden. Mensen wonen hier vanwege het uitbundige gras, waarop ze paarden hoeden van investeerders uit de stad. Een van de herders, een slimme en nieuwsgierige man, gaat met ons mee naar oude grafheuvels in een vallei die de grens met China markeert. Zijn dochter studeert medicijnen in Astana, verneem ik staande tussen edelweiss en geurende tijm. Een meisje dat opgroeit in een stoffig gat en straks afstudeert als arts, dat kan alleen als ook haar ouders groot durven dromen, beaamt de herder. Maar, zegt hij er meteen bij, in de Sovjetperiode was het heel gewoon dat eenvoudige mensen gingen studeren.

Een paar uur later, aan een goed gevulde theetafel in Karasaj, maak ik kennis met de moeder van de medicijnenstudente. De jaren zijn af te lezen aan haar opgezwollen benen en haar gezicht, een schilderij van harde lijnen. Ze wijst naar haar man. Vanwege hem kwam ze twintig jaar geleden naar dit gehucht. Maar haar taak zit er nu op. De kinderen zijn groot en ze wil terug naar Zajsan, naar leven en vertier. Haar echtgenoot geeft de voorkeur aan paarden, frisse lucht, voedzaam gras en een milde winter. Zijn vrouw kent de argumenten en zoekt zwijgend in de buffetkast naar iets wat ze niet kan vinden.

De zon daalt. We wachten bij het hek op de chauffeur die ons om vier uur zou ophalen. Om vijf uur is hij er nog steeds niet en onze tolk, een aantrekkelijke vrouw die overdag in ons hotel werkt, drentelt zenuwachtig op en neer. Haar ogen zijn strak gericht op twee jongens die schijnbaar doelloos op een brommer door het dorp scheuren. 'Laten we binnen wachten,' stelt ze nerveus voor.

In de woonkeuken doet Nurgül haar verhaal. *Nur* betekent licht en *gül* bloem, legt de drieëntwintigjarige tolk Engels en Koreaans uit. Later dit jaar verhuist ze naar de hoofdstad Astana om een goede baan te zoeken; heeft ze dat voor elkaar, dan wil ze trouwen en kindjes krijgen. Een vrouw met aspiraties die een huwelijk uitstelt omwille van een baan, dat is niet gebruikelijk in Kazachstan, waar een ongehuwd meisje van vierentwintig jaar als een oude vrijster wordt beschouwd. Een vrouw die te lang wacht met trouwen loopt bovendien gevaar om te worden gekidnapt door een vrijgezelle jongen die geen bruid kan vinden of geen geld heeft voor de bruidsschat. Vandaar dat Nurgül de pummels op de brommer scherp in de gaten houdt.

Tot in de jaren tachtig van de vorige eeuw ontvoerden herders in Oost-Kazachstan hun bruid op een briesend paard en in tegenstelling tot de huidige bruidroofpraktijken was de vrouw destijds geen willoos slachtoffer. De kidnap had de vorm van een jaarlijkse wedstrijd: *bajge*, dat springen betekent. Alleen de beste ruiters mochten meedoen en de winnaar van de worstelwedstrijd te paard, het moeilijkste en zwaarste onderdeel van het festival, mocht vierentwintig uur doorbrengen met de al eerder verkozen Miss Bajge. Naar believen mochten de twee in een mooi ingerichte joert minnekozen, eten en drinken. De huwelijkse staat van de uitverkoren vrouw deed er niet toe, getrouwd, maagd, weduwe, voor deze ene dag was zij van al haar andere verplichtingen ontheven en mocht ze zich naar hartenlust overgeven aan het liefdesspel met de winnaar. Het was eervol om tot Miss Bajge te worden gekozen. De man met wie zij zich terugtrok in de joert was in alle opzichten uitzonderlijk, hij was sterk, behendig, had charisma en beschikte over leiderschapskwaliteiten. Middelmatige persoonlijkheden, ook al waren ze uitstekende worstelaars, mochten niet aan de wedstrijden deelnemen. Beide bajges, de mannelijke en de vrouwelijke, verenigden het allerbeste uit de Kazachse cultuur en het kind dat in de feestjoert werd verwekt zou die kwaliteiten erven. Geen slechte deal in een nomadengemeenschap waar voorspoed afhangt van klimaat en goede genen.

Niemand in Kazachstan had mij over de bajge willen vertellen, maar Chris van Orden maakte zo'n evenement mee toen hij in 1984 met Russische collega's door de Altaj trok om vogels en planten te inventariseren. Ik las zijn relaas met rode oren; hoe was het mogelijk dat herders uit deze streek de Sovjetstaat hadden uitgedaagd en zelfs ambtenaren uit de weg ruimden om de bajge, symbool van de vitale herderscultuur, te behouden. Chris van Orden schetst een rebels portret van het nomadenleven achter het IJzeren Gordijn en laat ook Kindjikiel aan het woord, de vrouw die voor de tweede keer tot Miss Bajge was gekozen.

'Direct nadat de winnaar zijn medaille had gekregen vroeg hij mij om hem naar de bajgejoert te vergezellen. Binnen was alles voor het gelegenheidspaar klaargezet: voedsel, drank, water, zeep, handdoeken.' Kindjikiel was door haar moeder voorbereid, het kon wel eens een zware nacht worden. Dat was ook zo, er kwam zelfs jodium aan te pas om een bijtwond te reinigen.

Kindjikiel vervolgt: 'Het is normaal dat de man zich in de joert wast omdat hij na de bajgewedstrijden bezweet is. Maar mijn bajge wilde daar niets van weten. Hij zei: "Een bajge paart als een beer." Na een halfuur werd hij zo wild dat hij me in de wang beet. Maar zelfs als ik van tevoren had geweten wat me te wachten stond, was ik de joert in gegaan. Ik ken geen grotere eer dan bajge zijn.'

Vrijuit vertelt deze jonge vrouw aan Chris en zijn collega Boris dat het unieke van de bajge schuilt in 'de combinatie van verlangens, begeerte, liefde, plezier, aanvoelen en wat je daar nog verder bij kunt denken. Het is niet goed uit te drukken. Wie of wat is Allah? Zo is het ook met de bajge. Dat moet je voelen.'

Ik voel tranen prikken bij het besef dat de bajge, een ritueel dat het leven in al zijn schoonheid omarmt en dat een wrede dictatuur wist te overleven, in de eenentwintigste eeuw voortsukkelt als bruidroof, uitgevoerd door losers op brommers die geen vrouw kunnen krijgen.

dag 30

15 juli – overdag

47°NB|85°34'OL – Hoogte 777 meter

Divers: drie hekken met prikkeldraad bij grensovergang

Kleur: rood

Iets over elven dropt de taxi ons bij een suffige grenspost, een ouderwetse afrastering van gaas met een stevig hek erin en een hokje ernaast. Douanebeambten met imposante petten controleren in- en uitreisgegevens. We passeren afzettingen van prikkeldraad en een wachttoren met een nepsoldaat van bordkarton. Zandduinen doemen op. Het eerste hek. Twee uur wachten. Tweede hek. En na de derde afrastering eindelijk op Chinese bodem. Blinkende zendmasten, smetteloze uniformen, witte handschoenen, waakhonden en glanzende hekken rond spiksplinternieuwe douanegebouwen. Het enige wat bekend voorkomt is het gesleep met tassen en het geduw bij de poort.

CHINA

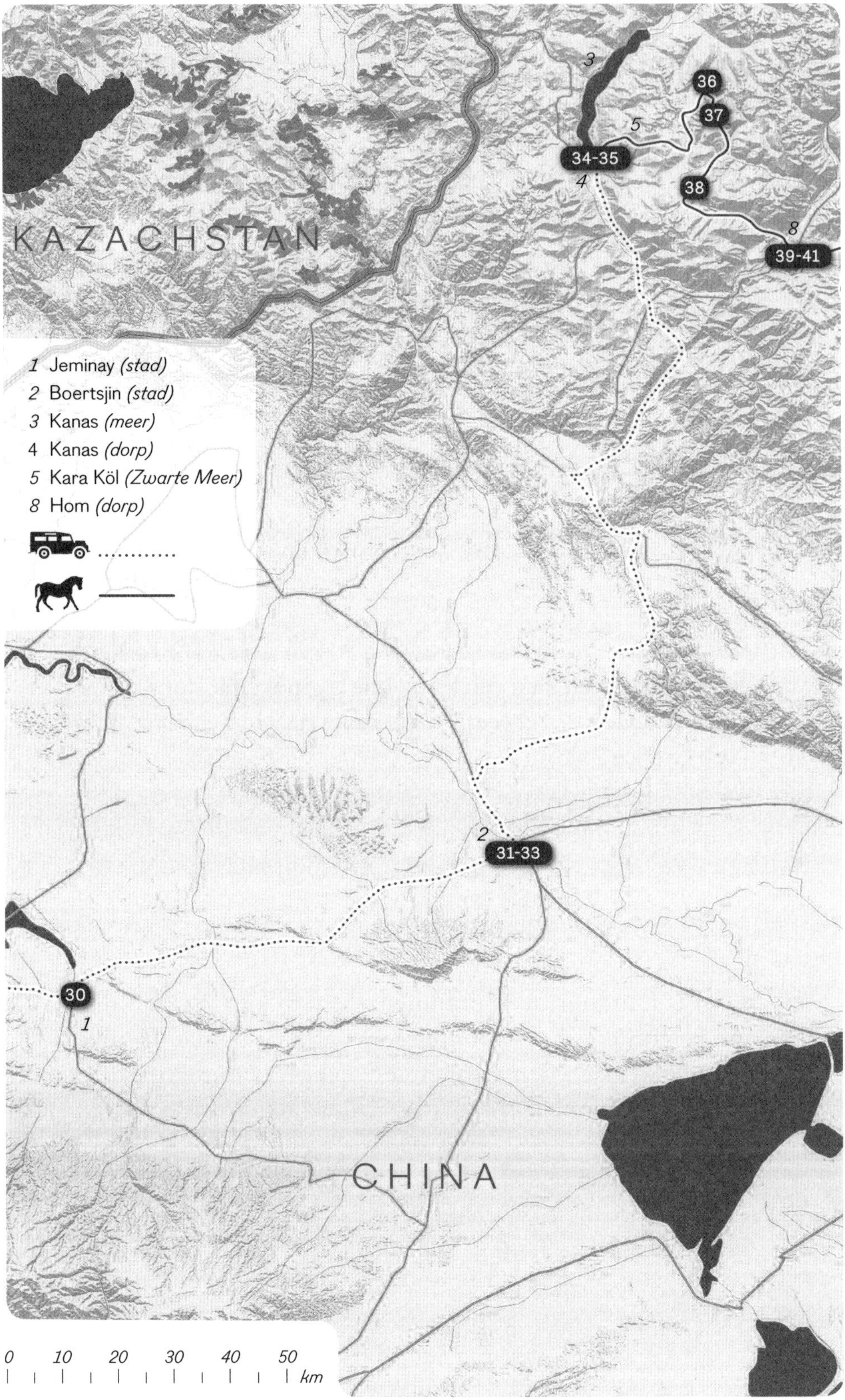

KAZACHSTAN
CHINA
1 Jeminay (stad)
2 Boertsjin (stad)
3 Kanas (meer)
4 Kanas (dorp)
5 Kara Köl (Zwarte Meer)
8 Hom (dorp)
30
31-33
34-35
36
37
38
39-41
0 10 20 30 40 50 km

dag 30

15 juli – namiddag

47°30'NB|85°37'OL – Hoogte 848 meter

Weer: zon

Omgeving: stalen hekken, honden, uniformen

Kleur: rood, groen

Verhit, bezweet en verward laat ik me door Ayken Jasan, onze gids en tolk in China, meevoeren naar een theetentje tegenover de douanepost. 'Hoe was het?' probeert Ayken, een goedlachse Kazach met het uiterlijk van een Han-Chinees.

Ik schud het hoofd als een drijfnatte hond die op verzuipen stond maar nog net de walkant wist te halen. In het gebouwtje waren mijn spullen grondig doorgelicht door een legertje uniformen, die zich bogen over informatie op mijn laptop waarvan ik niet eens het bestaan wist. Drie controles. Drie keer priemende ogen en vervelende vragen. Drie keer buikpijn.

Ayken laat een limousine voorkomen, stopt mij en Wayne op de achterbank en geeft de chauffeur opdracht ons naar de stad Jeminay te rijden. Onderweg stoppen we af en toe op bevel van robotachtige militairen met prachtige rode petten, witte handschoentjes, vliegenvoiles en gepoetste machinegeweren. De vierbaansweg is volkomen leeg, maar voorbij de vangrails is het druk. Hijskranen buigen en strekken hun stalen halzen, vrachtwagens verzetten grond en spiksplinternieuwe zendmasten wijzen naar de hemel.

'Je kunt in China tot in de verste uithoeken mobiel bellen,' meldt Ayken trots.

We volgen je overal, betekent dat. Voorbij het raampje zie ik omgewoelde aarde, bulldozers, vrachtwagens die af en aan rijden. Geen worm blijft in het hedendaagse China op zijn plaats.

dag 32

17 juli – 11.25

47°27'NB | 85°52'OL – Hoogte 905 meter

Weer: zomers warm

Omgeving: provinciestad

Kleur: rood

Al meer dan een halfjaar onderhandelt Wayne met Mister x, die een vergunning belooft te regelen voor Ak Köl, het Witte Meer, een onbeduidende waterplas op de grens met Rusland. Niemand mag daar komen en daarom wil de cowboy erheen. Voor mij hoeft het niet, ik ben nooit eerder in China geweest en waar ik mijn voet ook zet is de wereld een wonder. Dat ligt anders voor Wayne, die vorig jaar naar de Chinese Altaj reisde om contacten te leggen voor de huidige expeditie. Zonder persoonlijke relaties kom je nergens in China, eerst moet je een weg aanleggen, zoals dat hier heet. Nu de denkbeeldige weg is aangelegd heeft Wayne zijn zinnen gezet op het onmogelijke: het verboden meer. Steeds opnieuw moet ik aanhoren dat de reis geen zin heeft als we die plek niet bereiken.

Mister x kan als man in de schaduw met de juiste connecties zaken regelen die officieel niet zijn toegestaan. Dat kost natuurlijk geld en Wayne had regelmatig gevraagd hoeveel. Mister x, die vloeiend Engels spreekt, liet zich daar niet over uit. Op onze laatste dag in Kazachstan hadden we nog steeds geen idee hoe het stond met die vergunning en hoeveel het jawoord zou kosten. Het verlossende telefoontje kwam eergisteren: de vergunning is rond. De documenten liggen klaar. De rekening komt eraan.

De kosten bedragen 30 000 dollar, met inbegrip van drie retourtjes Altaj-Peking en het betalen van diverse hooggeplaatste officials. En dat voor een plas ter grootte van een stuiver, plus de kans dat het avontuur eindigt zoals in Kazachstan, waar grenswachten zich niets aantrokken van een papiertje uit de hoofdstad.

'Als jij 30 000 dollar wilt neertellen,' zeg ik tegen de cowboy, 'ga je gang.'

dag 33

18 juli

47°42'NB|86°52'OL – Hoogte 530 meter

Weer: zomers

Omgeving: nieuwe gebouwen, pleinen, fietsende mensen

Kleur: groen

China lijkt opgetrokken uit bordkarton. Steden lijken op maquettes met gebouwen, apparaten en mensen die er westers uitzien. Alleen het eten in restaurants is ondubbelzinnig Chinees, Oeigoers of Kazachs. Ook de overdekte markten voor etnische minderheden stellen gerust. Piramiden *kurd* (gedroogde kaasbrokken), abrikozen, dadels, amandelen, sesampasta, kruidenthee, touwen, zadeltassen, gevlochten leren paardenzwepen en een mannetje achter een oude trapnaaimachine. Daar zit niets westers tussen. Mijn begerig oog valt op rijk versierde vilttapijten en geborduurde wandkleden voor in de joert. Wacht maar, belooft Ayken, onderweg zien we nog veel meer moois. In moderne winkeletalages prijken gepolijste halfedelstenen uit de regio, jaden beeldjes, bontmutsen, slofjes van vilt en grote harige hondenvachten als haardkleedjes.

De stad Boertsjin, waar we zijn neergestreken, is de springplank naar het Kanasmeer in het noorden, waar onze reis te paard verder gaat. Er zou een monster in het geheimzinnige meer zwemmen, al zijn er weinig getuigen want tot voor kort was het gebied verboden terrein. Het ligt dicht bij Rusland en in het verleden waren er geregeld schermutselingen tussen beide grootmachten. De tijden zijn veranderd, China onderhandelt met Rusland over een gaspijpleiding in het gebied en inmiddels staat Kanas boven aan de bucketlist van rijke Chinese toeristen. Op de kaart lijkt het langgerekte zoetwaterreservoir nog het meest op een afgeknipte blauw geslagen duimnagel, die per ongeluk tussen een paar steile bergen terecht is gekomen. Vanwege de uitzonderlijke rotsformaties en gesteentes is het gebied uitgeroepen tot Geopark.

'sAvonds voegen we ons bij flanerende toeristen, de goed geklede nieuwe rijken, die hoppend als sprinkhanen hun grote land verkennen en het onderweg kaalvreten. We zien veel zwaarbewapende politie maar geen enkele rugzaktoerist. De Chinese toeristenindustrie laat weinig ruimte voor de leegte van de tao. In een land met ruim 1,3 miljard mensen draaien economie en amusement om bulk en dus stappen toeristen met koffers op kleine wielen in stalen kijkdozen op grote wielen. Af en toe uitstappen, rondkijken, een plas doen, fotograferen, instappen en verder rijden.

dag 34

19 juli – 13.15 uur

asfaltweg Boertsjin – Kanas

Weer: droog, nevelflarden
Omgeving: weelderig landschap, doorkijkjes, rivier

Met een zak vol bankbiljetten en de kofferbak gevuld met handgemaakte zadeltassen, korte paardenzweepjes en een voorraadje worstjes, abrikozen, gedroogd vlees, noten en noedelsoep rijden we vanuit Boertsjin naar het dorpje Kanas aan het gelijknamige meer, waar de paarden wachten. Het stadsgewoel is snel vergeten, buiten ontvouwt zich een landschap als ware het een antieke Chinese prent die je uitrolt. Uit natte heuvels klettert een waterval, mistflarden zweven tussen uitbottende bomen, daarachter nieuwe vergezichten en zelfs de vogel in glijvlucht ontbreekt niet. Door dat alles heen loopt een roetzwarte streep, de nieuw aangelegde weg waarover steeds vaker toeristenbussen zullen rijden. Hoe dichter we Kanas naderen, hoe meer hijskranen en hotels in aanbouw. Je kunt tegenwoordig zelfs naar Kanas vliegen, zegt Ayken, die om alles lacht, ook om het ver gevorderde plan om van de Chinese Altaj een eersteklas ski-resort te maken.

dag 35

20 juli – 17.40 uur

48°42'NB | 87°01'OL – Hoogte 1438 meter

Weer: schitterend blauwe lucht met wolken

Omgeving: hoge bergen, dorpje, indrukwekkend meer

Kleur: groen

Als mensen de spiegel vormen van het landschap waarin ze leven, moet het groepje Toevanen dat achthonderd jaar geleden naar de Chinese Altaj migreerde wel heel bijzonder zijn geweest. Op de vlucht voor moordende hordes verstopten de herders- en jagersfamilies zich in afgelegen bergbossen. In de jaren negentig, vertelt Ayken, kwamen volkstellers hiernaartoe om de bergen uit te kammen. Na een paar weken moesten ze het zoeken staken, de Toevanen verdwenen gewoon in het dichtbegroeide woud zodra er een ambtenaar werd gesignaleerd. Opgaan in het bos deden ze ook in de tijd voor Mao, toen het gebied was vergeven van veedieven en struikrovers en zelfs oude oma's midden in de winter in twee minuten de latten onder hadden gebonden om er razendsnel vandoor te glijden. Verscholen in joerten en simpele houten optrekjes leven Toevanen van wat het bos biedt, ook in de winter. Acht maanden per jaar verdwijnen zilversparren, berken en Siberische dennen onder een dik pak sneeuw, dan kraken takken en stammen en is een nederzetting alleen per arrenslede of ski bereikbaar. De allersterkste herders gaan eropuit met lasso en ski's om op edelherten te jagen. Tegenwoordig is de jacht verboden, maar het jagersinstinct zit diep en een maral vangen gaat over meer dan voedsel vergaren. De relatie tussen jager en prooi heeft een mythische component: men gelooft dat het dier zichzelf geeft om de gemeenschap te voeden. Tijdens een ritueel voorafgaand aan de jacht vraagt de jager het hert dan ook om zich vrijwillig te laten doden. Soms voert een sjamaan dit ritueel uit en in dat geval mag hij of zij niet delen in de opbrengst van de jacht, dat zou ongeluk brengen. 'Hij doorbrak het taboe,' verklaarde iemand de narigheid die een sjamaan overkwam nadat hij toch van een gevangen prooi had gegeten.

De meest recente volkstelling – dit keer slaagde de poging – vermeldt dat er tweeduizend Toevanen in China leven. Niemand weet van wie dit volk afstamt, maar zelf houden ze het op hun grote voorbeeld Djenghis Khan.

Staande op een bergtop kijken Ayken, Wayne en ik uit over het diepblauwe, twintig kilometer lange meer dat als een waterdraak om rotsen heen slingert en zijn schuwe kop verbergt achter een uitstekende rotspartij. Het landschap is ruig. Verweerde karst, geplooide granietlagen en metamorfe gesteenten als runderlappen doorsneden met witte slierten kristallijne kwarts. Smeltwater ruist, kabbelt, bubbelt en sist over en tussen rotspartijen en vult uiteindelijk het grote meer, waarvan het water zo zuiver is dat je het kunt drinken.

Het is bijna windstil, groene bomen spiegelen zich in de grote waterplas. Kanas is een kameleon, zegt Ayken. Het meer verandert voortdurend van kleur. Op het einde van een zonnige dag, zoals nu, zweemt het oplichtende water naar zachtgroene jadekleuren, maar als de ochtendnevel over het dal hangt is het meer lelieblank. In de herfst ligt er een gesmolten goudplas door de vergulde lariksbossen op de heuvels rond het meer.

Economische ontwikkeling heeft de bergbewoners dan toch bereikt, merk ik als we terugkeren naar het dorpje waar we logeren. Vlakbij is een nederzetting gebouwd voor Toevaanse families die de bergen verlieten voor het visrijke Kanasmeer. Vrijheid en een hard bestaan in de bergen ingeruild voor staatscontrole, comfortabele huizen, onderwijs en een doktersspost. Het kersverse modeldorp heet Nieuw Toeva.

Net als de bruiloftsgasten in de feestjoert op een weilandje in Nieuw Toeva zou ik mij graag lam zuipen, maar liever nog kijk ik bij vol bewustzijn hoe dorpsoudsten, gerimpelde Toevanen zo klein als dwergen, de bruid en bruidegom ernstig toespreken vanachter een lange lage tafel met hoog opgetast traditioneel voedsel: gefrituurde deegballetjes, gevulde noedels, room, gedroogde kaas en bouillon met vetoogjes. Een schapenbot omwikkeld met wenslint gaat de tafel rond, rook van de jeneverbes zuivert de ruimte en een van de dorpsoudsten, een man net zo gehard en gegroefd als de bergen die hem vormden, prevelt aan een stuk door bezweringsformules en heilwensen. Verstaan doe ik zijn woorden niet, maar de rituelen lijken op wat ik eerder meemaakte in de republiek Toeva in Zuid-Siberië, waar de onzichtbare wereld van geesten als een web over en onder de tastbare werkelijkheid ligt.

Het is benauwd in de joert, er komen steeds meer mensen door het lage deurtje binnen en sommige mannen zijn al lekker aangeschoten; zuipen tot je omvalt, daar zijn bruiloften tenslotte voor. Het schapenbot met lint komt voorbij. Ik weet niet welke symboliek Toevanen aan het bot toekennen, maar ongetwijfeld heeft het te maken met de functie van botten. Een skelet geeft het lichaam vorm en houvast en het beenmerg binnenin, waar je zo lekker bouillon van trekt, maakt bloedcellen aan die zuurstof binden en door het lichaam verspreiden. Het duizelt me een beetje in de overvolle joert waar een penetrante geur van alcohol en schapenvlees hangt. Achteroverleunend sluit ik eventjes mijn ogen en in dat korte moment moet iemand aan de volumeknop hebben gedraaid. In de ruimte achter mijn ogen klinken prevelementen en het gemurmel luider en indringender dan voorheen, de klanken roepen herinneringen op aan mijn tweede reis door de republiek Toeva, achthonderd kilometer naar het noordwesten, waar klanken en woorden nog steeds de uitwerking hebben van harddrugs. Met woorden roept een sjamaan geesten op of verdrijft ze, spreekt vervloekingen uit of brengt de liefde terug in iemands leven. Niemand in Toeva twijfelt aan de invloed van woorden en geluiden, ze bezitten een scheppende kracht en blazen leven in wat nog geen vorm had maar wel in potentie aanwezig was. Luisterend naar het rumoer in de joert verschijnt de sjamaan op mijn netvlies die destijds in Toeva de sjamanenkliniek uit stormde waar ik me bevond. Gehuld in verentooi en rinkelende mantel dreef ze trommelend boze geesten voor zich uit en sloeg ze buiten van zich af, melk sprenkelend en bezwerende formules uitsprekend. Destijds kon ik me nauwelijks voorstellen dat iemand die poespas serieus nam, ik was al net zo'n criticaster als de vroegste Siberiëreizigers. In de zeventiende eeuw omschreef de Russische priester Avakum Petrovitsj een sjamaan als een schurk die demonen oproept. Honderd jaar later dacht men dat sjamanen geestesziek waren of aan epilepsie leden. Tegenwoordig is er meer begrip en zelfs bewondering voor wat sjamanen doen; het is niet iedereen gegeven om op een gecontroleerde manier een andere staat van bewustzijn te bereiken en mensen te genezen. Zodra ik mijn ogen open ben ik weer in Klein Toeva en als ik ze sluit zit ik weer in de sjamanenkliniek. Blijkbaar is reizen door tijd en ruimte niet voorbehouden aan sjamanen.

Buiten de joert liggen een paar dronkaards in het gras. Ook zwalkt een man met mistige ogen over het erf. Hij komt me voor als een dolende herder die op zoek is naar zijn ziel, die is achtergebleven in het vertrouwde bergbos.

Een paar weilanden verderop drommen op dezelfde dag Kazachen samen op een terp in een rivierbedding. Zo'n zeventig ruiters, in leeftijd variërend van peuters tot puisterige pubers, wachten op een teken en geven dan hun paard de sporen. Ze racen alsof hun leven ervan afhangt en vliegen zonder zadel achtentwintig kilometer op topsnelheid door bagger en ruige rivieren. Schuim op paardenlippen. Zweet dat in de rondte vliegt. Opspattend water en modder. Blauw gebeukte kloten. Van het lariksbos waar mijn ogen zich aan laven zien zij niets en de schilderachtige rivier die ruisend over stenen schuurt is slechts een lastige barrière die in volle vaart genomen moet worden. Een jongetje valt bij de afdaling naar de rivier van zijn paard en springt er meteen weer op. Een tweede jongen ploft voor mijn voeten op de grond en houdt snikkend een slappe pols omhoog. Iemand rukt zijn rugnummer los en springt op het bezwete paard om de race alsnog uit te rijden. Elders zouden ouders een dokter bellen, hier krijgt het zoontje een draai om de oren. Hoezo huilen van pijn en frustratie?

De winnaar is een zelfverzekerd ventje, negen lentes jong. Dit jaar heeft hij al zes races uitgereden, hoor ik van zijn onderwijzeres, bij wie wij logeren. Van pijn of vermoeidheid geen spoor als hij triomfantelijk de arena verlaat, de hoofdprijs aan een touw met zich meevoerend. De hoofdprijs heeft vier poten en twee bulten. De reusachtige Bactrische kameel is geschonken door de jonge vader die de race organiseerde om het besnijdenisfeest voor zijn zoontje luister bij te zetten. Drie paarden zijn onderweg bezweken. Hun drijfnatte vacht is nauwelijks droog of slagers zetten het mes er al in. Kom op, flink zijn. Hoezo huilen van pijn en frustratie?

20.40 uur

woning van Komi Batsji in het dorp Kanas

Kleur: rood

'Ga zitten,' klinkt het stroef. Onze tolk Ayken, meestal goedlachs, kijkt somber als een doodgraver en sluit met een frons de deur van het gastenverblijf. 'Ik vertrouw jullie, jongens,' begint het slechtnieuwsgesprek, 'maar leg me uit waarom ik op het matje ben geroepen.'

Onder het eten had Aykens telefoon gerinkeld en opeens was hij verdwenen. Toen hij veel later weer opdook, ging het mobieltje van Maltsyn, de Toevaan die uit zijn woonplaats Hom was gekomen met onze rijpaarden. Ook hij verdween als een dief in nacht.

Buiten werden ze opgewacht door mannen die indringende vragen stelden, zegt Ayken, nog niet van de schrik bekomen. We zitten gedrieën op het slaapplatform van ons simpele gastenverblijf. Huizen zijn net zo ingericht als joerten, beddengoed ligt overdag opgevouwen op een stapeltje en wordt 's avonds weer uitgespreid op het slaapplateau. Ik lig naast het raam, geflankeerd door Wayne en Ayken, een stevige snurker. Voor het eerst tijdens deze reis kijk ik eens goed naar onze tolk. Zo serieus heb ik hem nog niet eerder gezien. Ayken, klein van stuk, tonnetje rond, vrolijke lachrimpels, intelligent, sociaal vaardig en avontuurlijk, gaat al vijfendertig jaar mee. Hij is Kazach, maar spreekt ook vloeiend Oeigoers, een erfenis uit zijn kindertijd, toen Oeigoeren het hier voor het zeggen hadden. Zodra Han-Chinezen na een oekaze uit Peking het gebied in stroomden besloot Ayken ook de moeilijke taal van de nieuwe machthebbers te leren lezen, schrijven en spreken. Onze gids is een overlever, een kameleon, die de camouflagekleur aanneemt van de heersende macht. Daarom heeft hij het zover geschopt en mag hij buitenlandse expedities begeleiden. Zo trok hij te paard met een Finse avonturier van de Altaj naar Peking; de tocht van acht maanden eindigde op het Plein van de Hemelse Vrede met de arrestatie van de Fin. Met westerse bergbeklimmers bungelde Ayken in touwen aan rotswanden van zevenduizenders in het Tien Shangebergte, op een dieet van noedelsoep. En hartje winter onderneemt hij bij diepvriestemperaturen regelmatig skitochten met een Amerikaanse filmmaker en glijdt door de Altajbossen om Toevaanse herders te filmen, die op topsnelheid met opgerolde lasso's achter edelherten aan skiën. Nooit problemen gehad, zegt Ayken, die ongemakkelijk naar zijn sokken staart. Bij de grens was hem al te verstaan gegeven goed op ons te letten. Maar dat was niets bijzonders, wist Ayken. Iedereen wordt nu eenmaal in de gaten gehouden, zeker in Xinjiang, broeinest van onrust. De vraag is alleen waarom een heel andere dienst belangstelling voor ons heeft.

'Komt door mijn bagage,' zeg ik, wijzend op de rugzak met harde schijven, filmcamera's, batterijen, laptop, kabels, gps en wat al niet meer. Wayne knikt, maar doet verder niet moeilijk.

Zou ik een geheime agenda hebben? moet Ayken denken. Spionnen trekken wel vaker vermomd als ontdekkingsreiziger door zijn land. Anderhalve eeuw geleden, tijdens de Great Game, brachten mannen als de Pools-Russische militair Przjewalski en zijn Finse evenknie Mannerheim in West-China invasieroutes in kaart voor Russische broodheren. In buurland Mongolië greep in diezelfde periode de Oostenrijkse baron en sadist Ungern-Sternberg de macht. Maar wat zou ik, een burgermeisje, voor naars kunnen uitrichten? Ik spreek de lokale talen niet en verzet nauwelijks een stap zonder Ayken. Hij knikt en besluit me te vertrouwen. Om de zaak niet ingewikkelder te maken laat ik de leren lap met mijn schatkaart op de verdere tocht door China in mijn zadeltas. Ayken moet de politie dagelijks informeren over ons doen en laten, het noteren van gps-posities en vreemde tekens op een vreemde kaart zou onze reis onnodig in gevaar brengen.

Inzicht

In 1969, toen Gi Yu Xia zes jaar oud was, werd ze in Peking opgepakt en als werkkracht naar het platteland vlak bij Xinjiang gebracht. Op haar dertiende werden zij en haar pleegmoeder verkracht door soldaten. Vanaf die dag moesten ze dagelijks, net als andere opgepakte vrouwen, vijf soldaten 'bedienen'. Wie weigerde of niet meer kon kreeg een nekschot. Een soldaat hielp het meisje na vier jaar te vluchten, haar pleegmoeder was toen allang dood. De ronddolende Gi Yu Xia werd ondervoed en verdwaasd aangetroffen door twee ontsnapte werkkampgevangenen, die het meisje meenamen naar een veilige plek in Xinjiang, een nomadenkamp van Kazachen waar zij zelf ook onderdak hadden gevonden. De twee mannen, een Chinees en een Kazach, waren jarenlang gemarteld omdat ze ooit een verkeerde vraag aan een onderwijzer hadden gesteld. Hun levensverhaal, al net zo bizar en gruwelijk als de lotgevallen van het meisje, vertelden ze in 1984 aan Chris van Orden, die van Oost-Kazachstan naar Xinjiang was gereisd en wekenlang bij de twee ontsnapte mannen verbleef. Of alle verhalen die Chris heeft opgetekend kloppen kan ik niet controleren, maar als slechts een fractie ervan op waarheid berust is het al erg genoeg. Het kan niet anders of iedere Kazach of Toevaan die wij ontmoeten kent soortgelijke verhalen uit de eerste of tweede hand. Ernaar vragen durf ik niet. We zijn slechts passanten en alles wat we doen, zeggen of opschrijven kan worden doorgebriefd. Het roept bij mij twijfels op over de manier waarop we reizen. De Altaj omcirkelen zal ons vast wel lukken, maar wat ontgaat ons allemaal onderweg? Hoe kan een vreemde op doorreis iets begrijpen van nomaden en van hun relatie met het landschap waarin ze wonen, werken, leven en sterven?

Kleur: blauw

dag 36

21 juli – halverwege ochtend

bergpas nabij Kara Köl

Weer: af en toe regenbuien, koude wind

Omgeving: bergbos, moeras en vele meren

Divers: wegaanleg

Kleur: goud

Voor ons ligt het dal van Kara Köl, het Zwarte Meer, een groene schittering van druipend veenmos en vochtige aarde met tientallen grillig gevormde vennetjes en waterstroompjes die de kleur aannemen van pek. Het dal was in de voorlaatste ijstijd gevuld met gletsjerijs dat later smolt en wegstroomde of een bergkom vulde. Niet alle gletsjers zijn verdwenen, de Kanasregio telt meer dan tweehonderd ijstongen die langzaam voortkruipen en onderliggende rotslagen verpulveren tot fijngemalen meel. Staande naast mijn paard kan ik vanaf dit hoge punt ver het dal in kijken en zie uitgeslepen bergkommen, gletsjermeren, puinwallen en grindmorenes. De hele streek dankt zijn vorm en bestaan aan ijs dat er nu eens wel en dan weer niet was.

De wind rukt aan grauwgrijze regenwolken en aan mijn rubberen regenjas. De schurende kou en druilregen maken het gevoel van verlatenheid alleen maar groter. Mijn geest vindt rust bij donkere poeltjes en meren die zich een ijstijd van tienduizend jaar geleden herinneren, daarbij vergeleken is een mensenleven slechts een onbelangrijke oprisping in de tijd en dat perspectief werkt bevrijdend. Kleine figuurtjes kruipen langzaam uit het natgeregende dal omhoog. Het zijn

Bactrische kamelen, die snuit aan staart onze kant uit schommelen. Grote exemplaren met harige donkerbruine vachten, glanzende bruine ogen, brede poten, een houten pin door de neus. De bulten gaan schuil onder handelswaar, torenhoge vrachten pas geschoren schapenvachten.

De stoet stopt boven op de pas bij een berg lege bierflessen, ernaast staat een joert met een vilten flap bij wijze van deur. De karavaanleider laat zijn kamelen knielen en kiepert met een machtige zwiep loodzware pakken schapenwol van hun rug. Straks ruilt hij ze in de joert, een buurtsuper voor nomaden, en keert dan huiswaarts met zakken meel, zout, geperste thee en sigaretten. Maar alles op zijn tijd, eerst nieuwtjes uitwisselen en een biertje drinken.

21.10 uur

joert bij bubbeltjesbron waarin meisje zou zijn verdronken

Kleur: groen, goud

In Nederland is de aanleg van een verkeersader een heel proces met vergaderrondes, milieurapportages en onteigeningsprocedures. Zorgvuldigheid kost nu eenmaal tijd. In China gaat het anders en drukken beslissers op de doorspoelknop, als ik Ayken mag geloven. Hij wijst naar de kolonne vrachtwagens met ladingen zand en grind: 'Aan het einde van de zomer is de weg klaar.' We rijden over een strook omgewoeld zand tussen omheiningen van prikkeldraad, ook al een primeur in nomadenland. Voorbij de afrasteringen herinnert niets aan wat komen gaat. We zien tot de einder heuvels met meertjes en alpiene weiden waarop 's zomers een enkele joert staat. In het oosten kruipt een gemengd bos de berg op om straks in herfsttooi de aurora borealis in schoonheid naar de kroon te steken. Behalve Toevanen komt bijna niemand hier en het is dan ook moeilijk voorstelbaar dat er straks een asfaltweg ligt waarover volgend jaar toeristen per bus nomadenfamilies bezoeken die tot dan toe slechts te paard bereikt konden worden. Misschien brengt het verkeer de joertbewoners langs de asfaltweg voorspoed, een goed lopend bed-and-breakfastarrangement in een vilten onderkomen levert per zomer waarschijnlijk meer op dan een jaar lang schapen hoeden.

Graspollen zwemmen in bruinzwarte modder dooraderd met blauwwitte stroompjes afkomstig van smeltende ijstongen. Ruige rivieren hossebossen over rotsen in de steeds smaller wordende vallei, een fuik van gras en rotsen. Dit is nomadenland, overal graast vee met de smaak van kruidige gewassen in vlees, melk en urine. Jammer alleen dat de schapen alle bloemen opvreten en bergweiden achterlaten als verkreukelde biljartlakens. Het is spannend reizen door een gebied dat zo lang hermetisch afgesloten is geweest. Misschien is het inbeelding, maar de sfeer van een verboden zone lijkt nog tastbaar aanwezig. Het kan ook zijn dat de dagelijkse telefoontjes van Ayken aan de politie subtiel hun werk doen, want ik voel me voortdurend bekeken. Dat onze gids informatie doorbrieft neem ik hem niet kwalijk, het hoort bij zijn werk, sterker nog, zonder Ayken zouden we hier niet eens zijn.

We dalen af naar een kniediepe rivier met een bedding van hobbelige keien, de stenen ontlokken muziek aan het snelstromende water en misschien dat een geblinddoekte herder aan de melodie zou kunnen horen hoe hoog het water staat en zelfs waar we ons precies bevinden. Herders doen aan *deep mapping*, hun mentale kaart bevat niet alleen lijntjes die van A naar B lopen maar ook informatie die je niet aantreft op een stafkaart. De vorm en kleur van wolken bijvoorbeeld, de plek waar een schaap lammerde of doodging, het moment waarop een stromende rivier op de eerste barre winterdag plotseling in bikkelhard ijs veranderde. Deep mapping gaat over betekenislagen in het landschap en over aandachtig waarnemen, generaties lang, waardoor herders aan het spoor van een berin zien waar zij vandaan komt en of zij honger heeft of haast. Zo worden gebeurtenissen voorzien van context en vertellen details in het landschap verhalen die buitenstaanders ontgaan.

Mijn paard zoekt tastend zijn weg over het hobbelbed. Aan de overzijde van de bergbeek volgen we de loop van het water stroomopwaarts tot we aankomen bij een waterbron waaruit bubbeltjes opstijgen. De plek markeert een onzichtbare grens: wie de bovenloop van het riviertje volgt naar het volgende dal bevindt zich in de verboden grenszone waar het 30 000 dollarmeer ligt. Rondom bedekken witte polkadots groene hellingen en in een van de joerten woont vast ook de man die we op de bergpas tegenkwamen met zijn stoet kamelen. Onderweg zag ik werkeloze kamelen loom langs een rivierbocht liggen, hun dikke witte vacht schitterde in de zon. Een perfect plaatje voor een wasmiddelen-advertentie nomadenstijl: NIEUW, wast vachten nog witter!

De regering moedigt nomaden aan om vee te blijven hoeden, zegt Ayken. Het platteland loopt in angstwekkend tempo leeg en wie zal de stedelingen voeden als niemand meer boer of herder wil zijn? Anders dan in Mongolië, waar overbegrazing ernstige bodemerosie veroorzaakt, pakt de Chinese overheid het beheer van graslanden voortvarend aan. In 1984 en 1985 werden weidegronden verdeeld in plots en via loting toegewezen aan geregistreerde nomadenfamilies en hun kinderen. De lease is vijftig jaar geldig en de regering bepaalt het maximum aantal dieren per bergweide. Daar staat tegenover dat herders geen belasting over hun vee betalen. Geen slechte deal, zeker niet als ik het vergelijk met Sudan, waar nomaden klaagden over de belasting die ze jaarlijks moesten afdragen aan een rondreizende tollenaar. Ze zagen er niets van terug, geen ziekenhuis, school of asfaltweg en het verbaasde me niets dat daar oorlog van kwam.

'Wat als de lease afloopt?' vraag ik Ayken. Hij haalt zijn schouders op, wie kan voorspellen hoe de wereld er over twintig jaar uitziet?

Aan het einde van een drassige wei ligt de waterbron. Onze laarzen zakken tot boven de enkels in kletsnatte zwarte aarde rond een waterplas waaruit water en luchtbelletjes opwellen. Zwijgend staan we aan de zompige rand, weggedoken in onze rubberjassen. Groene hobbits, denk ik opzij kijkend, die door de Nevelbergen reisden en zojuist de schuilplaats van de draak ontdekten.

Een Kazachse herder komt aangelopen, opgetrokken schouders, pet op het hoofd. 'Wat komen jullie hier doen?' klinkt het stug als Ayken polst of we onze tenten hier vannacht mogen neerzetten. 'Vreemden komen hier nooit,' zegt de man afwerend. Ayken dringt niet verder aan, kletst wat, maakt een grapje en vraagt het dan nog eens. Zijn brede glimlach ontmoet een zuinig knikje, vooruit dan maar.

Het is een kale bedoening in de joert, die de vorm heeft van een tipi. De grootste attractie in dit onderkomen is het uitzicht. Achter in de tipi is een klein slaapplatform getimmerd, ervoor staan houten stammetjes die als krukje dienen. Aan de voorzijde, bij de open deur, staat een fornuis, gestookt op hout dat uit de vallei is meegenomen omdat op deze hoogte geen bomen groeien. Naast de woontipi staat een moderne tent, een rechthoekige voorraadschuur van aluminium buizen en canvas bedekking. Rondom joert en tent moet een houten hek van stokken de schapen op afstand houden. Binnen de omheining staat een houten staketsel met afdakje waaronder verse kaas ligt te drogen in de gure wind. Op een uitgespreide lap in het gras drogen oranjekleurige plantenwortels, zojuist geoogst door de schoonzoon. Verderop grazen kamelen, schapen en een enkel paard.

'Ons winterdorp ligt 150 kilometer van hier,' zegt Tsjoehan, het gezinshoofd. En de schapen rond de joert zijn niet van hem maar van een rijk man die zijn kapitaal belegt in vee. De avond valt en de bergen werpen lange, kille schaduwen over de joert, waarin een vuur behalve onze verkleumde handen ook een wok met olie verwarmt. We zitten op melkkrukjes en boomstammetjes waarin een hoefijzer is geramd bij wijze van handgreep. Buiten dooft langzaam het daglicht en binnen bij de kachel ontvouwt zich een leven dat bestaat uit sappelen en hopen op betere tijden. De schapenhoeders komen uit het dorp Ah Boelgin en doen er een maand over om met het vee naar de zomerweide te reizen. Terug idem dito. Onderweg maken ze vele stops zodat het vee kan grazen en ooien hun pasgeboren lammetjes kunnen zogen. De seizoenmigratie roept een wereld op waarvan ik dacht dat die in het moderne China niet meer bestond. 'Het is wel steeds moeilijker om de zomerweide te bereiken,' klaagt onze gastheer over de toenemende bebouwing op de route. Eerst werd bezit in China bestraft, nu is geld de nieuwste afgod. Communale gronden gaan in de verkoop en de nieuwe eigenaren omheinen aangekocht bezit met prikkeldraad.

De afrasteringen blokkeren de doorgang. Maar wat te doen? Protesteren is in China geen geliefde bezigheid.

De zwijgende echtgenote van de schaapsherder is een rondborstige vrouw, die op een tafeltje naast de kachel *baursak* voor ons bereidt, een traditioneel pastagerecht. Naast haar krukje staart een schattig lammetje roerloos in de verte. *Klets*. De deegbal raakt het ronde tafelblad maar het lammetje kijkt er niet van op. De vrouw walst het deeg plat met een houten stok. Een flinterdunne lap komt tevoorschijn, die vliegensvlug wordt opgerold. Een groot hakmes verschijnt, *tsjak*, *tsjak* snijdt het de deegrol razendsnel in smalle reepjes. Hup, in de pan met bouillon, roeren, proeven, precies op tijd de slierten uit de pan en klaar. Pasta is helemaal geen Italiaanse uitvinding, besef ik op het houten krukje in een Kazachse tipi, maar een oud nomadengerecht uit Azië. Marco Polo at het op zijn reizen langs de Zijderoute en nam het recept mee naar huis. Zo werden de Italianen spaghettivreters. Het lammetje keutelt en piest op de vloer, maar niemand die erop let. Sinds de dood van zijn moeder is hij gepromoveerd tot joertknuffel. Hij geniet hoorbaar van zijn privileges.

In ons krappe tentje kan ik 's avonds de slaap niet meteen vatten. Een paar uur geleden kende ik de herdersfamilie nog niet en wist niet eens van hun bestaan. Nu zij thee, de maaltijd en verhalen met ons deelden is ons lot via onzichtbare draadjes verweven geraakt. De Kazachse herder en zijn vrouw hebben drie dochters, drie is het maximum aantal kinderen dat een echtpaar van etnische afkomst mag krijgen. Als die drie kinderen dochters zijn ben je slecht af als nomadengezin omdat meisjes na hun trouwen vertrekken. Het zijn de zoons die achterblijven om vader te helpen met het vee en nog weer later het familiebedrijf overnemen. De zorg voor ouders is bij de overname inbegrepen. Aan de getekende gezichten, een stafkaart van grillige lijnen en rimpels, las ik behalve zorgen ook vermoeidheid af. Per jaar vier seizoensverhuizingen met kamelen en honderd schapen, tent opzetten en weer afbreken, dagelijks schapen hoeden, hout hakken, koken, de zorg voor lammetjes in gebergte waar het vaak regent, hagelt en sneeuwt, zo'n zwaar bestaan houd je niet vol tot op hoge leeftijd. Maar aan wie zou het herdersechtpaar het werk moeten overdragen? De brommer naast het hek is van de schoonzoon, die met hun oudste dochter op bezoek is om hogerop in de bergen, waar sneeuw ligt, naar zeldzame planten te zoeken. Een bijverdienste, zijn afnemer is een kruidendokter in de stad. Overmorgen, als het stel weer naar hun comfortabele flatje in de stad tuft, blijft het oudere echtpaar achter met een dochter die de rest van het jaar in de stad studeert en een tienerdochter die geestelijk wat is achtergebleven.

dag 37

22 juli – 12.40 uur

bergtop

Kleur: goud

De wind voert een doordringende geur van vochtige schapenmest mee en ook het doffe hoesten van een ziek schaap dringt door het tentdoek heen. Het is nog vroeg en ik sta op om wat tijd voor mezelf te hebben. Muts op, sjaal om, warm ondergoed onder mijn trui en een tandenborstel in de hand, een beter begin van de dag moet ik nog ontdekken. Damp en nevel hangen zwaar in de lucht en grashalmen maken diepe buigingen vanwege de waterlast. Een kleine inham van een bergstroompje lijkt een ideale plek voor mijn ochtendtoilet. Ik steek mijn hand in het ijskoude smeltwater, wrijf er vluchtig mee over mijn gezicht, druk een lik tandpasta op de borstel en kijk al poetsend de mosgroene vallei in waar alles glimt van de nachtregen. Gezeefd matgrijs licht doet het groen nog groener lijken en elke heuvel is net een tint vager en wat onbestemder van kleur dan de heuvel ervoor. Een vallei als kijkdoos, met uitgeknipte landschappen als coulissen achter elkaar gezet. Mijn paard staat rustig in de wei en verkeert net als ik nog half in dromenland. De schapen hoger op de heuvel liggen op een kluitje en wachten op de herder die elke ochtend alle honderd exemplaren telt voor hij de kudde meeneemt de bergen in. Mijn blik dwaalt naar mijn laarzen en het witte slijmsliertje dat wegdrijft op het vliedende water dat volkomen transparant is. 'Zwart water' noemen ze dat hier, afkomstig van smeltende sneeuw, in tegenstelling tot 'wit water', dat afkomstig is van gletsjers en slijpsel bevat van stenen en rotsen, gletsjermeel in vaktermen.

Bij mijn gelaarsde voeten is van alles te zien, merk ik met de leesbril op mijn neus. Langs de oever groeit driekantige zegge en iets wat op waterscheerling lijkt. Een torretje met glanzend dekschild moet nog op gang komen en scharrelt traag rond. Grassprieten blijken bij nadere bestudering piepkleine plantjes te zijn. Ik zak door mijn knieën om de watertuin beter te bekijken en hoor opeens geluiden waar mijn oren een paar seconden geleden nog doof voor waren. Het is alsof ik op een rumoerig feestje van onderwaterwezens ben beland. Iemand draait aan een waterorgel, glazen rinkelen, geroezemoes klinkt, tapdansende voetjes, een kristallen schaaltje valt uiteen in duizend melodieuze gruzelementen, mijn oren pikken de meest wonderlijke signalen op nu ik de ogen sluit. Was ik een kind, dan zou ik waarschijnlijk hebben gedacht dat het de aarde is die zo vrolijk tegen me praat.

Er zijn mensen die zich het magische moment herinneren waarop hun 'ik' geboren werd. Zelf weet ik het niet meer, maar ik zag het wonder gebeuren in de ogen van de peuter die werd gefilmd toen hij voor de allereerste keer in de spiegel keek. De onverbloemde blijdschap, de verraste blik in de opengesperde ogen, de verrukte lach waarmee hij zichzelf herkende en begroette, het was alsof hij opnieuw geboren werd. Een onvergetelijk moment.

Volgens mij is het mogelijk om het proces in omgekeerde volgorde te doorlopen en te vergeten wie je bent. Het overkwam me in de woestijn regelmatig en ook wel eens in een drukke stad. Zo herinner ik me een vervreemdend moment in de supermarkt. Ik rekende af en zei iets tegen de caissière, maar de stem leek niet van mij. 'Wie is de vrouw die dit zegt?' vroeg ik me af en het duurde wel een halfuur voordat het onthechte gevoel was verdwenen. Iets dergelijks overkomt me vanochtend, alleen voelt de onthechting dit keer als een bevrijding.

Ayken zet me na het tandenpoetsen weer met beide benen op de grond: 'We gaan de berg op!' kondigt hij aan. Het portret dat Wayne een paar uur later op de besneeuwde col van mij maakt laat een intens blije vrouw zien, die voor het eerst voluit lacht omdat ze begint te vermoeden waar ze naar zoekt.

dag 39

24 juli – 10.30 uur

joert

Weer: kletterende regen

Omgeving: nomadenparadijs

Kleur: rood, goud

Onder een bewolkte hemel verlaten we ons kamp op de bergtop waar we gisteravond na een pittige rivieroversteek en heftige klim, die uren duurde, in het schemerdonker arriveerden. Het regende vannacht en om de tenten wat te laten drogen zijn we pas rond negen uur vertrokken. Niet veel later stuurt god de zondvloed. Hemelwater gutst in dichte sluiers over jassen en paardenruggen zo onze laarzen in. De paarden soppen onverstoorbaar door ondergelopen weiland en vanonder mijn capuchon zoek ik een reddingsboei. De familie in de eerste joert die we passeren is zo aardig ons op de thee te vragen, de vrouw des huizes liep toevallig naar buiten om drogende kaasbrokken met een stuk plastic te bedekken en ze wenkte gastvrij. Voorbij de dorpel snort de kachel, op een minitafel in de ruime joert liggen lapjes vilt waar de vrouw een kussen van maakt. Haar man en zoon, een landbouwkundig ingenieur in opleiding, zitten werkeloos aan datzelfde tafeltje, waarop als vanzelf lekkernijen verschijnen. Op de wand en de vloer van het vilten paleis is werkelijk elk plekje bedekt met geborduurde wandkleden, tapijten, kussens, banden en gordijntjes in zinsbegoochelende kleuren. De joert als caleidoscoop met geborduurde schilderijen die de kijker meenemen naar een universum van zonnen, manen, gedraaide schapenhoorns, bloemblaadjes en kabbelende lijnen die bergrivieren voorstellen.

Onze gastheer Toky, een tengere man met een geborduurd kapje op zijn hoofd, pakt een *dombra* van de wand. Het tweesnarige houten muziekinstrument heeft de vorm van een afgeplatte druppel waaruit een lange hals groeit, de klanken roepen visioenen op van een onafzienbare steppe en veel lucht. Er is een veel ouder snaarinstrument, de *qobuz*, dat door Kazachse sjamanen werd gebruikt om naar de onder- en de bovenwereld te reizen. De strijkstok kan uit de qobuz zowel diepe, vibrerende basklanken (onderwereld) halen als heldere en ijle tonen (bovenwereld). Toky speelt verschillende paardenritmes, muziek die thuishoort in de tussenwereld, waar wij mensen vertoeven. Speciaal voor mij eindigt hij met een melodie die is geïnspireerd op de wiegende gang van kamelen.

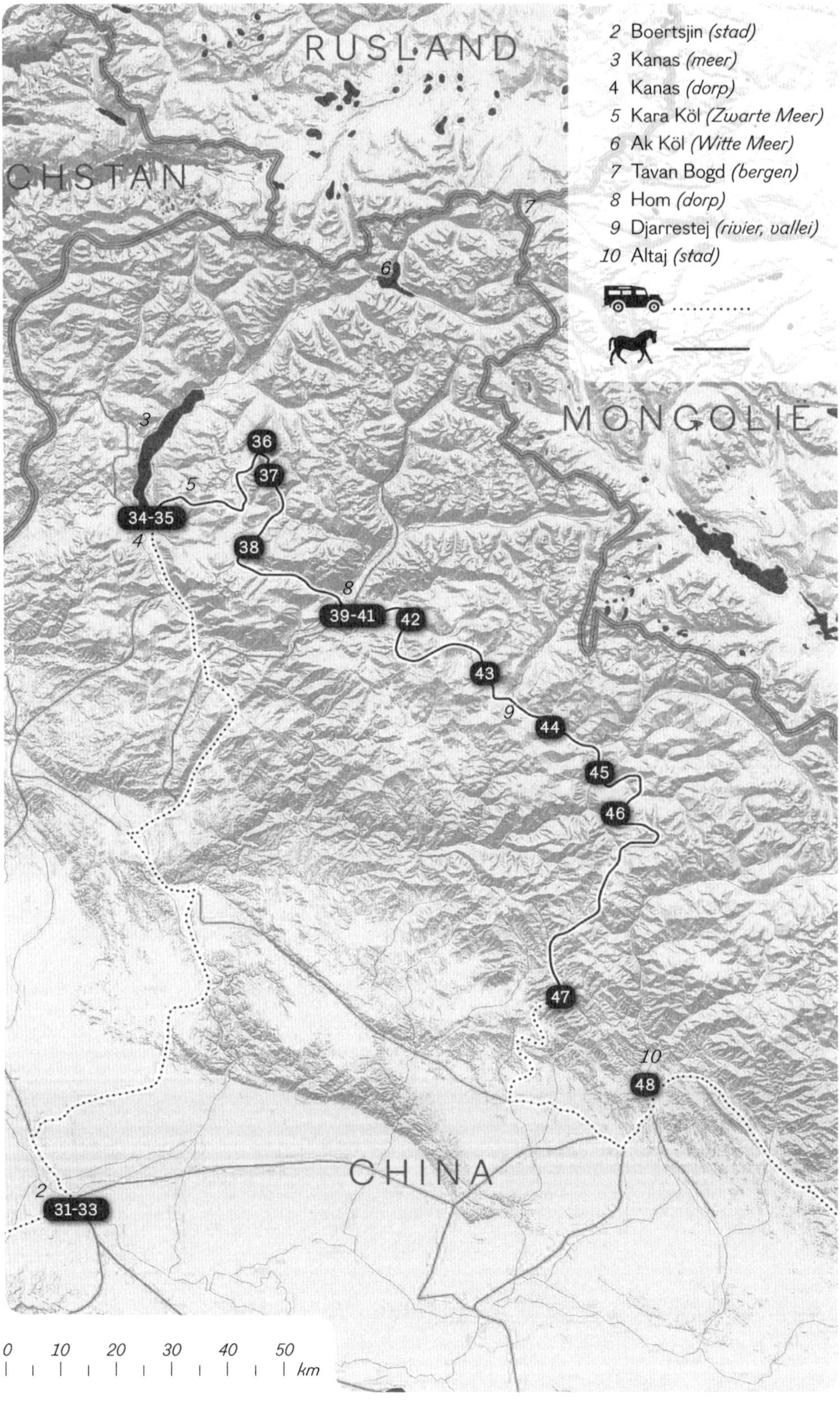

RUSLAND
CHSTAN
MONGOLIË
CHINA
2 Boertsjin (stad)
3 Kanas (meer)
4 Kanas (dorp)
5 Kara Köl (Zwarte Meer)
6 Ak Köl (Witte Meer)
7 Tavan Bogd (bergen)
8 Hom (dorp)
9 Djarrestej (rivier, vallei)
10 Altaj (stad)
31-33
34-35
36
37
38
39-41
42
43
44
45
46
47
48
0 10 20 30 40 50 km

dag 42

27 juli – 16.00 uur

winterboerderij van Tursin

Weer: afwisselend droog en lichte regen

Omgeving: besloten dal

Divers: Alice in Wonderland-gevoel

Kleur: goud

Vochtige lucht. Een donker dennenbos met doorbuigende takken waaronder paddenstoelen hun toffeekleurige parasols openklappen. Een roofvogel cirkelt in de lucht, spiedend naar een hapje op vier poten. We dalen de berg af en bereiken een rivierdal waar de vegetatie tot aan mijn taille reikt. In het dichte woud van sappige stengels ontstaan paadjes vanzelf, je hoeft maar een paar keer hetzelfde stukje te rijden en het spoor is getrokken. We zijn op zoek naar zo'n geplette vingerwijzing, een vore in het lange gras die naar het dal voert van Tursin, een Toevaanse herder en vriend van Ayken. Makkelijk te vinden is het verborgen dal niet, we volgen watergeulen door ruige wilgenbosjes en brandnetels die tot in de hemel groeien. Na wat omtrekkende bewegingen vinden we eindelijk de toegang tot het dal waar behalve Tursin nog een handjevol families woont.

Reisde ik een paar dagen geleden in de feestjoert van het Toevaanse bruidspaar nog met gesloten ogen door tijd en ruimte, nu zie ik met mijn ogen wijd open twee werelden tegelijkertijd. Aan de ene kant van het dal werken arbeiders en vrachtwagens in modern China; keer ik me om, dan bevind ik me in een verborgen universum waar bewoners geen woord

Chinees spreken en natuurgoden aanbidden. Hemelsbreed zijn de twee werelden een halve dagmars van elkaar verwijderd, maar het lijkt alsof de wegarbeiders en de Toevanen elk op een andere planeet leven.

'Fijn dat jullie er zijn.' Stralend witte tanden in een getaand buitengezicht, priemende jagersblik, prominente jukbeenderen, een perfect getraind lichaam. Zo moet Djenghis Khan er in zijn jonge jaren hebben uitgezien, denk ik, mijn vingers bevrijdend uit een hand die de mijne bijna verpulvert. De man met de krachtige handdruk is een dertigjarige Toevaanse herder die in de buitenwereld onbekend is, maar in deze uithoek befaamd vanwege zijn kwaliteiten als jager, skiër en ook om zijn vooruitziende geest. 'Kom verder,' en de deur van een verrassend ruim huis zwaait open. Geen doorgezakt dak, geen verrotte balken, geen enkel teken van verval. Dat Tursin ons toelaat in zijn leven en dat we in zijn huis mogen slapen is geen geringe eer. En eigenlijk moet ik de cowboy daarvoor bedanken. Wayne groeide op in Squaw Valley, in de jaren vijftig een ongerept dal bij het Tahoemeer in de Sierra Nevada, Californië, waar zijn ouders een skioord opzetten. De jetset kwam er graag en in 1964 was Squaw Valley het toneel van de Olympische winterspelen. De Poulsens kennen iedereen die ertoe doet in het wereldje van outdoorsporters en avonturiers zoals Nils Larsen, skiër en filmer. Van hem hoorde Wayne over de Toevaanse gemeenschap in de Chinese Altaj. Het had Nils heel wat jaren gekost voor de wantrouwige Toevaanse skiërs hem toelieten in hun kring en aan zijn volhardendheid danken wij dit hartelijke welkom. Tursin had ons al eerder opgezocht, in Boertsjin, waar hij Ayken inschakelde om een paspoort aan te vragen. 'Waarom heeft die boerenpummel een paspoort nodig?' vroeg de militaire politie wantrouwig aan Ayken, in het bijzijn van Tursin. Niet dat de veelvoudig skikampioen de vraag verstond, want hij spreekt alleen Toevaans. Ayken legde uit dat Tursin was gevraagd om zijn skitechniek in Amerika te demonstreren. De mannen in uniform namen de sportman verwonderd op, zij zagen geen topatleet staan maar een minkukel, een eenvoudige herder die hun taal niet sprak en dus nergens recht op had. Tursin kon gaan, ze wilden hem niet helpen.

Gezeten aan een laag tafeltje met zoete lekkernijen luisteren onze paardenjongens aandachtig naar Tursin, die adviezen geeft over de route. We pikten Battuza en Jalsun op in het dorp Hom en ze blijven bij ons tot we de eindbestemming nabij Altay City bereiken. Beide jongens kennen Tursin goed en ze kijken huizenhoog naar hem op. Hun idool rookt of drinkt niet en is bijzonder succesvol in zijn leven, ook al spreekt hij geen Chinees en was zijn vader een slappe klootzak. Een agressieve vader die de fles niet kon laten staan, een moeder die de eindjes aan elkaar moest knopen, zonen die opgroeiden als een roedel wilde wolven. Dat voorbeeld wil Tursin niet volgen, al is de druk om toch mee te zuipen enorm en bezwijken de meeste leeftijdsgenoten vroeg of laat. De eerste keer om een teleurstelling te verwerken en allengs uit gewoonte.

Maar Tursins geest is blijkbaar net zo gestaald als zijn lichaam, hij drinkt geen druppel en heeft zijn zaakjes heel goed voor elkaar. Een zomerhuis, een winterhuis, stallen en schuren. Paarden en vee. In een schuurtje glimt zelfs een gloednieuwe rode tractor, maar die wil niet starten.

Een ramp, vertaalt Ayken, want de trekker is aangeschaft om het hooi sneller binnen te halen. Juli is de traditionele hooimaand in de Chinese Altaj en het zijn de belangrijkste weken van het jaar. Winters duren lang en als het gedroogde gras voortijdig opraakt verhongeren de dieren en raakt de herder zijn kapitaal kwijt. De tractor is in zekere zin een levensverzekering omdat Tursin er in korte tijd veel gras mee kan snijden en binnenhalen, al zijn de halmen nu nog te nat om te kunnen oogsten. Door de aanhoudende regen liggen ze plat, dat komt ons goed uit want als de zon volop had geschenen waren onze paarden en gidsen niet beschikbaar geweest.

Wayne hoort de klacht van Tursin zwijgend aan, duikt het schuurtje in en na een halfuur puft de tractor het erf op en gaat de man die alles kan op de schouders.

dag 43

28 juli

winterboerderij van Tursin

Divers: paarden beslaan, zelfgemaakte ski's

In de Chinese Altaj is het beslaan van paarden een heftig karwei, heel anders dan in Kazachstan, waar het paard niet op zijn zijde wordt gelegd maar rechtop blijft staan. 'Daarvoor zijn onze paarden te wild,' zegt Tursin, die toekijkt hoe Battuza en Jalsun een paard kordaat op de grond leggen en de benen aan elkaar binden met een strik die straks met een beweging losgetrokken kan worden. Neus en ogen van het paard staan wijd open, het dier snort en snuift en probeert op te staan maar Battuza neemt het hoofd in een vriendelijke houdgreep. De hoefijzers zijn simpele gevallen, beetje passen en uitbuigen, dan de nagels met krachtige slagen in het gevoelloze deel van de hoef hameren. Het duurt wel even voor de vier hoeven zijn beslagen en als de strik losgaat lopen de jongens rondjes met het beslagen paard, dat lang op de koude grond heeft gelegen en weer op temperatuur moet komen.

Vlak voor vertrek vraag ik Tursin naar zijn ski's, tot voor kort het belangrijkste vervoermiddel in de winterse bergen. Hij rommelt wat in een laag schuurtje en komt terug met een paar simpele houten latten die eindigen in gekrulde punt. De onderkant is bekleed met repen paardenhuid en aan de andere zijde bungelen leren bandjes om de schoenen mee vast te zetten, schoeisel dat Toevanen twintig jaar geleden nog zelf maakten van paardenleer. Zelfgemaakte ski's verkopen doen Toevanen niet graag. Ayken vertelt dat Nils het had geprobeerd, maar de eigenaar schudde het hoofd. De huid onder beide latten was afkomstig van een paard dat was geofferd op een rituele bijeenkomst, een jaar nadat de vader was begraven. De skilatten waren daarmee tot bezield voorwerp geworden, voor altijd verbonden met de geest van het paard en de vader. Het gebruik van ski's gaat in de Chinese Altaj heel ver terug in de tijd. In het streekmuseum in Boertsjin zag ik achtduizend jaar oude rotsgravures van dik ingepakte jagers met een mongoloïde uiterlijk op brede houten ski's. De mannen hielden een enkelvoudige lange stok vast en droegen een lasso bij zich. Tursin demonstreert de beweging, leunt lichtjes achterover en stuurt met een denkbeeldige stok, die naar achteren steekt.

'Dat ziet er veel te tam uit,' lacht Ayken, die vorig jaar winter met Tursin en zijn vriend Serkin op jacht was gegaan. Vanaf een hoge bergrichel spotten de twee Toevanen in het lager gelegen bos een edelhert en meteen raceten ze de helling af. Natuurlijk ging het geschrokken dier ervandoor, maar het maakte geen enkele kans. Een lasso zwiepte, haakte in het gewei en zijn lot was bezegeld. De spectaculaire achtervolging werd vastgelegd door een fotograaf van *National Geographic*. Tursin hield mooie foto's aan de reportage over, en genoeg geld om de rode tractor te kopen.

---

avond

rivier Djarrestej

Weer: regenachtig, donderwolken

Omgeving: breed rivierdal

Kleur: rood, goud

Zo moe van het eeuwige gekloot met tenten in de regen. We hebben geen vuur. Alles is zeiknat. Waynes villa staat onder een boom, maar de jongens vrezen aanstormend onweer en kamperen in het open veld. De stemming is net als het weer somber en bedrukt, ook al vanwege twee dronken snuiters boven aan de pas. Kazachen met hoekige incestkoppen en stuurse blikken, die eerst stilstonden en ons zwijgend aanstaarden om er dan opeens vandoor te stuiven zonder te groeten. Dat belooft niet veel goeds, zeiden de Toevaanse paardenjongens. In deze contreien hebben ze geen vrienden maar uitsluitend vijanden, de Kazachen op hun zomerweiden beschouwen Toevanen als achterlijke paardendieven en zelfs iemand met een laag IQ kan bedenken dat onze begeleiders straks met een zak vol duiten huiswaarts zullen keren. Als een Kazach oud zeer wil rechtzetten dan vormt ons duo een ideale prooi. Het lijkt ons beter vannacht in de buurt van Kazachen te overnachten en we kloppen aan bij de enige herder die ons onderweg groette. De man reageert afhoudend, maar geeft ons uiteindelijk wel een plaatsje op zijn weide.

Nu zit ik onder een overhellende rots in mijn goddelijke eentje op een zacht bedje van lariksnaalden. Mensenmoe. Mijn hoofd wil niet meer. De regen klettert langs mijn voeten de heuvel af. Een pittig gekruide lucht van mos en rottend blad stijgt op. Diep snuiven en weg is de hoofdpijn. Wat een vallei! Tussen glooiende heuvels ligt een frisgroen dal waarin een rivier zijn weg vindt. Regensluiers en mist intensiveren geuren en groentinten van krullerig mos, boskruiden, dennenbomen en struikjes. Overal langs het riviertje staan joerten. De vilten dophoeden lijken net weidechampignons die na een regenachtige dag de grond uit zijn geschoten. Schapen, voortgedreven door een eenzame ruiter in een zwarte regencape, zoeken op een holletje een veilig heenkomen. Vanuit het westen drijft een onweersfront naderbij, een abnormaal grote en dreigende zwarte wolkenmassa rolt onze kant uit. Het lijkt alsof daarginds een vulkaan as spuwt, of misschien is een boosaardige toverkol achter de heuvels aan het werk, helse vuren opstokend onder het uitspreken van verwensingen en vervloekingen. Ik ben niet bijgelovig, maar na alle pech met weggespoelde bruggen, overstromingen en aanhoudende regen in Kazachstan en ook hier in China vraag ik me wel af of we misschien met de klok mee hadden moeten reizen in plaats van ertegen in. Traditie zegt dat een heilig object maar in één richting mag worden omcirkeld en dat is met de klok mee, oftewel de baan volgend die de zon dagelijks aflegt, opkomend in het oosten, het zenit in het zuiden passerend en de aarde verlatend in het westen. De beweging naar rechts zit zo in de mens verankerd, net als het idee dat rechts het goede en moreel juiste vertegenwoordigt, dat onze draai naar links in deze contreien niet wordt begrepen. Wij strijken de goden elke dag tegen de haren in.

Gehuld in zwart en groen rubber staat ons groepje klappertandend rond een dood vuur. Een zielige vertoning. Vragend kijk ik naar Ayken, die knikt en door het lange natte gras naar de overburen loopt om te vragen of we ons aan hun kachel mogen warmen. Na een halfuur dringt een vage kreet tot ons door en wat later zitten we in de gezellige joert rond een ijzeren kachel. Geborduurde kleden met geometrische vormen bedekken de wand en viltkussentjes verzachten de hardheid van het zitplateau. Opa Besjen van 81 is op bezoek. Galant maant de hoogbejaarde man met eerbiedwaardig sikje ons meer te eten en te drinken. Neem! En daar komt weer een lekker hapje voorbij. Ondertussen filosofeert opa over de aanhoudende regen. Wat bezielt het weer? De laatste keer dat het zo hevig plensde, weken achtereen, was hij nog een man in de kracht van zijn leven. Het jongste kind, een peuter, nestelt zich op opa's schoot en neemt het bezoek zwijgzaam en met verbaasde ogen op. Misschien is dit wel de eerste keer dat hij mensen ziet met witte gezichten en ronde ogen.

De vrouw des huizes, een gezonde moeke met rode blossen op haar wangen, voorziet ons van boterthee, room, gefrituurde deegwaren, kurd, koekjes en snoep, alles aantrekkelijk uitgestald op een fleurig kleedje, een opvouwbare koektrommel van stof. Na het eten legt ze er een knoop in en verdwijnt de trommel in de kast. De twee Toevaanse paardenjongens zitten er maar stilletjes bij. Dit is hun eerste grote reis en ze bevinden zich in het hol van de leeuw. Hun vriend Ayken, Kazach onder Kazachen, praat honderduit. Bijna elke dag prijs ik de voorzienigheid voor zijn aanwezigheid. Ayken is in alles de tegenpool van Andrej, de zwijgzame gids uit Kazachstan, wiens standaardantwoord 'I don't know' mij regelmatig tot wanhoop dreef.

Grootouders spelen een centrale rol in het nomadenleven, zegt Ayken met een blik op de oude man. Het is traditie dat grootouders de zorg van een of meer kleinkinderen op zich nemen omdat jonge ouders het te druk hebben met hun vee en alles wat er bij een nomadenleven komt kijken. Ook Ayken woonde als kleuter bij zijn oma, ze suste zijn pijntjes en verdriet, vertelde verhalen, gaf kennis door en nam hem bij haar in bed. Ik stel me voor hoe dat moet zijn, slapen in een joert met gezellig geroezemoes op de achtergrond en de vertrouwde geur van vilt, schapenvet en houtvuur in je neus. Buiten blaten de schapen, blaft de waakhond en trekt de wind aan de vilten flappen van de joert. Voorbij het rookgat bovenin zijn de sterren te volgen op hun reis langs de hemel en altijd is daar de rustige ademhaling van oma, die misschien nog meer van je houdt dan destijds van haar eigen kinderen. De terugkeer naar zijn ouderlijk huis verliep moeizaam, vertelde Ayken. Hij was het gezin na drie jaar ontgroeid en zijn broers lieten hem elke dag voelen dat hij een buitenbeentje was. Op school vond hij evenmin aansluiting, hij werd gepest omdat hij zo klein was en goed kon leren. Door overal om te lachen en hard te studeren hield hij zijn plaaggeesten op afstand, maar de kwetsuren raakte hij nooit helemaal kwijt.

LINT

What is wandering in Eden all about?

Als ik dat eens wist. Net als Faust verkocht ik mijn ziel aan de duivel, vanwege een paar rotcenten denk ik nog slechts door, voor en via de camera. Van slecht weer (heel vaak dus) krijg ik buikpijn omdat ik dan inzit over de gevoelige apparatuur. Of ik zit in de rats vanwege een technisch probleem. Mijn doen en laten wordt beheerst door technische spullen die zadeltassen vullen en ook de diepe zakken van mijn jas. Elke avond besteed ik veel tijd aan het downloaden en terugkijken van gefilmd materiaal. En als ik dan eindelijk het vermoeide hoofd te slapen leg is dat met een lichaam in foetushouding vanwege filmspullen boven mijn hoofd en bij mijn voeten. De ironie is natuurlijk dat het filmen mijn zoektocht naar Eden mogelijk heeft gemaakt maar het slorpt tegelijkertijd al mijn aandacht op en het ontbreekt aan ruimte in mijn hoofd om subtiele wegwijzers naar het paradijs te herkennen.

Soms, heel soms, of misschien toch iets vaker dan dat, kijk ik jaloers naar de cowboy. Hij klautert elke ochtend op zijn paard en kijkt de rest van de dag een beetje om zich heen. Als we afstappen zit hij als eerste op een rots of in zijn tent en schrijft onverstoorbaar in zijn dagboek. *Not a care in the world.*

dag 44

29 juli – avond

grensrivier

Weer: nat, donkere wolken

Divers: het harde leven van een schaapsherder

Kleur: groen

Kamperen in het natte gras langs een onstuimige rivier. De ondiepe kuilen aan de oever zijn gegraven door goudzoekers, die grind en aarde zeefden op zoek naar dat ene winnende lot waar iedere arme sloeber van droomt. Wayne zoekt een kampeerplaats die voldoet aan zijn strenge fengshui-eisen, de jongens en ik laten hem begaan en koersen af op een comfortabele zitkuil, een ideale vuurplaats met keien die als krukje kunnen dienen. Hop, snel een tak afsnijden, schuin in de grond ermee, zware steen erop als tegenwicht voor de waterketel en bidden dat het vuur ondanks de regen zal ontbranden. *Tsjop, tsjop,* hakt Jalsuns bijl in een oude boomstronk, net zolang tot vanonder het natte, donkere hout gortdroge splinters tevoorschijn springen. Wat larikstakjes erbij, voorzichtig blazen en dan verschijnt iets wat op een vlammetje lijkt. Goddank stopt het even met regenen, lang genoeg om miesoep te kunnen koken. Een karige maaltijd, die in Kazachstan zeker tot een werkstaking zou hebben geleid.

Mijn regenjas hangt als een stugge rubberen huls om me heen en op een vreemde manier ben ik verknocht geraakt aan het enorme gevaarte dat 's nachts mijn grote bagagetas tegen regen en modder beschermt. Comfortabel zijn de omstandigheden niet en toch zou ik nergens anders willen zijn. Als ik een definitie van geluk zou moeten geven, zou dat het zijn, al mag er vandaag een zonnetje bij. Toch is geluk niet waar ik op deze reis van droom of waar ik naar op zoek ben. Wat mij drijft is heimwee naar iets dat ik had – een vervuld leven – en ben kwijtgeraakt. Niet dat ik terug wil naar het compromisloze bestaan in de woestijn, maar ik mis een gevoel van compleetheid, er is geen lijm meer die de stukken waaruit ik besta bij elkaar houdt. Kleumend bij het rokende vuur ken ik de term 'numineus' nog niet, laat staan dat ik weet waarom sommige plekken of situaties een onverklaarbaar en hevig geluksgevoel doen opwellen dat complementair is aan het gemis dat ik zojuist beschreef. Het is niet hetzelfde als intense tevredenheid of blijdschap, de ervaring lijkt meer op een Lewis Caroll-verhaal. Net als Alice beland je op dat soort momenten in een wonderlijke wereld waar tijd en ruimte kunnen uitdijen en inkrimpen, en waar mensen en dieren elkaar verstaan.

Theoloog Rudolf Otto beschreef het verschijnsel in zijn boek *Das Heilige* (1917) en gaf het de naam numineus. De ervaring raakt aan de droomwereld en toch ben je volkomen wakker als het je overkomt. Meestal ben je alleen en in de natuur, het is mistig of het schemert. De contouren van de omringende wereld zijn vervaagd.

Beschrijvingen van het numineuze, het extatische moment, vind je bij Virginia Woolf, J.M. Coetzee, Harry Mulisch, Gerard Reve, Godfried Bomans. 'Het was of ik ijler werd, maar ook oneindig veel groter en wijder, zo wijds dat ik de ganse avond om mij heen vulde, en dat ook de avond zelf en de dingen die er in stonden één met mij werden, en dat ik "alles" begreep.' (Godfried Bomans).

'Ik houd stil bij een veld, gedachteloos, onder een heldere hemel, bij een stroompje, bij een bosje, en opeens word ik aangegrepen door dat radeloze gevoel dat ik niet meer ik ben, dat ik mijzelf verander in dat veld, die hemel, dat bosje, dat ik zoek naar het woord dat het allemaal vertaalt, tot de grassprietjes toe, en de geur, en de leegte. Ik besta niet, het veld bestaat, de hemel bestaat.' (Cesare Pavese).

'De mist, dat onpakbare tere weefsel, omvatte alles: de wei, de koeien, de fabriek en mij! Ik was gebonden aan alles en gebonden aan niets!' schrijft theoloog Tjeu van den Berk in zijn boek *Het numineuze*, waaraan bovenstaande citaten zijn ontleend. Het viel hem op dat mensen zelden of nooit uit zichzelf over een numineuze ervaring vertellen, terwijl de gebeurtenis een enorme indruk heeft gemaakt. Vaak putten mensen decennia later nog troost uit die ene ervaring. Het numineuze ervaren zou volgens Tjeu van den Berk gelijkstaan aan het doorgronden van het bestaansmysterie. Als dat geen troost biedt, wat dan wel?

Tsjop, tsjop, hakt de houtbijl. Maar zelfs droge splinters kunnen het vuur niet redden, regendruppels veranderen in een stortbui en ik vlucht naar mijn tent. Een uur later stijgen opnieuw rookwolken op. Het is droog en de thee is klaar.

Bij het vuur is een gast aangeschoven. Een robuuste man met enorme eelthanden en een verweerd gezicht. Zijn paard staat vlakbij. De herder kampeert verderop in een bocht van de rivier en zorgt samen met een kameraad voor een kudde schapen. 'Wat een ellendige zomer,' begint de schaapsherder zijn verhaal. Hij is contractarbeider, legt hij uit, en zorgt zomer en winter voor de kudde. Het voorjaar ging laat van start maar toch vertrokken hij en zijn maat op de normale tijd, half juni, uit de Gobi, waar de kudde overwinterde. In de bittere kou trokken zwangere schapen over hoge bergpassen en langs smalle modderpaden. Drie dagen narigheid, sneeuw, hagel en smurrie. Tien lammetjes vroren dood, maar gelukkig kon de kudde af en toe langs de route schuilen in schuren die speciaal voor dat doel waren gebouwd. Op warmer weer wachten zat er niet in, de mannen moesten door, verder, voordat iemand anders hun weideplaats zou bereiken. 'Als een passerende herder duizend schapen over mijn weide jaagt,' klinkt het mismoedig, 'is er niets meer te vreten tegen de tijd dat ik arriveer met een hongerige kudde.' En dan die beren. Hij wijst omhoog. Hogerop stikt het van de bruine beren, die met het jaar brutaler lijken te worden. Hoe dat komt? Sinds de Altaj tot natuurreservaat is verklaard mag niemand meer jagen en ook niet uit verweer schieten. Een herder kan het wel proberen natuurlijk, maar een geweerschot draagt ver en militairen zitten overal. Dus gaan die beren lekker hun gang, zegt de man. Dit jaar verloor hij al twintig lammetjes. Families die met hun joert op hoger gelegen alpenweiden staan zijn doodsbang dat een hongerige beer op een kwade dag een kindje aanvalt. Daarom trekken de mensen naar beneden, naar de rivier, waar het veiliger is. Zo blijft er nog minder gras over voor de man bij het vuur.

dag 45

30 juli – ochtend

bergpad

Divers: winterwormzomergras

Kleur: goud

In de vroege ochtend passeren we het kamp van de twee schapenhoeders. De regen klettert voluit op hun armzalige tent, een stok met een blauwe lap plastic eroverheen gedrapeerd. Een afdak van niks, met daaronder aangestampte aarde en schapenvachten bij wijze van matras en deken. Wat een mistroostig bestaan, zo zonder joert, houtkachel en familie. De twee kerels hebben alleen elkaar, een kudde schapen en een valse schaapshond.

'Daar!' Ayken wijst halverwege de ochtend hoog op een berg naar hoopjes omgewoelde aarde. Hier is gezocht naar het winterwormzomergras, waar Ayken nu al dagenlang over praat. Het zou gaan om een 'worm' die ondergronds overwintert en in het voorjaar een slurfje naar buiten steekt. Een periscoop, zeg maar, die eruitziet als een takje maar geen takje is. Hij zou een stofje bevatten dat zijn gewicht in goud waard is, een wondermedicijn, dat ook kanker kan genezen. De nomadenfamilie waar we gisteren verbleven kende het winterwormzomergras. Zij stopten het in een potje met berenvet, zeiden ze, dat na een dag paars kleurt en zou helpen tegen verkoudheid, griep en andere ongemakken.

Pas veel later, in Altaj City, kom ik te weten dat het niet om een worm gaat maar om een zeldzame schimmel, *Cordyceps sinensis*. De schimmelsporen infecteren een in de grond overwinterende rups van een mot. De rups wordt vanbinnen opgegeten en de schimmel laat een met draden gevulde huid achter. Tegen het voorjaar groeit uit de kop van de dode rups een bruin stokje, *stroma*, de bloeiwijze van de schimmel. En om die bloeiwijze is het te doen. Maar juist dat hoorntje ontbreekt bij het in de Altaj gevonden winterwormzomergras, de *Cordyceps gracilis*, die minder geld oplevert, maar blijkbaar toch de moeite waard is om te oogsten.

'Chinese moslims verzamelen de worm in de Altaj,' zegt Ayken, die zelf ook moslim is. Hij doelt op een groepje Oeigoeren, dat rondzwerft in verboden militair gebied om de worm te zoeken. Uitgedost in witte hemdjurken lappen ze volgens Ayken de wet aan hun sandalen en wie lastig doet krijgt een mes in zijn rug. De groep zou handelen in de toverworm, maar ook in drugs en wapens.

De duurste worm met het stroma leeft hoog in de Himalaya en heet in de volksmond Viagra. De schimmel die mannen een stijve bezorgt en het immuunsysteem een opkikker geeft zou helpen tegen aids, kanker, futloosheid en chronische ziekten. Het medicijn is al eeuwen in gebruik en was vroeger alleen bestemd voor de keizerlijke familie. Tegenwoordig gebruiken ook topsporters het middel en ieder ander die het kan betalen. De inkoopprijs ligt rond de 15 000 Amerikaanse dollar per kilo en in de verkoop doet een schimmel van topkwaliteit wel honderd dollar per gram.

dag 46

31 juli – ochtend

joertenkamp van twee families

Weer: eindelijk zon

Omgeving: vallei, brede rivier, bos, gras, weelderige omgeving

Divers: gevoel van overdaad

Kleur: groen en goud

Onze tenten staan op de zomerweide van twee families. Er was al bezoek toen we gistermiddag aankwamen, maar geen nomade weigert een surplus aan gasten en de vrouwen kookten de hele avond om ons van eten te voorzien. Pannen en ketels stoomden op grote vuren. Vlees werd opgediend, vers getrokken bouillon, verse pasta en warme, gefrituurde deegbolletjes. De boterthee stroomde uit grote thermosflessen. De vrouwen hielden ons gezelschap en de twee heren des huizes zaten bij het hoogste bezoek in de aanpalende tipi. Daar verbleven vier ingenieurs die te paard de stand van bruggen en paden langs migratieroutes controleren en laten repareren als het nodig is. Kom daar eens om, net over de grens met Kazachstan. De vijfde man, ik schat hem een jaar of vijftig, is dierenarts, gekleed in driedelig pak en met schoenen in plaats van laarzen. Te paard maakt hij een ronde langs alle joerten in het district met in de zadeltas injectienaalden, scalpels, scharen, medicijnen en verband. We ontwaakten vanochtend in een droge wereld, voor het eerst in tijden is de lucht diepblauw en verwarmt de zon onze stramme spieren. We besluiten een paar uur te blijven om vochtige kleren, tenten en zadels te laten drogen in de volle zon. Mijn paard, dat hinkt, moet ook onderhanden genomen worden. En tussendoor is er tijd om te schrijven, te lummelen en om een wasbeurt te nemen in de rivier. Wayne stapt naakt het ijskoude water in en komt herboren tevoorschijn, zegt-ie. Ik poedel wat minder doortastend.

De dierenarts wenkt. Twee koetjes zijn eergisteren op klaarlichte dag door jonge beren aangevallen, precies op de plek waar Wayne zich zo lekker waste. De pinken kwamen ervan af met een wond die de vorm heeft van een berenklauw. Ze hadden geluk, want twee kleine kalfjes werden opgepeuzeld. 'Door moederbeer,' zegt de herder. Het verlies drukt zwaar, maar wat kan hij doen? Rond de nachtplek van schapen en koeien staan vier berenverschrikkers, hoge palen met bovenop een schapenvacht. Dat schrikt beren en wolven af, maar overdag hebben ze natuurlijk vrij spel omdat een herder niet overal tegelijk kan zijn.

'Scalpel.' Iemand overhandigt een ontsmet snijmes aan de dierenarts, die beschermd door een gebreid mondkapje de toegetakelde koe opereert die op zijn zijde ligt. De buikwond is niet zo groot maar een ontsteking kan dodelijk zijn. De ogen van het koetje puilen uit van angst, een verdoving komt er niet aan te pas. De Toevaanse jongens staan er met de neus bovenop, zo'n ingreep hebben ze nog nooit van nabij gezien. De arts maakt een trefzekere snede in de ontsmette huid. Van paardenhaar draait hij behendig een lange streng die hij ontsmet in een paarsblauwe vloeistof. Dan trekt hij het dunne strengetje met een lange schaar, meer een pincet, onderhuids door de vleeswond. Aan de buitenkant knoopt hij de uiteinden aan elkaar, geeft de koe een paar stompen rond de wond en op het achterwerk. Nog een paar antibiotica-injecties, schop onder de kont van de koe en klaar.

Als laatste onderzoekt de dierenarts mijn rijpaard. Er is iets met zijn linkervoorpoot, roep ik al twee dagen. Maar de jongens kunnen niets vinden en zeggen dat ik me slechts inbeeld dat het paard iets zou mankeren. Gisteren liep ik het grootste deel van de dag door kletsnat gras om mijn kameraad te ontzien. Gefronste wenkbrauwen bij mijn metgezellen: 'Niets aan de hand met dat paard. Ga toch rijden.'

De arts klopt, tast, kijkt en komt met een diagnose: 'Het hoefijzer is te smal.'

Een van de hoefnagels is in levend weefsel doorgedrongen, bewijzen bloed en pus wanneer hoefijzer en nagels zijn verwijderd. Mijn paard moet een tijdje in de stromende rivier staan, zodat de wond schoonspoelt en het ontstoken weefsel kan kalmeren. 'Straks de wond ontsmetten met verse hars van de Siberische den,' zegt de dierenarts, voor hij in driedelig pak naar de horizon rijdt.

---

avond

48°14'NB|88°03'OL – Hoogte 2581 meter

Weer: droog, witte wolken blauwe lucht. Later donderwolken en lichtflitsen

Omgeving: kale bergpieken, gletsjermeren, ravijnen

Divers: mooiste dag tot nog toe

Kleur: goud, goud, goud

Deze dag kan niet lang genoeg duren. Elk van de vier bergpassen die we overgaan ligt hoger dan de vorige en mijn borstkas beweegt als een blaasbalg op en neer om de hongerige longen van voldoende zuurstof te voorzien. De twee herdersfamilies die we rond lunchtijd verlieten tackelen deze krankzinnig steile passen twee keer per jaar met hun hele hebben en houden. Het eerste stuk van de route voert via vele haarspeldbochten door een naaldbos met een verend tapijt van dode naaldjes. Aan overhangende takken wiegen dikke slierten grijsgroen baardmos, een korstmos dat alleen gedijt in schone lucht met weinig kooldioxide. Over het pad kronkelen boomwortels zo sterk en dik als anaconda's en achter elke kronkel op het veelbelopen pad prijkt een diep, door honderden hoeven en hoefjes uitgeschraapt gat. De eerste top kost ons drie uur, maar de families die in de vallei wonen doen er met kamelen, schapen, geiten en koeien zeker twee keer zo lang over. Het zou niet bij mij zijn opgekomen dat kamelen met spekgladde zolen deze glijbaan van blubber en sneeuw in de herfst en het natte voorjaar kunnen trotseren en toch is het zo.

Klote rugpijn. Pilletje tegen de dolksteken genomen. Mijn paard gaat langzaam, geen idee hoe wat meer pit in het beest te krijgen. Ik vraag een van de jongens vlak achter me te rijden om mijn rijdier aan te sporen. Scheelt mij energie en vlammende pijn. Op de tweede pas is het leed voor even geleden. Uitzicht op besneeuwde bergen in Mongolië, waar vierduizenders een parade houden. Verder gaat de tocht, naar beneden en dan weer omhoog. De boomgrens ligt ver onder ons, dit is het rijk van naakte rotsen, gehaaste bergstroompjes en alpenbloemen. Elk donker, beschut en vochtig plekje vormt een holletje waarin mostuintjes gedijen. Ik stap af en geef mijn paard mee aan de karavaan. Gesmolten sneeuw sist als spuitwater door rotsspleten, soms ontstaan vijvertjes in schaduwrijke holtes met watervalletjes, druipend mos en bescheiden waterplantjes. Delicate bonsaituinen voor wie de tijd neemt het te zien.

Als kind speelde ik in de Veluwse beukenbossen en creëerde werelden van haarmos, steentjes en trilgras. Pas later, toen ik mossen onder een microscoop bekeek, zag ik hoe bijzonder dit primitieve plantje eigenlijk is. In taaiheid en levenskracht zijn mossen alle andere plantensoorten de baas. Levermos was waarschijnlijk de allereerste levensvorm die vanuit zee het land opzocht, 475 miljoen jaar geleden. Sinds ik dat weet kijk ik met meer respect naar vochtige groene matjes waarop het zo lekker slapen is.

De groep is ondertussen uit beeld verdwenen en ik moet rennen als ik nog iets van de beklimming wil filmen. Mijn longen piepen, maar de berg geeft me hier en daar een zetje en de inhaalmanoeuvre slaagt. Ik zet de camera bliksemsnel op een rots omdat mijn handen te veel trillen en zoom in op bewegende paardenbenen. Als ik het filmfragment controleer blijkt mijn hijgen het gekletter van paardenhoeven te overstijgen.

De derde bergpas is de indrukwekkendste van de drie. Hier geen uitgesleten tunnel of col, maar een beschutte bergkom, een antieke drinkbokaal bedekt met gras, gentiaan en brokken graniet. Misschien is het de lichtval, de overdaad aan blauw, de heftige klim, of de beslotenheid van de kom; een rationele verklaring kan ik niet geven, maar de beschutte ruimte komt op mij over als een gewijde plek waarin een altaar zou kunnen staan, een afgeplatte rots waarop wolken en zegeningen neerdalen. Naar boven kijken is hallucineren, want voorbij de rand van de kom, die een perfecte cirkel beschrijft, verdwijnt de blik in het hemelse blauw waar Yves Klein al zijn doeken mee schilderde. Ooit snorkelde ik over een ondiep koraalrif in de Rode Zee en kreeg bijna een hartstilstand toen ik nietsvermoedend over de koraalrand naar beneden keek, de peilloze blauwe diepte in. Mijn blik schoot honderden meters omlaag, mijn ogen verzopen in blauw, nergens houvast, nergens een baken. Mijn lichaam kromp in elkaar omdat ik dacht omlaag te tuimelen. Iets dergelijks overkomt me in deze bergkom, alleen val ik nu omhoog.

Natuurlijk wil ik blijven, dit is dé plek om in het schemerdonker en bijgelicht door de Melkweg een sublieme natuurervaring mee te maken. Als ik opkijk om de jongens een seintje te geven is het gezelschap alweer verder getrokken. Het wonder is totaal aan hen voorbijgegaan. De paardenjongens vinden de kale rotsen maar niks, zeggen ze als ik het groepje inhaal, geen schaap kan hier zijn buik vullen. Wayne heeft ook niets met het karige boomloze landschap, hij vindt al die stenen maar triest en snapt niets van mijn euforische lofzang. Doe hem maar een beboste bergvallei met een klaterende rivier waarin forellen zwemmen.

Op de hoogste berg, vlak bij de grens met Mongolië, ontwaren we een witte stip, een joert. Hoe wanhopig moet je zijn om op die winderige plek vee te willen hoeden? Waarschijnlijk heeft de familie geen keus en is de plek bij loting toegewezen. We rijden langs griezelig diepe ravijnen waarvan de bodem niet te zien is. Waar ik ook kijk klauwen rotsen naar de zon, de steilste en meest ongenaakbare gesteenten vormen het domein van steenbokken en een enkele sneeuwluipaard, een katachtige, welhaast magische verschijning. Het dier is zo schuw en leeft in zulke onherbergzame streken dat hij zelden wordt waargenomen en over zijn gewoonten is vrijwel niets bekend. De enige aanwijzing voor zijn aanwezigheid vormen keutels en de sporen van voetkussentjes in vers gevallen sneeuw. Peter Matthiessen zocht begin jaren zeventig van de vorige eeuw in de Himalaya tevergeefs naar de sneeuwluipaard of *irbis*. Zijn compagnon, de beroemde zoöloog George Schaller, had na vele jaren zoeken in 1970 de eerste filmbeelden van de irbis gemaakt en waarschuwde Peter dat het dier zo extreem voorzichtig is en zo volkomen opgaat in zijn omgeving, dat je hem van een meter afstand in het gezicht kunt staren zonder hem te zien. De sneeuwluipaard leeft in de bergen van Centraal-Azië op hoogtes van 3000 tot 5400 meter en heeft enorme klauwen om te verhinderen dat hij wegzakt in de sneeuw. Het dier is gezegend met een kille blik in een prachtige kop en meet hooguit 130 centimeter. De lichtgrijze vacht met donkere rozetten is zijdezacht, net als de opvallend dikke staart, die het evenwicht helpt bewaren bij sprongen over diepe kloven. Wereldwijd zijn er nog zo'n vierduizend sneeuwluipaarden, die nog veel te vaak doodgaan in illegale strikken van ijzerdraad, neergezet op plekken waar keutels de aanwezigheid van het dier verraden. In de Altaj-Sajan leven naar schatting tot vierhonderd sneeuwluipaarden en een bioloog uit de Russische Altaj had me beelden opgestuurd die waren gemaakt met een verborgen filmcamera. Gehypnotiseerd staarde ik naar de opnamen en registreerde de vlekken op de vacht, de dikke staart en de indringende blik. 'Het is goed praten met adelaren en beren,' had een sjamaan in Toeva gezegd over de functie van totemdieren. Toen ik recht in de ogen van de gefilmde sneeuwluipaard keek begreep ik pas wat ze daarmee bedoelde.

'Opschieten,' gebaart Wayne met een blik op lichtflitsen in de verte. In de Altaj betekenen donder en bliksem dat Kangyi, het universum, zich ontdoet van onzuivere *suus*. Suus is een element van de menselijke ziel dat informatie van het universum in zich draagt en zich binnen of buiten de mens kan manifesteren. Soms verzwakken of vervuilen deze onstoffelijke krachten, en op gezette tijden drijft de bliksem al het opgehoopte vuil met een harde donderklap de aarde in. Bomen die door de bliksem zijn getroffen moet een mens daarom vermijden, zelfs een vuurtje stoken met het verbrande hout is taboe. Ik geloof daar niet in en herken in het aanstormende onweer dezelfde rauwe schoonheid die ook de ruwe bergen uitstralen.

Een beetje treuzelen in de doolhof van spleten, scheuren en rotsformaties doet altijd wonderen en al spoedig zijn de mannen uit het zicht verdwenen. In mijn eentje dwaal ik tussen uitstulpingen en bonkig gesteente, met een beetje fantasie zou ik misschien een glimp van Shambhala kunnen opvangen in een van de ravijnen. Ook Peter Matthiessen dacht aan Shambhala toen hij in de Himalaya over rotsen kroop, scheldend op George Schaller, die Matthiessen opdracht had gegeven om proviand naar een nog hoger kamp te vervoeren. Op die hoogte is elke stap er een te veel en dus was het sjouwen met eten een enorme klus. Uitkijkend over het lege landschap verbeeldde Matthiessen zich dat Shambhala ergens in de diepte moest liggen, onder aan de Jangpas. Lang duurde zijn mijmering over een paradijselijke lotusbloem ingebed tussen sneeuw en ijs niet, de bittere kou dwong hem verder te lopen en het paradijs bleef een verre droom, zoals paradijzen eigen is. Op de vroegste kaarten liggen ze altijd aan de rand, in het onbestemde wit voorbij de bekende wereld. Dat is ook de reden waarom ik zo graag met oude kaarten werk, ze laten tenminste nog wat ruimte om te dromen over onontdekte paradijzen.

Schuin invallende zonnestralen dompelen de bergweide met de eenzame joert in fluorescerend kopergroen. Zelfs mijn tranen veranderen op dit magische uur in fonkelende goudspetters en het zou me niets verbazen als mijn paard vleugels kreeg en er vrolijk hinnikend vandoor ging met mij op z'n rug, precies zoals het gevleugelde windpaard dat ik bij Tursin, de Toevaanse skikampioen, aan de muur had gezien. In de Toevaanse traditie symboliseert het de menselijke ziel en de persoonlijke kracht die iemand bezit en Tibetanen zien in het gevleugelde paard een helper die zijn berijder in staat stelt om geestelijke obstakels te overwinnen.

Onze tent ligt als een felgekleurd vogelei in een rotsnest boven de wolken. Het nest ligt op een overhang, een stenen springplank boven het ravijn dat ons aan alle zijden omringt met slechts een smal rotsbruggetje als schakel naar het vasteland, waar de witte joert staat die eerder op de middag als lichtbaken diende. Boven ons de oneindigheid en voorbij het ravijn uitzicht op steile rotswanden die hemelwaarts lijken te suizen, ideale klimwanden voor berggeiten. Rondom de joert en bij onze tent staan berenverschrikkers opgesteld, palen met schapenvachten in de top. En onder een rotsoverhang liggen kamelenzadels die in september, als de herfstmigratie begint, uit hun zomerslaap worden gewekt. Onze gastheer had bezorgd naar de lucht gekeken en gezegd dat het dit jaar best wel eens vroeg zou kunnen gaan sneeuwen, met alle gevolgen van dien. Bij een foute inschatting van het weer komt het vee de hoge passen niet meer over en zo'n fatale misrekening betekent het einde van de kudde. Het begin bepalen voor seizoenmigratie en het binnenhalen van hooi zijn cruciale beslissingen die in de moderne tijd niet makkelijker worden gemaakt. Herders kunnen bijvoorbeeld niet veel aanvangen met meteorologische voorspellingen. Ze moeten zich verlaten op hun eigen waarneming en jarenlange ervaring doet de rest: wolkenformaties, geuren, temperatuurwisselingen, de trekbeweging van watervogels, kraanvogels of van jakken, die de berg afkomen zodra de luchtdruk verandert. Herders leven in wat kanstheoreticus Nassim Taleb het vierde kwadrant noemt, het gebied waarin langetermijnprognoses geen zin hebben omdat een kleine verandering in een van de parameters de situatie drastisch, zo niet dramatisch kan veranderen. Voorspellingen in het vierde kwadrant moet je nooit overlaten aan zogenaamde experts met tunnelvisie, kapittelde Taleb wetenschappers die menen dat theoretische kennis gelijkstaat aan begrip. Instabiele omgevingen moet je overlaten aan vaklui met kennis van zaken, kennis die duizenden malen is getoetst aan de praktijk.

Met een handjevol abrikozen en een mok thee installeer ik me op een platte steen en stel me voor dat ik een serene Chinese landschapsschilder ben, die zijn ezel en penselen thuis heeft gelaten om de natuur te beleven in de geest van de tao: ontspannen, alert, zonder emotie of oordeel. Zo'n schilder kijkt naar de bergen en ziet meer dan zijn ogen registreren. De waarnemer ervaart slechts, er is geen 'zelf' dat tussen ervaring en landschap in staat. Wat overblijft is waarnemen. Pas als de Chinese schilder weer naar huis wandelt en zijn studio binnengaat schetst hij in vluchtige penseelstreken de essentie van wat zijn geestesoog waarnam. Op rijstpapier verschijnen nevelflarden, een hint van schaduw en licht, vage contouren van bergen en héél veel niets. Berglandschappen in de vroege Chinese schilderkunst zijn gevuld met Afwezigheid, schrijft gelauwerd vertaler David Hinton in *Hunger Mountain: A Field Guide to Mind and Landscape*. Afwezigheid in een schilderij duidt niet op ruimtelijke leegte, weet ik van Hinton, het is de altijd aanwezige achtergrond, het alomtegenwoordige bewustzijn, het eeuwige Nu, waar alles uit voortkomt, de duizend dingen, onze identiteit en mijn gedachten over een paradijs. Als ik met de tao was grootgebracht zou ik mezelf niet langer splitsen in genieter en genotene. Dan zou ik een kosmische orde ervaren in het spel van licht en schaduw aan de overzijde van de nauwe kloof, waar verweerde rotswanden me inpeperen dat verandering de enige constante is in het aardse bestaan. En ik zou op deze platte steen zitten met de geruststellende gedachte dat de buitenwereld slechts een projectie is van mijn binnenwereld. Het paradijs, het Al, God, de Heilige Graal, wat het ook is dat ik zoek, het zit gewoon in mijzelf. In potentie dan, want Shambhala bevindt zich helaas in het vierde kwadrant van Taleb, waar boekenwijsheid eerder ballast is dan een voordeel.

LINT

Wat zou je de wereld terug willen geven?

'Je mag af en toe best iets aardiger tegen me zijn,' zei de cowboy onlangs. Niet dat hij eronder leed, maar de sfeer in het team zou ervan opknappen. Dus ik zoek het dichter bij huis en laat de 'wereld' even zitten. Wat geef ik terug aan de man die duidelijk zijn best doet om het mij naar de zin te maken?

'Wat zou je nog meer aan mij veranderen, als het kon?' vroeg ik nieuwsgierig aan de cowboy.

'Niets.' En hij meende het. Hoe anders ziet mijn veranderlijst voor hem eruit. En niet omdat Wayne vervelender of eigenwijzer zou zijn dan ik, nee, maar mijn genegenheid is aan voorwaarden gebonden. Aardig en attent zijn, prima, tot de ander iets doet wat me niet bevalt. Wat de vraag oproept of wat ik voor liefde aanzie niet gewoon een projectie is van mijn verlangens en onvolkomenheden. Zodra de ander het plaatje verstoort volgt een terechtwijzing of geërgerde frons. Waarschijnlijk ben ik niet met Wayne op stap, maar met mijn idee over hem. De echte krijgt de volle laag als hij zich niet houdt aan het gefabriceerde evenbeeld.

Pijnlijk. Te meer omdat de cowboy geen doorsneeman is en zich in gezelschap nooit hoeft te bewijzen, ook al kan en doet hij meer dan de meeste mannen die ik ken. Hij hakt met groot gemak een wintervoorraad brandhout bij elkaar, kent dichtbundels uit zijn hoofd, bestuurt zware trucks en schiet met scherp als het moet. Maar zijn testosterongehalte is omgekeerd evenredig aan zijn ego en hij voelt zich totaal niet bedreigd door een sterke vrouw aan zijn zijde. Nou raakt de cowboy sowieso van niets en niemand in de war, hij gaat gewoon zijn gang en verwacht dat anderen dat ook doen. Jammer dat vrouwen daar niet zo goed in zijn, liet hij zich een keer ontvallen (een uitzondering, want Wayne klaagt en roddelt vrijwel nooit). Wat vrouwen dan wel goed kunnen? vroeg ik nieuwsgierig. Hm, wat dacht ik van manipuleren?

Om op de vraag terug te komen: Laat ik de kunst van het geven eens afkijken bij de cowboy. Daar doe ik de 'wereld' vast ook een groot genoegen mee.

dag 47

1 augustus – avond

kamp bij Kazachse familie langs een zandweg

Divers: laatste kamp in China

Kleur: groen

Geen twee wandkleden in een joert of blokhut zien er hetzelfde uit. Elk kleed is een kunstwerk, opgebouwd uit miljoenen steekjes, die samen verslag doen van belangrijke gebeurtenissen of uiting geven aan een wens. De ontwerpster kan de vrouw des huizes zijn, haar moeder of een vriendin, zegt Pariha, eigenaresse van de kleurrijke joert waar we de avondmaaltijd gebruiken.

Het arendsnest dat we vanochtend verlieten lijkt alweer een fata morgana. In een dag tijd doorliepen we drie of vier klimaatzones en eindigden in deze lage vallei, hemelsbreed dertig kilometer verwijderd van Altaj City. Onderweg troffen we in een dal drie zwarte hengsten, die er in razende vaart vandoor gingen, de horizon tegemoet. De snelle aftocht leek eerder op een race dan een door paniek ingegeven vlucht, de drie bleven maar rennen, uit pure vreugde leek het, met hoeven die nauwelijks de grond raakten. De glanzende, gespierde lichamen werden met de minuut kleiner, bogen af en verdwenen ten slotte uit het zicht. Wie ooit zo'n stel wilde paarden in galop heeft gezien kan alleen maar diep medelijden voelen met gedomesticeerde paarden die werkeloos op stal staan.

De twee Toevaanse jongens draaiden tijdens de rit vandaag almaar ongeduriger in het zadel en keken voortdurend naar de lucht. Het was perfect weer om te hooien, de zeis riep en heel veel langer zouden ze niet bij ons blijven, lieten ze Ayken weten. En dus jakkerden we de hele dag voort, niet wetend of het eindpunt Altaj City zou zijn of misschien een macadamweg, waar wij verder konden liften terwijl onze Toevaanse vrienden met de paarden huiswaarts keerden. Het is een raar einde van een wat vreemde episode. Altijd en overal voelde ik ogen prikken. Soms letterlijk, dan doken bij bruggen mannetjes op die ons doordringend aanstaarden, en soms omdat Ayken onze vorderingen doorbelde. Daar deed hij niet geheimzinnig over, dit was tenslotte China en zonder Aykens telefoontjes zou reizen door de grenszone onmogelijk zijn geweest. Hoewel ik graag meer van de Chinese Altaj had willen zien vind ik het wel best zo. Het paradijs dat ik zoek is niet te vinden in heuvels die op biljartlakens lijken en waar het wel zou kunnen zijn, in ongerepte bergen dichter bij de grens met Rusland en Mongolië, daar mogen wij niet komen.

Pats. De deeglap krijgt ervan langs. Een stevige bijl met breed snijvlak hakt brede slierten uit de opgerolde lap en dan draait de kokkin de slierten vliegensvlug om haar onderarmen, alsof ze wol ophaalt. Dan zwaait en husselt ze de draden net zo lang tot er nog slechts dunne veters over zijn.

Slurpend van de smakelijke baursakbouillon wijs ik op de wandkleden, die niet zouden misstaan in een museum of kunstgalerie. Ayken vertelt dat het kleed met de romantische boeketten door Pariha is gemaakt toen ze net verloofd was. Twee jaar later, in haar trouwjaar, maakte ze het kleed met de harten. Eenmaal getrouwd borduurde ze kleden met gestileerde horens, vogelvleugels, een roofvogelbek, slingerende plantenstengels, spiralen, cirkels, driehoeken. De ornamenten en symbolen beelden de nomadenkosmos uit. Ook kleuren zijn van betekenis: zo staat rood voor vuur, bloed en het leven, blauw voor de hemel; groen kan het voorjaar beduiden of een nieuw begin; geel betekent wijsheid en kennis; en wit verbeeldt het zuivere en het eeuwige. Het nieuwste wandkleed is een realistisch tafereel van een berg met een joert, kameel, paarden en een auto. In een hoekje prijkt een jaartal met ernaast de naam van de maakster. Nu ik er oog voor heb gekregen zie ik vaker namen en jaartallen op kleden staan, een teken dat het borduurwerk niet zomaar een dingetje is om de donkere wintermaanden door te komen. Wandkleden van nomaden verbeelden de essentie van hun leven. Het zijn filosofietraktaten, geschreven met naald en kleurig draad.

's Avonds klinkt onderdrukt gegiechel en gegniffel. Niet van pubermeiden maar van onze Chinese vrienden die hun liefdesleven doornemen. Of eigenlijk dat van Ayken, een vrijgezel met ruime levenservaring. Battuza en Jalsun zijn groentjes, ze weten niets van vrouwen en luisteren met rode oren naar verhalen over het nachtleven in Ürümqi, de miljoenenstad waar Ayken woont. Er zijn talloze clubs en bordelen, in hotels kloppen hoertjes midden in de nacht op je deur, meisjes zijn voor een drankje bereid tot een wederdienst en ongetrouwde vrouwen halen vreemde toeren uit om een man aan zich te binden.

Aykens repertoire aan waargebeurde verhalen is onuitputtelijk. Als een magiër wrijft hij over zijn toverlantaarn en creëert een wereld die lichtjaren verwijderd is van de dorpen en alpenweiden waar de Toevanen thuis zijn. Hun harde eeltknuisten beroerden van jongs af aan paarden en koeien, maar met een zachte vrouwenhuid weten ze geen raad.

dag 48

2 augustus – ochtend

asfaltweg naar Altaj City

Divers: melancholiek gevoel

Kleur: blauw

De zoon van onze gastfamilie brengt vandaag een schaap naar Altaj City en hij geeft ons een lift. De pick-up is groot genoeg voor het schaap, drie passagiers en al onze tassen. De weg naar Altaj City maakt een enorme slinger om de hoogste bergen heen en het is nog een flink eind rijden. Achter de eerste heuvelrug verandert het landschap. Groen en sappig maken plaats voor dor en droog, we rijden door het voorland van de Gobi en passeren eenvoudige boerenhuizen en schuren met stro op het dak. Langs stoffige zandwegen scharrelen kippen en koeien hun kostje bij elkaar, op woonerven staan broodovens van leem en twee meisjes zwieren aan de zwengel van een dorpspomp. Pas na het derde dorp dringt tot me door dat ik naar het verleden kijk. Taferelen als deze verdwijnen in rap tempo en het proces gaat zo snel dat geesten van voorouders geen tijd wordt vergund een beter heenkomen te zoeken.

In de achterruit verdwijnen bergen en bossen die buitenstaanders als een wildernis bestempelen, maar die het thuis vormen van Kazachen en Toevanen zoals Battuza en Jalsun, die op dit moment haastig door het bos draven. Battuza had ons aan het begin van de reis voorgesteld aan zijn moeder, een tanige weduwe met windgeschuurde wangen die op de zomerweide verbleef. Ze gaf haar zoon niet graag met ons mee, zei ze eerlijk, en Ayken moest beloven de jongen terug te sturen zodra de zon doorbrak en het hooien kon beginnen. In de joert lagen takjes van de jeneverbes en ongetwijfeld stuurt zijn moeder ook vandaag rooksignalen naar de hemelgod om daarmee om een veilige terugkeer van haar oudste zoon te vragen. Niet dat zij bang is om alleen in het bos te zijn. Ze kent de taiga en heeft er haar bestaan aan te danken. Ik had haar graag willen vragen hoe zij het bos ervaart, welke gesprekken ze voert met de natuur en hoe het universum eruitziet, maar de tijd was te kort. Wel probeerde ik onderweg een gesprek op gang te brengen met de twee Toevaanse jongens, maar zelfs een terloopse vraag krijgt een officieel karakter als communicatie via een tolk verloopt. Bovendien stel ik me zo voor dat ik het ook niet zo makkelijk zou vinden als ik indringende vragen zou moeten beantwoorden over mijn geloof en cultuur. Wederopstanding, een maagd die een verlosser baart, de goddelijke drie-eenheid, ga er maar aan staan. We begrijpen niet waarom we iets geloven, we geloven omdat we, zoals journaliste Megan Stack het zo mooi verwoordt in haar boek over het Midden-Oosten, topjes zijn van diepe en complexe ijsbergen. Het onzichtbare gedeelte is wat we meeslepen aan culturele bagage, het zijn de oorlogen die wij niet meemaakten maar die wel in de nationale psyche doorwerken, de vernederingen die onze voorouders hebben ondergaan, politieke idealen die werden omhelsd of afgewezen en, afhankelijk van waar onze wieg stond, een geloof in vooruitgang of in eeuwige wederkeer. Wie kan eeuwen later nog uitleggen wat ons beweegt te geloven in een voorbestemd lot of de maakbaarheid van het leven?

En daarom, nu de bergen verdwijnen in de achteruitkijkspiegel, bekruipt me het gevoel dat ik iets belangrijks over het hoofd heb gezien, iets wat me niet zou zijn ontgaan als ik in navolging van de Chinese landschapsschilder mijn gereedschap had thuisgelaten.

dag 54

8 augustus – 8.50 uur

46°11'NB|90°48'OL – Hoogte 1118 meter

Weer: zon, warm heldere lucht

Divers: afscheid van Chinese vrienden

Kleur: groen

Dalima is een vrouw met ballen. Dertiger, gescheiden met kind, eigenaar van een import-exportbedrijf in Takeshikenzhen, de laatste post vlak bij de grens tussen China en Mongolië. Vanaf mijn krukje in haar kaal aandoende winkel, die eerder dienst lijkt te doen als opslagruimte, observeer ik de vrouw waar meneer Ma en Wayne helemaal voor zijn gevallen: daadkrachtige uitstraling, staalplaat onder zachte perzikhuid, vechtersblik in een fraai opgemaakt gezicht. Dalima kent meneer Ma uit de tijd dat haar leven een puinhoop was, na haar echtscheiding. Hij hielp haar een nieuwe start te maken en om die reden staat zij bij hem in het krijt. Ze kan de schuld inlossen door ons te assisteren bij de grensovergang, al wordt dat niet met zoveel woorden gezegd.

In de winkel liggen zakken met tarwe, gestapelde buizen en waterkranen. De schappen zijn gevuld met in dozen verpakte elektronische waar. Dalima runt geen gezellig snoepwinkeltje, maar exporteert bouwmaterialen en granen. De economie in dit grensstadje draait om schimmige deals in de import- en exporthandel. Om je staande te houden in die harde wereld moet je over stalen zenuwen en relaties beschikken. Dalima heeft die blijkbaar, want zonder wheelen en dealen, intimideren en autoriteiten omkopen kan zij haar transacties onmogelijk tot een goed einde brengen. Wayne is wat gekalmeerd. Zijn vriend meneer Ma ook. De twee gingen gisteren bijna op de vuist terwijl we in de dagen daarvoor zoveel plezier hadden gehad met onze Chinese vriend.

De cowboy kent meneer Ma, leraar Engels, fietsfanaat, danseur en oud-directeur van een bankfiliaal, van een eerdere verkenningsreis. De man oogde fragiel en leek meegaand, had Wayne gezegd, maar achter het vriendelijke lachje ging een terriër schuil. De terriër richtte gisteren zijn beschuldigende vinger op de cowboy, die de omzichtige onderhandelingen verstoorde met een tactloze opmerking. Wayne is een doorpakker, de volgende dag liep ons inreisvisum voor Mongolië af en onze hoop was gevestigd op de mooie Dalima, die zonder visum tussen haar geboorteland Mongolië en China op en neer kan pendelen en genoeg steekpenningen heeft betaald om ons moeiteloos langs de douane te leiden. Hoezo, zag ik Wayne denken, moesten we om tien uur 's avonds nog een toneelstuk opvoeren en eindeloos noedels eten en praten over koetjes en kalfjes als het ook sneller kon. 'Mister Ma, vraag gewoon of ze ons de grens overbrengt. Wij betalen wat zij vraagt en klaar, kunnen we allemaal gaan slapen.' De toon van ongeduld waren Dalima en de andere tafelgenoten niet ontgaan. 'Jij weet alles van Amerika,' beet meneer Ma van zich af, 'maar in China gaan de dingen op onze manier.'

De gemoederen zijn inmiddels gesust, al is de competitie nog niet voorbij. Als pubers bedelen beide heren om exclusieve aandacht van Dalima, die wel wat anders aan haar hoofd heeft dan twee bejaarde mannen het hof maken. Ongedurig loopt ze door de winkel, eindeloos bellend, tot ze een chauffeur in Mongolië heeft gevonden die ons aan de andere kant van de grens opvangt en bij een busstation afzet. We omhelzen onze vrienden. Het gesleep met tassen kan beginnen.

MONGOLIË

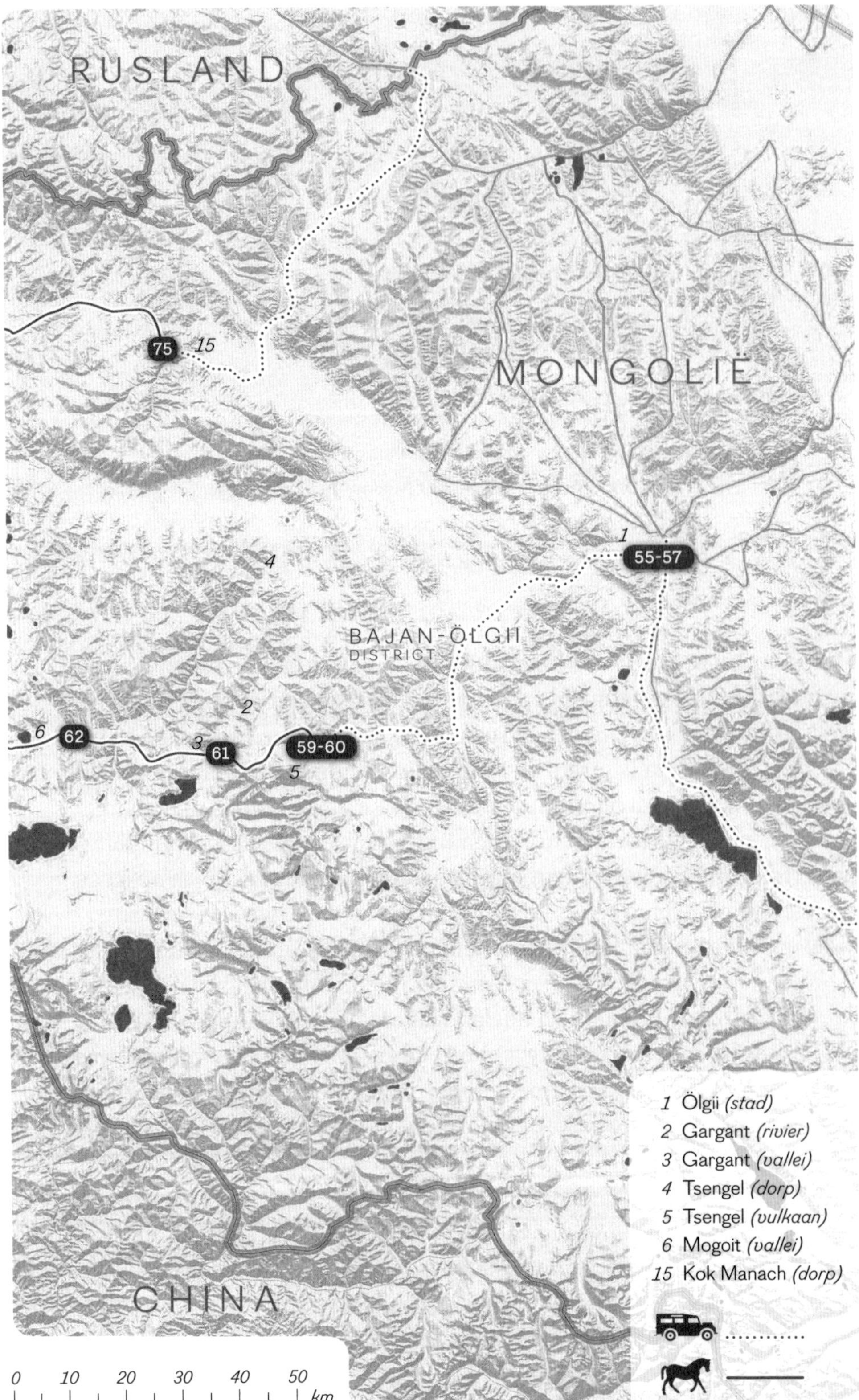
RUSLAND
MONGOLIË
CHINA
BAJAN-ÖLGII
DISTRICT
75
15
1
55-57
4
2
6
62
3
61
59-60
5
1 Ölgii (stad)
2 Gargant (rivier)
3 Gargant (vallei)
4 Tsengel (dorp)
5 Tsengel (vulkaan)
6 Mogoit (vallei)
15 Kok Manach (dorp)
0 10 20 30 40 50 km

dag 55

9 augustus – 11.00 uur

48°58'NB|89° 58'OL — Hoogte 1710 meter

Weer: droog, zon, blauwe lucht, warm

Omgeving: stadje tussen heuvels

Divers: geradbraakt door nachtelijke busrit over rulle zandwegen

Kleur: goud, groen

Het district Bajan-Ölgii bevindt zich aan de uiterste rand van het universum dat Mongolië heet. Behalve yetifans heeft niemand belangstelling voor het labyrint van bergen op de grens met China en Rusland. Op de weinige detailkaarten van het gebied zijn monsters en eenhoorns nog maar onlangs uitgegumd, de Mongoolse ANWB is er nog niet doorgedrongen, nergens wandelroutes, richtingaanwijzers of fietsknooppunten. De herders in het district houden er een eigen navigatiesysteem op na en dat zit veilig opgeborgen in hun hoofd, net als informatie over winterweiden, zomerweiden, locaties van jeneverbesstruiken en offerstenen. Het oeroude stelsel van sporen en paden is nog volop in gebruik bij nomadenfamilies, schapenhoeders en adelaarsjagers, al is de kans dat ze elkaar onderweg tegenkomen gering. Op een vierkante kilometer wonen twee tot vier mensen en vermijd je de dorpen, dan heb je de bergen vrijwel voor jezelf. De meeste inwoners (95 000) in het district Bajan-Ölgii, waarin het Altajgebergte ligt, zijn Kazach en moslim. Een minderheid, ongeveer tien procent, volgt de leerstellingen van Boeddha en het procentje dat overblijft is voor de Toevanen, die bij ziekte of bijzondere gebeurtenissen zowel sjamanen als lama's inschakelen.

De Kazachen kwamen in de vorige eeuw vanuit China naar Mongolië, meedrijvend op het wisselende tij van politieke krachten en op zoek naar graasland en vrijheid. Het zijn meest traditioneel levende veehoeders, die in de zomermaanden in een *ger*, Mongoolse benaming voor joert, wonen en de koudste maanden meestal in een dorp verblijven. Onze tolk Huandak is ook Kazach en ze woont in de districtshoofdstad Ölgii, waar ze ons opwacht in het ruime, pas geverfde huis van haar zus.

'Ik heb al een heel leven achter de rug,' vertelt onze zevenentwintigjarige tolk bij de welkomstthee. In mijn ogen ziet Huandak er met haar gladde huid en dunne spriethaar uit als een schoolmeisje dat net eindexamen heeft gedaan, maar ze heeft al een studie Engels afgerond, is getrouwd volgens plan, heeft een dochtertje gekregen, en toen, klinkt het spijtig, ging er iets mis. Een jaar geleden is ze op eigen verzoek gescheiden van haar man en sindsdien woont ze met haar dochtertje bij de getrouwde zus, zwager en twee neefjes.

dag 56

10 augustus – 10.30 uur

Ölgii

Divers: rampenscenario

Kleur: rood

De vogels en de zon zijn al uren wakker, maar in huis beweegt niets of niemand. Ik trotseer de valse waakhond en sluip naar het buitentoilet, een brede kuil met een plank erboven. Bij een watertankje aan een paal was ik mijn gezicht. Om negen uur is het nog steeds doodstil binnen. Pas tegen tienen steekt onze tolk slaperig het hoofd om de keukendeur.

'Overigens,' zegt Huandak een halfuur later terwijl ze een bolletje gefrituurd deeg in de thee doopt, 'heerst er mond-en-klauwzeer in het gebied waar jullie doorheen willen.' De streek is hermetisch afgesloten, vervolgt ze. Maar ze heeft een alternatieve route bedacht, haar hand wijst naar het noorden: 'Daar is het ook mooi.'

Tot tien tellen voor ik onherstelbare schade aanricht in de keuken van een ander. Is dit dezelfde vrouw die een universitaire graad behaalde en zo plezierig samenwerkte met de Amerikaanse fotografe, die ons over Huandak tipte? Weliswaar met de kanttekening dat stiptheid niet haar sterkste kant is, maar over een mogelijke hersenbeschadiging was niet gerept. 'Luister,' begin ik tamelijk rustig. 'Dit is geen vakantietripje,' om eraan toe te voegen dat expeditieleiders gewoonlijk zelf de route bepalen en dat niet overlaten aan een tolk of paardenman. De verraste blik van Barbie doet het ergste vermoeden.

Wayne kijkt me waarschuwend aan en legt in kleutertaal uit dat wij in een cirkel om de Altajbergen rijden. De routekaart komt eraan te pas: 'De stippeltjes lopen van grens tot grens, zie je wel? Anders zou het geen cirkel zijn.' Een vage knik.

Jaren van voorbereiding, tientallen langeafstandsgesprekken met Mongolië, routekaarten die werden doorgestuurd, het verdween in een zwart gat. Misschien is het de echtscheiding, de boze schoonmoeder, te veel zon op de hersenpan, hoe dan ook, de tolk is er niet bij met haar hoofd, laat staan dat zij beseft dat ze het traject door Mongolië al bijna heeft opgeblazen voor we goed en wel op weg zijn.

dag 57

11 augustus – 09.00 uur

stadhuis in Ölgii

Weer: droog, zon, blauwe lucht, warm
Omgeving: brede pleinen, lage huizen, heuvels
Kleur: goud, groen

Ondanks het vroege tijdstip is het druk in het provinciehuis. Formeel geklede mensen met glanzend zwart haar en licht gekromde benen lopen in en uit. De heren dragen een kostuum met daaronder glimmende schoenen met slurfpunten. Vrouwen zijn of slanke sprieten of van rolmopsformaat. Beide soorten zweven minstens tien centimeter boven de parketvloer op hoge pumps. Alles wat lekker zit, een zwierige nomadenjurk of comfortabele rijbroek, is verbannen naar de mottenballenkist.

In de gang op de eerste verdieping trekt een groot schilderij de aandacht. Een winterscène uit de Altajbergen, met trotse jagers te paard, een vrouwtjesadelaar op de arm. Zo stoer als de mannen op het schilderij is ook onze gids Dalaikhan, zegt Huandak, die hem goed kent.

'Binnen!'

Voorbij de deur bevindt zich de enige man die ik in Mongolië ken en toevallig is het ook de enige man die de macht heeft om ons te helpen. Mantajs donkere ogen lichten op als hij ons ziet. De boomlange topambtenaar is geen spat veranderd sinds ik hem drie jaar geleden ontmoette op een natuurbeschermingsconferentie in de Russische

Altaj. Hij moet inmiddels halverwege de vijftig zijn. Dik zwart haar met sporen zilver, een vriendelijk, ietwat pokdalig gezicht met grote neus en vriendelijke ogen. Onberispelijk gekleed in een hagelwit overhemd met vouwen zo scherp dat je er brood mee kunt snijden.

'Ga zitten.' Mantaj was tot voor kort directeur van het Nationaal Park Altaj Tavan Bogd, in het noordwesten van Bajan-Ölgii. Destijds had hij enthousiast gereageerd op mijn voorgenomen expeditie, die door zijn park voert. Inmiddels is hij van baan veranderd, vertelde hij gisteren aan de telefoon (goddank klopte het mobiele nummer nog). Hij is nu topambtenaar in zijn district en leidt de mond-en-klauwzeeroperatie. Aandachtig luisterend naar ons verhaal trekt hij een cirkel op de kaart: 'Dit is het quarantainegebied en jullie route ligt bijna geheel in de cirkel.' In het centrum van de uitbraak mogen we absoluut niet komen, maar hij kan wel iets regelen voor het afgesloten gebied daaromheen.

Ongeruste boeren en overheidsdienaren steken ongeduldig het hoofd om de deur. We zijn al een halfuur binnen, veel te lang naar hun smaak. Weg met die vreemde gasten, hoor ik ze denken, en geef ze eens ongelijk. In het getroffen gebied wonen bijna uitsluitend families met schapen, geiten, koeien en jakken. De virusuitbraak raakt aan het hart van het nomadenbestaan.

'De expeditie kan doorgaan,' besluit Mantaj het onderhoud. 'Ik zal zorgen voor ontheffing.'

'En onze gids?' vraag ik snel, wijzend naar een kleinere cirkel midden in het afgezette gebied, die de plek van de virusuitbraak markeert. Dalaikhan woont in het hart van het getroffen gebied en ook onze paarden staan daar. Mantaj schudt beslist het hoofd: 'Niemand mag daar in of uit. Het is onmogelijk om hem uit het epicentrum weg te halen.'

dag 59

13 augustus – schemertijd

toegang tot de berg Tsengel

Omgeving: bergsteppe

Divers: verwachtingsvolle stemming

Kleur: groen

Waar zijn de bomen gebleven? Mongolië is een steppeland, maar onze route voert door de Altajbergen en ik verwachtte taiga, weelderig bos, net als in Kazachstan en China. Maar in het gladgeschoren landschap waar we met een rammelende jeep doorheen rijden verheft zich geen enkele lariks, berk of zilverden. Misschien dat juist daardoor de ontelbare kleurnuances opvallen. Groen gras? Welke tint groen bedoel je, zal een herder in Mongolië vragen. Er is mosgroen, lente-uigroen, wolfsmelkgroen, olijfgroen, bestorven groen, oudgroen, goudgroen, gifgroen, geelgroen, schimmelgroen, verzin het en je vindt het op de steppe waar we doorheen rijden. We passeren een quarantainepost en hier en daar verheffen zich vierkante houten huisjes, die de leegte eerder benadrukken dan vullen. Ondanks de verlatenheid voel ik onzichtbare ogen prikken, een souvenir uit China, waar ik op mijn laatste dag urenlang werd ondervraagd. Het zal tot Rusland duren voor het orwelliaanse gevoel in het geniep te worden bekeken verdwijnt.

Aan het eind van de middag stopt de terreinwagen op een flauwe bergpas, een bobbelbed van keien en afgevlakte rotsen met uitzicht op de besneeuwde punt van een eenzame vulkaan die Tsengel heet. De naam betekent 'verrukking' of 'genot'. Aan de basis van de perfecte vulkaandriehoek staan witvilten paddenstoelen en in een van die stipjes wonen Huandaks ouders, die beloofden voor paarden en een pakkameel te zorgen.

Ik zuig de koude buitenlucht in mijn longen als een drenkeling die te lang kopje-onder is geweest. In het uitgestrekte keienveld valt het bescheiden torentje van stenen rechts van mij nauwelijks op, maar zwierige gebedslinten trekken de aandacht. De fladderende sjaals van het allerdiepste blauw dat je maar kunt bedenken vangen het laatste licht van de ondergaande zon. Ik beroer de slierten, die ook in mijn hand rusteloos blijven klapperen.

'Waar wacht je op?' lijken ze te vragen.

dag 60

14 augustus – 08.43 uur

48°40'NB|89°14'OL – Hoogte 2721 meter

Weer: strakblauwe lucht, zon

Omgeving: glooiend steppeland bij de berg Tsengel

Divers: zomerweide van Huandaks familie

Kleur: groen

Rond de tent schuifelen langharige zwart-wit gekleurde jakken door berijpt gras. Het gezellige sonore geknor ontspant overbelaste zenuwen. Voorbij de tentflap drijft de vulkaan Tsengel op een zee van ochtendmist en dichterbij, waar gisteravond nog een lompe bagagetas in het gras lag, schittert nu een edelsteen bezet met kleine diamanten.

Achter een stenen beschutting scharrelen kleine jakken die vastzitten aan een gespannen touw. Huandaks oude moeder zit bij een van de jakken, op een melkkrukje en met het gerimpelde gezicht tegen de dampende flank van het enorme moederbeest. Met de camera haal ik het tafereel dichterbij. De vervaarlijke hoorns zijn zo krom en scherp als degens. De oude vrouw kneedt met stramme en verkleumde vingers de uier, melk sprietst in gutsen in het emmertje bij haar gelaarsde voetjes. Achter oma's rug rukken de kleintjes ongedurig aan het touw, ze hebben honger en willen naar hun moeder.

Ik volg Huandaks moeder naar de ger, die heerlijk geurt naar jakmest en gekookte melk. Huandak ligt nog in bed met haar dochtertje, dat de zomer bij opa en oma doorbrengt en in niets op haar frêle moeder lijkt. De kleine heeft het postuur en temperament van een worstelaar en vloog gisteren bij het uitpakken van cadeautjes als een stormram naar de twee neefjes, die ook in de ger wonen, om hun nieuwe speelgoedautootjes te kapen.

Dalaikhan wenkt en dirigeert me naar een kruk. Hij heeft het onmogelijke gepresteerd en toestemming geregeld om het hermetisch afgesloten quarantainegebied te verlaten. Gisteravond arriveerde hij achter op een brommer, ingeklemd tussen een grote kooktent en bagage zweefde een stoere Australische hoed boven een knappe kop met getrimd grijs snorretje en vonkende ogen.

'Kom op dame,' schudt hij zachtjes aan het ledikant van Barbie. Iedereen is al uit de veren, behalve onze tolk en haar neefje van drie, die het bed deelt met opa. Het oudere broertje slaapt een bed verderop, bij oma, die nu rond de kachel scharrelt.

Huandaks zesjarige neefje heeft geen boodschap aan taalbarrières, het bijdehante joch praat me de oren van het hoofd. Trots laat hij me later op de ochtend zijn jonge rijpaard zien waarmee hij schapen hoedt. Het jongste broertje, schrale wangetjes en grote flaporen, staat er wat verloren bij, met ogen die nog groot zijn van angst. Eerder op de dag had zijn vader hem een enorme optater verkocht en uren later kleurt de afdruk van de grote eelthand nog steeds het ruwe wangetje. Een dreun om niets en niet voor het eerst, bewijst het schichtige gedrag van de kleine. Blijkbaar ontsnapt zijn grote broer aan vaders harde hand, want hij duikelt onbezorgd door de weide en trekt me mee in zijn spel. Gekke bekken trekken, springen en samen foto's maken. Zijn moeder komt erbij staan, haastig over de schouder kijkend of niemand het ziet. Ze wijst op de camera en trekt haar jurk alvast recht. De hoofddoek gaat af.

De vrouw wier naam mij is ontglipt is de onzichtbare huissloof, die zwijgend boter karnt, gedroogde mestvlaaien verzamelt, kaas maakt en kleren wast. Ze zegt nooit iets, weet ik van Huandak, al was er een tijd dat ze nog wel sprak, tot vreugde van oma, die wel wat aanspraak en gezelligheid kan gebruiken in een ger met alleen kerels. Maar dat veranderde toen haar man begon te slaan. Tenminste, zo leg ik het jarenlange stilzwijgen uit.

Door de zoeker zie ik een getaand gezicht met een ragfijn web van gesprongen adertjes. Aan de ogen mankeert niets, maar er lijkt evengoed een vlies overheen te liggen. Hoe zou dat zijn? Je dagen slijten in het huis van schoonouders die best aardig zijn, maar partij trekken voor hun jongste zoon, ook al heeft hij losse handjes. De traditie gebiedt dat de jongste zoon bij zijn ouders intrekt en tot hun dood voor ze zorgt. Dat schept verplichtingen over en weer. Daarom hoeft de schoonzus niet op bemiddeling of hulp te rekenen. Terugkeren naar het ouderlijk huis is geen optie en in haar eentje maakt ze geen kans. Het herdersleven hangt ook zo al aan een draadje. Daarom doet de schoonzus er voortaan het zwijgen toe. Alleen haar lichaam doet nog wat ervan wordt verwacht.

Voor mijn camera ontdooit de stuurs kijkende vrouw als rijp in de warme ochtendzon. Ze heeft een mooie lach en haar gezicht bloeit op. Misschien wel voor het eerst in jaren. Ik druk af en ril onwillekeurig bij de gedachte net als deze vrouw het bed te moeten delen met een man die ik tot in het diepst van mijn ziel haat.

Ik kijk haar na, een verloren figuurtje dat op de heuvel mestplakken raapt. De schouders een ophaalbrug en het hoofd zo diep gebogen dat alleen het stuk grond onder haar voeten zichtbaar is.

Ook al ziet Huandak ons niet meer staan nu we bij haar ouders zijn, het is reuzegezellig in en rond de ger. Opa en oma zijn lieve schatten, het kan niet aan hen liggen dat de zoon slaat. Het interieur is van een vrolijk stemmende schoonheid en heeft de Kazachse touch vermengd met Mongoolse invloeden. Eenpersoonshemelbedden staan langs de vilten wand, de ijzeren ledikanten zijn versierd met geborduurde poppenkastgordijntjes en vrolijke kussentjes. Onder het bed blinken ondiepe schalen waarin 's nachts een plas kan worden gedaan. Geborduurde kleden met handgestikte geometrische patronen bedekken muren van vilt. Op de grond in het achterste woongedeelte ligt een zeil. Rechts naast de lage deur is het vrouwendomein, met etensvoorraden en kommen in een blauw geverfd keukenkastje. Links naast de deur staan laarzen en hangen jassen. Tegenover de deur hangt een erekleed met foto's, oorkonden en medailles. Daar staan ook de telefoon en de radio, die allebei werken op zonne-energie. Nog een kachel, een tafeltje en krukjes, en voilà, wat zou een mens op de steppe nog meer kunnen wensen?

Mijn beschrijving van het interieur is die van een buitenstaander. Een Kazach herkent in de ger ook zijn ziel, de geschiedenis van zijn volk, de verbondenheid met hemel en aarde. Elk detail, elk ornament, elke kleur, elk onderdeel van de ger, van het krakkemikkige deurtje en de drempel tot aan de nok, heeft een diepere betekenis. De ger is de kosmos, niet een klein beetje maar voor de volle honderd procent.

De centrale stok in het midden is de axis van het universum, waaromheen aarde, zon en planeten draaien. Het rookgat boven in de ger zorgt voor een open verbinding met de hemel, de aangestampte grond verbindt de bewoners met de aarde. Het lage deurtje opent naar het oosten, waar de dageraad elke ochtend de komst van de zon aankondigt. Op de dorpel onder de deur zet je nooit je voet, de dorpel markeert de grens tussen twee werelden, binnen en buiten, en heeft een sacrale betekenis. De inrichting van een ger is geen vrijblijvende zaak en ook al weet je soms niet waarom het vrouwendomein rechts van de kachel is en mannen de linkerhelft gebruiken, je doet het zo omdat de generaties voor je dat ook zo deden. De ger is als het leven zelf, het volgt zijn natuurlijke loop en vragen naar het hoe en waarom is zinloos.

Denken we ooit na over vrouwenhanden? Hoe ze strelen, liefkozen, truien breien, soep roeren, jurken naaien, wandkleden borduren, vilttapijten maken, mest rapen, vloer schoonvegen, afwas doen, sokken stoppen, draaien om oren geven, troosten, melken, bedden verschonen, kleding wassen in koude stroompjes, karnen, kaas maken, tranen drogen, baby's wiegen, thee schenken, kinderen in bed stoppen, melk offeren aan de hemelgod, elke ochtend het haardvuur aansteken en het tegen middernacht weer doven.

---

middaguur

zomerweide van Huandaks ouders

Divers: rijpaard uitzoeken

Kleur: goud

Een zwiep en ik beland op een smal kussentje dat voor zadel doorgaat. Het niemendalletje biedt nergens houvast en dat is perfect voor lassowerpende herders die snel moeten wenden om tegenstribbelende schapen of jakken te vangen, maar ik lazer onderweg geheid van dit malle kussentje op het jonge nerveuze paard. Kom op, praat ik mezelf moed in, gewoon melden dat dit paard niet voldoet. Maar mijn mond wil niet meewerken en formuleert iets anders.

'Mag ik een ander zadel?'

Het zit al beter, maar stabiel is anders. Huandaks broer hoort mijn commentaar zwijgend aan en hij vraagt zich ongetwijfeld af waarom ik überhaupt wil rijden. Opa bemoeit zich ermee en knikt begripvol. 'Probeer dit maar.' Het dier onder mijn billen is zijn lievelingsrenpaard. In de staart prijken roze geverfde veren van opa's steenarend, een teken van respect. Na een kleine aanmoediging schiet het raspaardje ervandoor, gewend als hij is aan opa's rappe tempo. Mijn voeten schieten uit de stijgbeugels, pijnscheuten doorboren mijn rug en ik voorzie een reis vol narigheid, maar opa's oogappel heeft gelukkig snel door met wie hij van doen heeft en schakelt over op een slomer drafje. Ik zend D.U.H-signalen (Dank U Heer) naar boven, steek de duimen omhoog en neem het rare schonkige loopje van het paard voor lief. Pas veel later kom ik erachter waarom het gekke loopje mensen onderweg herhaaldelijk in vervoering brengt. Het is het opvallende kenmerk van een bijzonder paardenras, dat bekendstaat om zijn gratie en snelheid.

Wayne berijdt een paard van de broer, een bruin-witte hengst die vele wedstrijden won en destijds zo wild was dat alleen de broer hem aankon. De snelheidsduivel werd verkocht toen hij geen topsnelheden meer haalde, maar hij rende een dag later hinnikend terug naar de broer, de enige persoon die hij op zijn rug accepteerde. 'Niet alles is te koop,' wilde de bruin-witte maar zeggen. Nu hij ouder en milder is mag Wayne erop rijden. 'Gaat prima,' glundert de cowboy. Alleen stijve ledematen zitten bij het opstappen in de weg. Discreet kijk ik een andere kant op als mijn lief een kontje aangeboden krijgt van Dalaikhan.

dag 61

15 augustus – middag

Tsengelvallei

Weer: afwisselend droog en sneeuw, fris tot bitterkoud

Omgeving: bergen, gletsjers, doorkijkjes, vergezichten

Divers: onderweg met pakkameel en paarden

Kleur: goud

Overal zacht gesnater van smeltwater. Rolstenen en kiezels zover het oog reikt. Muren van ijs, zachtblauwe veronica's in botermals gras en ijskoude waterstroompjes met eilandjes gele en paarse sleutelbloemen die vriendelijk naar mij knikken. Daarboven jagen regenwolken elkaar rusteloos achterna, als smokkelaars glippen ze tussen de hoge bergen in Rusland door om hun natte vrachtje aan deze kant te lozen. De heuvels en bergen liggen erbij als een Engels landgoed uit de achttiende eeuw. Slingerpaadjes, klaterende beekjes, doorkijkjes naar glooiende heuvels in de verte, besneeuwde rotswanden, toefjes bloemen in verwilderd gras, alleen de nagebootste tempelruïne ontbreekt.

Bij het afscheid drukte opa me op het hart om zijn lievelingspaard minder zwaar te bepakken. Het rijpaard is niet gewend aan volle zadeltassen en een deel van mijn bagage verhuist naar onze arme pakkameel, die eruitziet als een overbelaste verhuiswagen. Dalaikhan trekt hem voort aan een touw, dat vastzit aan een houten pin door de neus. Ik had nog nooit zo'n grote kameel van dichtbij gezien, er passen zeker twee dromedarissen in de dik behaarde mastodont met poten als tempelzuilen. De harige rug van de tweebulter, door mij Elvis gedoopt vanwege de markante haardot op zijn kop, is bedekt met tapijten die fungeren als stootkussens. Er is geen pakzadel, wel hangt aan beide zijden een lange, ronde paal waaraan huisraad en proviand vastzitten. Dikke touwen houden alles op zijn plaats en een dekzeil beschermt de lading tegen regen. Vanochtend bond Dalaikhan de palen aan de kameel vast en hij trok het geheel zo strak aan dat Elvis, wiens lichaam werd geplet tussen de twee palen, piepte als een dame wier taille hardvochtig werd ingeregen. Hij moest zijn lot de avond tevoren hebben voorvoeld, want toen we vanochtend wilden vertrekken was onze pakkameel nergens te bekennen. Weggelopen met medeneming van een touw en de vastzetpin. Rond het middaguur vond de broer hem terug en nu sjokt de kameel ietwat terneergeslagen achter de paarden aan en torst behalve onze proviand ook tenten, bagagetassen, jerrycans, kooktoestel, potten en pannen. Zo'n honderdvijftig kilo, de filmcamera's niet meegerekend. Het begint ook nog te regenen, geen wonder dat Elvis chagrijnig kijkt.

14.30 uur

48°41'NB|89°07'OL – Hoogte 2886 meter

Weer: afwisselend nat en droog

Omgeving: bergpas naar Gargantvallei, overgang naar ander ecosysteem

Divers: deze ene dag duurt een week

Kleur: goud

Zomer is een tijd van overvloed. Dan groeit het gras, graast het vee en stroomt de melk. Dat is het romantische Mongolië dat wij te zien krijgen, de uitbraak van mond-en-klauwzeer even niet meegerekend. Maar romantiek is buiten het vakantieseizoen ver te zoeken, de hoofdmoot van een herdersleven speelt zich in de winter af en bestaat uit negen maanden afzien vanwege kou, sneeuw, gure wind en zorgen om het vee.

Dalaikhan en Huandaks vader hadden me over de winter verteld. Zodra het sneeuwde gingen ze met de vrouwtjesarend op jacht of reisden ze naar festivals. De barre wintermaanden boden tijd voor ontspanning, zeiden ze. De Britse Louisa Waugh zag dat anders. In *Hearing Birds Fly* beschrijft ze haar verblijf in 1998 bij herdersfamilies in het dorp Tsengel, dat dezelfde naam draagt als de vulkaan, en waar Huandaks ouders gedurende de winter wonen. Er was geen elektriciteit in het dorp, de winter leek het bloed uit de aarde en de stenen te hebben gezogen en dieren waren sterk vermagerd. 'Van romantiek is hier geen sprake. Ik heb mensen nog nooit zo'n strijd zien voeren enkel om te overleven. Zo kan het toch niet het hele jaar zijn: de vrouwen uit de bergen leeg en afgemat, de dieren uitgemergeld, de kinderen ziek en onvolgroeid.' Verveling en armoede maakten het dorpsleven er niet gezelliger op en als eindelijk het voorjaar aanbreekt, met gierende stofstormen, brekend ijs en rottende karkassen van dieren die de winter niet hadden overleefd, schrijft Louisa dat het dorp er dan nog ellendiger uitziet dan in de winter, als sneeuw de narigheid afdekt. Haar blik is die van een jonge Europese vrouw met een andere levensstandaard, dus allicht lijkt het herdersleven dan hard. Maar zelfs als ik bedenk dat het leven in het dorp Tsengel na 1998 iets makkelijker is geworden, begrijp ik waarom Huandak na haar scheiding niet terug wilde keren naar haar ouders. 'En dan als herderin leven, zeker,' zegt Huandak, wijzend naar de vallei in de diepte waar haar jongste zus de zomer doorbrengt. Haar vilten onderkomen ligt op onze route en we gaan langs om gedag te zeggen. Met Elvis zigzag ik de bergpas af en schep genoegen in het zuigende geluid van nat gras, de modder en de geur van kamelenzweet. Wat een fantastische dag. Voor me zeilt een vloot opbollende wolken langs de hemel en beneden wacht een kop nomadenthee, zomaar midden op de dag.

namiddag

80°40'NB|89°01'OL – Hoogte 2424 meter

Omgeving: zomerstandplaats van Huandaks jongste zus

Divers: tegen mijn zin blijven plakken

Kleur: groen

'Het eerste jaar was wennen,' zegt Huandaks jongste zus, verlegen wiebelend op haar krukje in de karig ingerichte ger. De afgetrapte witte laarsjes, het kekke jasje en de wollen jurk die ze draagt zijn aangeschaft toen ze nog in de stad studeerde. Na het examen, nu anderhalf jaar geleden, trouwde de zus een herder uit haar geboortedorp Tsengel en nu melkt ze zijn jakken en verzorgt hun baby. Dit is pas de tweede zomer op de weide van haar schoonfamilie, verontschuldigt ze zich voor de onversierde ger, waaraan niets essentieels ontbreekt behalve een ziel. Zonder zelfgemaakte wandkleden, rondrennende kinderen en kwebbelende oudjes is zo'n vilten woning maar een lege huls. Geen wonder dat vrouwen snel kinderen krijgen, voor de gezelligheid en als oudedagvoorziening.

Aan uithuwelijken en kidnappen doen ze in Mongolië gelukkig niet meer, glimlacht de zus. Zij koos zelf haar partner, al durf ik met een blik op de luxe witte laarsjes te wedden dat ze liever een stadse jongen had gestrikt. Een herder trouwen betekende een terugkeer naar het dorp dat ze was ontvlucht, eenzame winters en drukke zomers op de weide van haar schoonouders. Aangetrouwde familie in de ger tolereren, melken in weer en wind, gespleten nagels en gesprongen wangen, baggeren door schapenkeutels en mestvlaaien. Voor geen goud zou Huandak met haar jongste zus ruilen, vertrouwt ze me later toe. Mijn tolk hoopt dat haar ex-man tot inkeer komt en zo niet, dan zoekt ze een ander. Maar, bekent ze, de concurrentie is groot en weinig mannen kiezen voor een gescheiden vrouw met kind. Opeens begrijp ik de logica achter

Huandaks reiskleding: modieuze spijkerbroek, pimpelpaars jasje en rode muts. En ook waarom ze haar gezicht elke dag zorgvuldig verft en stevig inpakt. Ze moet het de komende tijd van haar looks hebben en wie ben ik om kritiek te uiten op een minder fortuinlijke en alleenstaande zuster die lijdt onder een cultureel bepaalde houdbaarheidsdatum waar zij allang overheen is.

'Een partijtje worstelen?' stel ik voor aan de opgeschoten jongens die ons tentje vlakbij de gers van Huandaks aangetrouwde familie komen bezichtigen. Ze knikken enthousiast en de oudsten buigen meteen voorover, wiegen een tijdje van het ene been op het andere, een opening zoekend en de tegenstander vanonder hun wenkbrauwen taxerend. Wat schijnbewegingen, een aai hier en een ruk daar, dan begint het gevecht. Ik film het dribbelen en het maaien van armen, maar veel stelt het niet voor. De jongens lachen te veel en worstelen alleen voor de show. Dan tikt de cowboy me op de schouder: 'Moet je die kleine opdonders daarginds zien.' Jochies van nog geen turf hoog voeren buiten de arena een strijd van leven op dood. In hun fanatieke ogen staat in blokletters: KILL.

Ze klauwen en grommen als getergde leeuwen. Minutenlang sleuren ze elkaars rode koppen over het gras, hijgend, zwetend, rukkend en trekkend aan broekriemen. Sommige vechtertjes zitten erdoorheen, maar opgeven... ho maar!

Net als stoeiende welpen oefenen de kleintjes voor het grotere werk, want worstelen is in deze contreien een les in overleven. Een herder moet zijn kudde onder alle omstandigheden kunnen beschermen, ook als hij geen geweer paraat heeft en er op het einde van een lange winter uitgehongerde wolven om de stal lopen of beren na een lange winterslaap azen op malse lammetjes en veulentjes.

Het kleinste opdondertje, Sultan, is een ongelooflijke furie. In Nederland zou hij met helmpje en fluorescerend jasje naar de kleuterschool worden gebracht in de bakfiets van zijn moeder. In Mongolië draaft de dreumes vrijelijk over de steppe, zonder zadel en helm, en vecht tegen iedereen die maar wil. 'Kom op,' daagt een grote neef hem plagerig uit. 'Winnaars tegen elkaar.' De kleine sprint met doodsverachting naar de potige winnaar uit de hogere leeftijdsklasse. Voor de grote jongen met de ogen knippert hangt Sultan al voor hem in de lucht. De knaap lacht niet meer nu hij een wilde boskat aan zijn arm heeft hangen.

Kleine Sultan neemt zijn verlies als een man. Korte handdruk, kleine buiging, dan verlaat hij met opgeheven hoofd het worstelveld. Nog een beetje oefenen, zie ik hem denken, en dan ligt die lange de volgende keer mooi plat.

LINT

Als je het landschap als bezield ervaart, zie je het dan anders?

Bij de vulkaan Tsengel wilde ik voor de camera iets zeggen over het firmament dat hier weidser en blauwer lijkt dan in Kazachstan en China. En over de subtiele kleurnuances van korstmossen en ruwe stenen die met goudstof lijken bestrooid. Maar ik kon alleen maar huilen van ontroering en hield daar tot mijn verbazing niet meer mee op. Elke keer als ik probeerde iets te zeggen, over glooiende grasvelden met de vleug van groenbruin fluweel of over de Tsengel met een wit hermelijnen cape rond de driekantige schouders, kwamen de tranen weer. De emotionele uitbarsting was zelfs voor een vrouw die last heeft van opvliegers hoogst ongebruikelijk.

Hoe kan het dat ik twee maanden met droge ogen door Kazachstan en China rijd en op mijn eerste kampeerplek in Mongolië zoveel tranen pleng? Het antwoord dat opkomt zou ik het liefst negeren, maar wat heeft onderzoek naar de invloed van landschap op de geest voor zin als ik uitkomsten zou manipuleren? Daarom waag ik een voorzichtige poging de tranen te duiden.

De meeste westerlingen beschouwen een plek als een objectief gegeven, het is een locatie waar een gebouw staat of waar zich iets concreets kan afspelen en verder denken we er niet over na. De oude Grieken deden dat wel. Zij onderscheidden *topos*, de fysieke kenmerken van een plek, en *chora*, datgene wat de geest beroert. Ook de Romeinen kenden een genius loci toe aan sommige plekken, een onzichtbare entiteit die bij de plek hoorde en het beschermde. In de Altaj heet zo'n lokale beschermgeest ee en het is een van de vele natuurkrachten die de Altaj-bewoners onderscheiden. Het lastige is dat wij daarover moeilijk kunnen meepraten omdat wij dergelijke krachten niet erkennen en daarom niet benoemen. Of misschien is het andersom? Het gaat om onzichtbare maar wel merkbare krachten die de psyche beïnvloeden, een aandoening of ziekte kunnen genezen, energie geven of juist wegnemen. 'De taal dwingt ons in een denkschema; onbruikbare verschijnselen blijven naamloos,' schrijft de dichter Tonnus Oosterhoff over het belang van een uitgebreid vocabulaire. Dat het naamloze afsterft en wordt vergeten vond de dichter jammer, want er viel zo duizelingwekkend veel meer te zien en te ervaren. Oosterhoff meende dat elke dichter op zijn eigen manier iets van de reductie opheft en in de Altaj zouden ze hem gelijk geven, al hebben ze daar geen dichter nodig om over het onzegbare te schrijven. De terminologie die de eigen taal daarvoor aanreikt is bijna onuitputtelijk: zo bestaan er minstens vijftien verschillende woorden voor evenzovele aspecten van de ziel. *Ozok* is het zielcentrum, gesitueerd in de borst; *kem* is de ziel die zich in een foetus ontwikkelt; *d'ula* is een zieke ziel die het lichaam heeft verlaten en *yuzut* is de ziel van een overledene in de gedaante van een geest. In Nederland kennen we maar één woord, ziel, waaronder iedereen iets anders verstaat.

Dat ik met droge ogen langs bergen in Kazachstan en China reed en bij de Tsengel moest huilen heeft volgens mij te maken met de rituelen waarover Huandak me vertelde. Sinds een paar jaar voeren boeddhisten uit een naburig dorp iedere zomer een driedaags ritueel uit aan de voet van de vulkaan. Een lama in het verre Ulaanbaatar had de rite voorgeschreven ter genezing van een dorpsbewoner. De zieke werd beter en de dorpsbewoners bezoeken sedertdien elk jaar de Tsengel om een zegening voor het hele dorp af te smeken. Misschien pikt mijn geest dat op. In Kazachstan bekommerde niemand zich om het landschap, de Toevanen in China eren de natuur wel, maar in het verborgene, en als mijn geest er al iets van merkte dan werd ik het niet gewaar omdat ik voortdurend op mijn hoede was voor de autoriteiten. Ik ben de eerste om toe te geven dat mijn redenering enigszins rammelt en ik beweer ook niet dat natuurgeesten bestaan. Natuur is gewoon natuur, wij geven er zelf betekenis aan.

De fysieke werkelijkheid kunnen wij niet zuiver en onvervormd waarnemen, het ontstane beeld in de hersenen is altijd een interpretatie van wat zich daarbuiten bevindt. Met andere woorden: het waargenomen landschap bestaat slechts in ons hoofd en het beeld dat wij zien beantwoordt aan datgene wat we verwachten te zien of al kennen. De rest ontgaat ons. Het mooiste bewijs voor het bestaan van selectieve filters is het experiment met de gorilla. Proefpersonen werd gevraagd naar een filmpje van een basketbalwedstrijd te kijken en het balbezit van een van beide ploegen te tellen. Halverwege liep een gorilla dwars door het beeld en dat viel bijna niemand op! De proefpersonen hadden iets anders aan hun hoofd. De filters die onze waarneming kleuren vertonen heel soms gaten waardoor het bewustzijn signalen registreert die onder normale omstandigheden niet worden doorgelaten, vertelde onderzoeker Paul Devereux me toen ik hem opzocht in Oxford. Devereux onderzoekt hoe de prehistorische mens het Engelse landschap heeft ervaren aan de hand van sacrale monumenten die zij op heuvels achterlieten. Ik vroeg of hij me kon uitleggen waarom mensen in de Altaj op bepaalde plekken wel 'iets' ervaren en ik niet. 'Het "iets" dat jij als fantasie bestempelt,' antwoordde Devereux, 'het heilige of sacrale, dat is een bedenksel.' Hij voegde eraan toe dat de wereld zoals door mij ervaren – zonder dat 'iets' – evengoed een bedenksel is. Het gewijde karakter van een plek kan niet objectief worden vastgesteld omdat het een emotionele respons op landschap betreft. Wat ik afdoe als bijgeloof of fantasie is in de ogen van iemand uit de Altaj net zo waar als cyberspace voor de westerse mens. Wat met elkaar botst zijn twee wereldbeschouwingen, waarbij de ene niet superieur is aan de andere. Verstandelijk begreep ik de uitleg van Devereux, maar mijn heilige geloof in de wetenschap liet zich niet zomaar wegredeneren. De ervaring bij de Tsengel brengt die overtuiging enigszins aan het wankelen, al kost het moeite omdat het irrationele niet erkend wordt in de wereld waar ik vandaan kom. En met irrationeel bedoel ik het mysterie dat we hebben afgezworen omdat, zo gaat het verhaal, de logica uiteindelijk alle verschijnselen zal verklaren. Nu of straks, als we meer weten en kunnen. Ik ben ervan overtuigd dat mijn tranen gaan over de witte plekken op de wetenschappelijke kaart, de onontdekte gebieden waar het verstand ook na driehonderd jaar Verlichting nog steeds niet bij kan. Niet dat ik terug wil naar de Middeleeuwen, verre van dat, maar ik verlang wel naar een minder kille wereld, eentje waar ruimte is voor het onzegbare, het wilde, het ontembare en het miraculeuze.

RUSLAND
MONGOLIË
CHINA
75
15
14
72
13
70-71
69
11
67-68
12
9
10
66
8
65
4
2
7
6
62
3
61
59-60
5
63-64
2 Gargant (rivier)
3 Gargant (vallei)
4 Tsengel (dorp)
5 Tsengel (vulkaan)
6 Mogoit (vallei)
7 Choton Nuur (meer)
8 Tsagaan Hundii (Witte Vallei)
9 Baavgain Hundii (Beren Vallei)
10 Tachl Bai (bergpas)
11 Sheved Uul (vallei, rivier)
12 Tsagaan Gol (rivier)
13 Tavan Bogd (bergen)
14 Oigor (rivier)
15 Kok Manach (dorp)
0 10 20 30 40 50 km

dag 62

16 augustus – 10.30 uur

Gargantvallei

Weer: ijle mist en regen

Kleur: rood

Kutregen. Chagrijnig kruip ik uit de tent om te plassen en ontwaar naast de ger een rondscharrelende schim. Het is Dalaikhan, die met een zaklamp op zoek gaat naar Elvis. Onze vrachtwagen op vier poten is ervandoor en ik vrees dat hij terug is gegaan naar de kamelenkudde op de weide van Huandaks ouders. Enkele uren later kruip ik opnieuw uit de tent, het is opgehouden met regenen en de jakken staren dromerig naar een wereld die aarzelt tussen waken en slapen. Uit de bergkloof stijgen nevelflarden omhoog, meeliftend op een onzichtbare luchtstroom. In het oosten gloort licht, gezeefd en schoongewassen door miljarden waterpareltjes. Vrouwen verschijnen als op afspraak, melkkrukjes in de hand en weggedoken in warme jekkers met daaronder een schort. Door zuigende modder stappen ze naar roerloos wachtende jakmoeders met volle uiers. Dalaikhan verschijnt aan de horizon met achter hem een onwillige Elvis, die het voertouw strak trekt. Hij stond hogerop te grazen, waar het gras nog niet tot op de wortel is afgevreten.

Tegen tienen staan we klaar voor vertrek, elke ochtend dezelfde trage start die bij Mongolië schijnt te horen. 'Of we thee komen drinken,' vraagt Huandak. Ik zeg niets over Elvis, die opgetuigd naast me staat, noch rep ik over het feit dat onze tolk gistermiddag het dag zeggen tegen haar familie net zo lang rekte tot ze in het warme bed van haar zus kon tuimelen. Evenmin begin ik erover dat Huandak vanochtend pas om halftien uit datzelfde bed kroop. Ik wijs slechts naar de donkere lucht en zeg: 'Lief aangeboden van schoonmama, maar het gaat zo regenen. We moeten gaan.'

Huandak verdwijnt met Dalaikhan naar schoonmama's ger en laat zich niet meer zien. Wayne en ik kijken elkaar aan. Welke clou of aanwijzing op onze puzzelrit door Mongolië hebben we nu weer gemist?

Ben je in het ene land net gewend, kom je in het volgende weer uit het ei gekropen. Had Huandak meteen gezegd dat het bij Kazachen in Mongolië gebruik is om voor aanvang van een lange reis thee met melk te drinken, dan was ik zonder dralen meegegaan. Anders roep je onheil af, en wie zou dat willen?

Inzicht

Ik dacht na Andrej in Kazachstan het ergste te hebben gehad, maar Huandak is ook een behoorlijke uitdaging. Ze spreekt uitstekend Engels en is aangenomen als tolk, toch weigert ze vreemd genoeg gesprekken te vertalen. De onwil is moeilijk te negeren, want zonder tolk kan ik niemand verstaan. Neem Dalaikhan, een gedroomde reisgezel omdat hij de bergen van nabij kent en ook de verhalen die erbij horen. Onder het rijden doet hij urenlang verslag aan Huandak over dingen die hem opvallen. Hij wijst, gesticuleert, vertelt verhalen. Aan zijn stem hoor ik hoe intens hij van de Altaj geniet en ik zou dolgraag willen begrijpen wat hij zegt. Maar als ik om een vertaling vraag zegt mijn tolk doodleuk: 'We kletsen zomaar wat.'

De cowboy is mijn graadmeter. Als hij zich aan iemand ergert dan is er werkelijk iets aan de hand, en dit keer is dat het geval. Huandak is volstrekt hopeloos. Wat te doen, behalve fantaseren over een tolk die ik een tijdje onder water houd? Misschien, oppert de cowboy, het is maar een ideetje, op mijn zintuigen vertrouwen en zonder ondertiteling genieten van wat de natuur te bieden heeft?

Kleur: blauw

---

dag 63

17 augustus – ochtend, middag, avond

48°38'NB|88°23'OL – Hoogte 2085 meter

Weer: bitterkoud, felle wind, regen, sneeuw, zon

Omgeving: gebergte, het meer Choton Nuur

Kleur: goud, rood, goud

Een geselende wind jaagt sneeuwvlokken over de pas die uitkijkt op bergmeertjes en heuvelruggen waarachter Choton Nuur te zien is. Het meer ligt als een plas gesmolten lood in de diepte, daarachter rijzen besneeuwde bergen op die de natuurlijke grens met China vormen. Boven het meer lijkt de hemel opgesplitst in twee stukken, in het zuiden is de lucht strakblauw maar in het noorden, waar wij heengaan, overheersen mistroostige regenwolken waar nog net een paar zonnestralen doorheen weten te glippen. Er is geen reden om juichend de pas af te dalen, de nattigheid veroordeelt tot eenzame opsluiting in de rubberen regenjas met zicht nul en toch ervaar ik zelfs met deze handicap wel degelijk de grootsheid van de plek. Strenge contouren van kale heuvels met daarachter weer andere heuvels doen denken aan een Roerichschilderij. Klare lijnen, heldere vlakverdeling en diffuus licht dat het landschap een dromerig tintje geeft. Dalaikhan pakt zijn verrekijker om de route te verkennen. Hij is op vertrouwd terrein en leest het land als een stukgelezen boek met krabbels en notities in de kantlijn. Waar ik slechts rotsen zie spot hij steenarendnesten. Een heuvel is voor mij een heuvel. Maar Dalaikhan weet dat daarginds een wolf een veulen heeft gedood van die en die. De boerderij tegen gindse bergwand? Die is van familie zus en zo, hun opa deed dit of dat en hun zoon verdronk op een stormachtige nacht bij het oversteken van de rivier. Geen steen, rotspaadje of berg zonder verhaal.

Een herdersjongen komt naar boven gelopen met in zijn kielzog een kudde schapen. Zijn gezicht en handen vertonen rode striemen van de kou, water druipt van zijn jas in zijn laarzen. Hij praat even met Huandak en Dalaikhan en loopt na een groet weer verder, de berg af, met alleen schapen om tegenaan te praten. Op zo'n natte koude dag begrijp je pas goed waarom de ger zo'n belangrijke rol speelt in nomadenverhalen en liederen. De vilten dophoed is als een warme baarmoeder waarnaar iedere herder verlangt als hij over de steppe doolt.

Er gaat niets boven de geur van kamelen, bedenk ik, Elvis meevoerend over de smalle houten brug die niet is berekend op een zwaar bepakte kameel met gladde zolen. Het genot duurt niet langer dan de lengte van de brug. Aan de overkant nadert een stofwolk, een jeep van Russische makelij die met piepende remmen tot stilstand komt. De chauffeur waggelt dronken onze kant uit en wijst naar mij. Ha, ha, een stijve hark op een zeldzaam raspaard, interpreteer ik zijn woorden. De man slaat zich van plezier op de knie. Zo waardig mogelijk tik ik mijn paardje op zijn bil en daar gaan we. De lapzwans draait wankelend om zijn as en stort met verbaasde ogen voorover in het natte gras.

De route voert naar het noorden, waar de Poolster onzichtbaar wenkt en een donkere rij heuvels de einder markeert. We rijden door de Mogoitvallei en passeren een bescheiden zoutmeer. Voor de gelegenheid piept de zon door het wolkendek en strooit wat glitters op het spinaziegroene meer, dat zijn kleur dankt aan algen en bacteriën waaraan kreeftjes zich te goed doen.

'Ik haal jullie straks wel in,' gebaar ik naar de cowboy en stap af op de marmeren zoutvlakte waar zeldzame, zoutminnende plantjes groeien.

Mijn paard wacht geduldig terwijl ik me over de rode plantjes buig. Mijn vinger volgt een barst in de uitgedroogde zoutlaag, een lik laat een bittere smaak achter op mijn tong. Opkijkend zie ik mijn reisgenoten niet meer. 'We gaan ervandoor,' fluister ik in het gespitste paardenoor.

Een soepele zwaai en ik zit stevig in het zadel, onbespied draven het paard en ik over de zoutvlakte en vraag me niet hoe het komt, maar opeens heb ik het rijden op een raspaard met een bonkig loopje onder de knie. Net als met fietsen en schaatsen oefen je eindeloos zonder dat het effect heeft tot het wonder gebeurt en je de slag te pakken hebt. Als één lichaam vliegen paard en ik over graspollen en hompen klei, het is een niet te beschrijven gevoel om versmolten te zijn met een warmbloedig wezen dat verschrikkelijk zijn best voor mij doet. Dank, dank, dank, sein ik naar opa en zijn dravende paardje, dat eindelijk kan doen waarvoor het op de wereld is gezet. In de verte wachten mijn drie kompanen, en dichterbij gekomen lees ik aan hun verbaasde ogen af dat ik van stuntelende ruiter ben gepromoveerd tot amazone.

Voor ons ligt een uitgestrekte grasvlakte en de heuvelrij erachter, die eerst zo somber oogde, blijkt van dichtbij een lustoord te zijn met sappig gras waar Elvis meteen zijn tanden in zet. Dalaikhan heeft grote moeite de kameel in het gareel te houden; pas als Huandak met de zweep dreigt zet Elvis met grote tegenzin de ene poot voor de andere.

We volgen een kronkelbeek met plukken dotterbloem, spetters zwavelgeel op glanzend groen. De felgele kronen wiegen als verwende diva's in de wind, hakend naar applaus. Aan de linkeroever verschijnt een winterboerderij. 'Over een maand start de wintermigratie,' levert Dalaikhan het onderschrift bij het afgeplatte gebouwtje van gestapelde boomstammen. Veel sneeuw valt hier niet, hooguit 25 centimeter per jaar, een schijntje vergeleken met het sneeuwpak in Rusland en China, waar in de winter ongeveer een meter sneeuw valt. Volgens Dalaikhan is het klimaat de laatste decennia veranderd. Winters zijn regelmatig extreem koud, en dan valt er meer sneeuw en schapen gaan dood van de honger. De grotere sneeuwval heeft te maken met hogere temperaturen tijdens de zomermaanden. Door de warmte smelten gletsjers en ijskappen sneller dan voorheen. Het extra vrijgekomen water zorgt voor een hogere luchtvochtigheid en dat veroorzaakt meer neerslag in de vorm van sneeuw.

Sneeuw en ijs. Striemende wind in het gezicht. Piesen terwijl je stijf bevroren bent. Hurken in een rubberen jas die als een sneeuwman overeind blijft staan. Knopen die niet meer dichtgaan. Zelfs met al mijn kleren aan ril ik van de kou op de pokdalige bergtoendra met aardklompen die tot aan mijn knieën reiken, het kleverige hoogveen daartussen zuigt mijn laarzen naar beneden als ik te lang blijf stilstaan. Ik ben afgestapt om mijn bloedsomloop te stimuleren en het paard even rust te gunnen. Een pad is niet te zien, maar de richting is duidelijk. Het baken is een rotsrichel aan de horizon waar ik dwars door de sneeuwvlokken heen vormen ontwaar van paarden, kameel en mensen. De dichte sneeuw lijkt de tijd te vertragen, de silhouetten komen maar niet dichterbij en mijn rondstampende metgezellen zullen niet eeuwig op me blijven wachten. 'Kom, paardje.' Stram klim ik in het zadel en stapvoets bereiken we vijftien minuten later het groepje op de rotsrichel. Arme Elvis lijkt met zijn besneeuwde haardot, behaarde poten en kleine oren op de verschrikkelijke sneeuwman. Gelukkig sneeuwt het alleen hier boven, beneden schijnt de zon en lonkt het meer.

Dat de afdaling eeuwig mag duren. Al lopend dans ik met mijn paardje over graspollen, in slow motion, zodat we de anderen uit het oog verliezen en ik de illusie kan koesteren alleen op de wereld te zijn. Elke afgedaalde meter is warmtewinst, de rubberjas gaat uit, wollen muts en wanten volgen. In de heuvels rond het meer zouden menhirs staan en ik ben benieuwd of we die vinden. Beneden stuit ik op Wayne, een spookverschijning met een schedel van een bergschaap op zijn hoofd. De reusachtige kromme hoorns worden vaak achtergelaten op heilige plaatsen, maar we vinden niets dat op een altaar of ovoo lijkt. We bereiken een smal wit strand van verpulverde steen en halen Elvis in, die schommelend zijn waardigheid probeert te hervinden.

dag 65

19 augustus – hele dag

48°49'NB|88°08'OL — Hoogte 2139 meter

Weer: eerst bewolkt, dan stralende zon, cumuluswolken

Omgeving: avondkamp bij de Tsagaan Gol

Divers: onderweg oud-Turkse graven en imposante rotsgravures van ruiters

Kleur: rood, blauw, groen met een randje goud

De dag begint als een scheppingsverhaal met schoongewassen wolken boven een gentiaanblauw meer waarin zwarte watervogels hun verenkleed ordenen. Na een rustdag ligt Elvis tegen zijn zin geknield bij bagagetassen en dozen met proviand, tandenknarsend over de vernedering als de versleten kleedjes verschijnen en de ronde palen. Rond tienen verlaten we de weelderige kampeerplek bij de beschutte inham aan Choton Nuur. De zon schijnt en het gras is zo onwaarschijnlijk groen dat de kleur uit een verfdoos lijkt te komen. Zelfs de zwaarbeladen Elvis glimlacht en ploft de brede poten energiek op glibberpaden die voor zijn ogen opdrogen tot begaanbare wegen. Dalaikhan humt tevreden. Gisteren kon hij een neut achteroverslaan en nieuwtjes oppikken in een winkeltje annex bar bij een militaire post waar we stempels moesten halen. Toen hij in het donker terugkwam bij de tent trakteerde Dalaikhan ons op een sterk verhaal over een wolf, *kasgoer* in het Kazachs, met drie poten. Twee jagers hadden een valklem gezet waarin de wolf zijn vierde poot was verloren. Hinkend op drie ledematen zou hij verhongeren, wisten de jagers, die verder geen aandacht aan het voorval schonken. Wat hen betrof was een goede wolf een dode wolf, want de rovers vraten hun schapen op. Enkele weken later kregen de mannen een ander exemplaar in het vizier, een erg magere wolf, wat hen bevreemdde want de rover sjouwde met een vette prooi. Daarna spotten ze dezelfde wolf vaker en altijd met een buit in zijn bek. Alleen, dikker werd hij niet. Het zou toch niet? Ze besloten de wolf te volgen en kwamen uit bij het hol van de gewonde kasgoer, die door zijn gezonde makker in leven werd gehouden. Dalaikhan schudde bewonderend zijn hoofd. Zo'n onbaatzuchtig beest kon op clementie rekenen en het was terecht dat de jagers deze twee bevriende wolven in leven lieten. Het verhaal liep niet goed af, waarschuwde Dalaikhan. Een onbekende jager schoot de sociale wolf dood, tot ontsteltenis van de andere twee, die rouwden om de dood van 'hun' wolven. Nogal hypocriet, gaf Dalaikhan toe, maar ja, de ene wolf is nu eenmaal de andere niet.

Barry Lopez beschouwt dergelijke wolvenverhalen als instructies die jagers elkaar doorgeven. Door observaties met elkaar te delen krijgt elke jager een beter overzicht van gewoonten, gedrag en leefwijze van wilde dieren dan wanneer hij puur op eigen ervaringen afgaat. Lopez bracht in het hoge noorden veel tijd door met Eskimo's en onderzoekers. Het verbaasde hem dat veldbiologen maar zelden te rade gaan bij Eskimojagers die in tegenstelling tot de onderzoekers het hele jaar door in Alaska wonen en dieren continu observeren. Geen betere waarnemer dan een hongerige jager, schrijft Lopez. Eskimo's weten veel meer van dierengedrag dan biologen die in vrij korte tijd hun werk moeten doen en zich noodgedwongen beperken tot het volgen van enkele exemplaren van een bepaalde diersoort, zeg ijsberen. Daarbij kijken ze naar een bepaald aspect van het gedrag, en het meeste zal een onderzoeker dus ontgaan. Waarom werken jullie niet samen met lokale jagers? vroeg Lopez. Ik zou het wel willen, antwoordde een van hen, maar helaas passen verhalen niet in grafieken en tabellen. Zolang een Eskimojager niet in cijfers leert spreken kan een bioloog niets aanvangen met traditionele kennis, ook al is de informatie nog zo relevant.

Aan het noordeinde van Choton Nuur wil de cowboy naar het westen afbuigen omdat daar grafstenen met inscripties te vinden zouden zijn. Hij geeft de koerswijziging door aan Huandak, die stug rechtdoor blijft rijden, weg van het meer en de grafzerken. We zien haar geagiteerd overleggen met Dalaikhan. Na tien minuten klinkt een schreeuw: 'Er is daar niks. Die stenen staan verderop langs de route.'

De cowboy aarzelt, dit is zijn moment. Thuis had hij vakliteratuur bestudeerd en archeologische vindplaatsen genoteerd. De route was zo uitgestippeld dat we een aantal van die plekken konden bezoeken, maar helaas verdwijnt onze gids uit beeld met Barbie als een snaterende eend achter hem aan. Wayne meent dat wij nog steeds de baas zijn op onze expeditie, maar waarom gaan tolk en gids er dan vandoor met al onze spullen?

Nog geen uur later stelt Huandak poeslief voor om haar zus even gedag te zeggen. De oudste zus, kijk, daarginds woont ze, in die ger tussen de bomen.

'We drinken hooguit een uur thee en blijven níét eten.' Dit herhaal ik een aantal keren, want ik ben vastbesloten elke droge minuut te besteden aan het filmen van het arcadische landschap.

Twee uur later ontploft op het eilandje van lariksen en zongestoofde rotsen de bom. En niet zo'n kleintje. Ik schreeuw mijn keel schor. Barbie huilt. Dalaikhan gooit zijn lepel kwaad in de pastaschotel. De oudste zus fladdert als een verschrikte vredesduif door de ger. De grote neven lachen vol ongeloof, een gast die stennis maakt, wel heb je ooit. Na alles wat Barbie heeft geflikt maak ik me niet druk over hoe het heurt. Wayne zijn stèles afpikken met een smoes (verderop waren natuurlijk nergens graven te zien) en mij het filmen op deze ene zonnige dag onmogelijk maken omdat zij zo nodig op haar krent wil zitten. Want Barbie moest nog dit en moest nog dat. Dalaikhan evenzo. Na de thee begon de zus als goede gastvrouw pastadeeg te kneden en gedroogd vlees van de lijn te halen. Na diverse hints en een uitgesproken weigering om nog langer te blijven zadelden Wayne en ik onze paarden. Het was inmiddels ver in de middag en we wilden vertrekken. Maar nee, Barbies paard moest een nieuw hoefijzer en waar kon dat beter dan hier?

We laten een ontredderde familie achter. Dalaikhan kijkt de verdere middag niet naar ons om, hij dendert maar voort met een snuffende Barbie en een vriendelijke tanker op poten in zijn kielzog. De cowboy en ik filmen in de achterhoede het landschap waar we maar niet op uitgekeken raken. Mals gras en riet omzomen het meer. Lariksen steken als scheepsmasten uit begroeide grindterpen en aan de kop van het meer schittert een veenmoeras waarboven vliegen en muggen dansen. Cumuluswolken glijden langs een blauwe prentbriefkaartenhemel en verlenen het landschap diepte. Hoe hoger we komen, hoe vaker we stilstaan en omkijken. Het is nauwelijks te bevatten dat dit weelderige merengebied in het verder gortdroge Mongolië geen zinsbegoocheling is.

Bij elke tweesprong gokt de cowboy welke route Dalaikhan moet hebben genomen. Paardenhoeven laten op steen geen sporen achter en een verkeerde afslag betekent in een ander stroomdal terechtkomen of een eenzame overnachting op een koude berg. Om halfacht – de zon is allang verdwenen – sukkelen we nog steeds over heuvels en door dalen. Mijn lichaam is verstijfd en mijn dappere paard struikelt van moeheid. In het schemerlandschap schiet een muis haastig in zijn holletje, de laatste vogels klapwieken naar hun nesten en een koude stilte daalt over de toendra. De eerste lichtpuntjes verschijnen aan de hemel, grondmist dekt de aarde toe en ik proef in de vochtige avonddamp de zomerse geur van gras en kruiden.

Het geblaat van een geitje leidt naar een witte ger waarachter Elvis en de paarden aangelijnd staan. Was hangt verstijfd aan een lijn, daarachter stroomt een brede rivier en voorbij de roomwitte stroom begint de Tsagaan Hundii (Witte Vallei), die we morgen volgen tot aan de Baavgain Hundii (Berenvallei), die ons op zijn beurt naar de besneeuwde bergpas leidt waar we overmorgen overheen willen.

dag 66

20 augustus – 08.30 uur

ger bij oversteekplaats Witte Rivier

Weer: droog

Omgeving: ravijn en rivier

Kleur: blauw

Na het ontbijt volgt Wayne de andere cowboy, Dalaikhan, naar het paard van Huandak, dat nog steeds beslagen moet worden. We hebben sinds gistermiddag nauwelijks een woord gewisseld met onze gids en ook nu zeggen de mannen niets tegen elkaar. Dalaikhan legt het paard op zijn zijde op het gras en knoopt de vier benen aan elkaar vast. Wayne houdt een hoef omhoog, Dalaikhan meet een hoefijzer aan en zet het vast met korte, felle slagen. Waar vrouwen een probleem eerst groter maken en het dan met veel praten oplossen leggen de twee mannen woordeloos een ruzie bij door samen een paard te beslaan.

17.00 uur

48°56'NB | 88°04'OL – 2199 meter

Weer: zon, warm

Omgeving: kamp in de Berenvallei langs de Witte Rivier

Kleur: rood

Doodmoe, lamlendig, hoofdpijn. Kom na een dutje mijn slaapzak bijna niet uit. Lijk wel ongesteld. Volle maan, ook dat nog. Te veel emoties en misverstanden. Ik kan Barbie wel wurgen. Flikker op allemaal. Geen behoefte meer aan overleg over de route of het eten of het gewone dagelijkse gelul. Wel zin om een bergwand omver te rammen. Retorische vraag aan mezelf: Waarom verpest een nare ervaring mijn hele dag als er minstens zoveel, zo niet meer, fijne momenten tegenover staan?

dag 67

21 augustus – 05.30 uur

48°56'NB|88°04'OL – Hoogte 2199 meter

Kleur: groen, goud, blauw

De Melkweg is naar beneden gevallen! Mat nat licht kronkelt in een brede baan over de grond, schuim van flonkerende zilversterren kruipt door de doolhof van groene halmen met donzen pluisjes. Het veenpluis wuift naar een krachteloos zonnetje dat verstoppertje speelt met robuuste bergreuzen aan de waterkant. Ruisende golfjes met de glans van parelmoer overspoelen bochtige oevers van schurend kiezelsteen. Op diepere plekken in de rivier overheerst smaragdgroen en lapis lazuli. Eilandjes kalkwit gruis zijn bedekt met een flinterdun ijslaagje, dat blauw ziet van de kou.

In de stille ochtendschemer steken vier edelherten de rivier over en pauzeren op een zandbank midden in de stroom. De hooggeheven koppen zijn getooid met enorme geweien waarvan de beweeglijke punten zwierige vraagtekens penselen in de lucht. Het groepje trekt verder. Hun gewei nemen ze netjes mee, de vraagtekens schenken ze aan de ochtendbries, die traag mijn kant op waait.

Al dagen speculeren we of het pak sneeuw op het traject van vandaag voldoende zal zijn gesmolten om Elvis met zijn gladleren zolen door te laten. De reus weegt ruim vijfhonderd kilo en tilt daarbij een extra last van honderdvijftig kilo bagage bijna loodrecht de berg op. Het arme dier ploetert en hijgt, het zweet gutst in straaltjes langs zijn dikbehaarde nek, lichaam en poten. Vaak weigert hij te lopen, het beest is tenslotte niet gek. We soebatten, smeken, prijzen, en tikken uiteindelijk de zweep tegen zijn druipnatte achterste. Alleen lieve woordjes krijgen de reus echt niet naar de top.

Een muur van ijs en rotsen doemt op. Een paadje zo smal als de zoom van mijn broek loopt kriskras de berg op. IJspegelwater klettert over gepoetste keien, speels en argeloos als een pasgeboren beekje. Het melodieuze gesuizel van water, waarin koperen belletjes doorklinken, doet me denken aan het duet van een Toevaanse herder met net zo'n stroompje. 'De *spirit master* houdt van keelzang,' verklaarde de man de spontane samenzang met de ee, de beschermgeest van de beek. Mijn reisgids was de Toevaanse musicologe Valentina Süzükei, met wie ik in 2008 in de republiek Toeva op klankenjacht was gegaan. 'Wat je hoorde is geen muziek maar soundscape,' zei ze over de herder bij het stroompje. Het fluiten van de wind, de kletterende regen en de melancholieke roep van kraanvogels – als ik goed en diep luisterde waren al deze geluiden te herkennen in de ijle fluittonen en het diepe gebrom van keelzangers onderweg. *Choomei* (keelzang) is echte nomadenmuziek, het komt voort uit een scherp observatievermogen, leven in de buitenlucht en een diepe eerbied voor de aarde, die voor Toevanen is bevolkt met natuurgeesten en andere onstoffelijke entiteiten. Het duurde jaren voor Valentina Süzükei de muziek van herders werkelijk doorgrondde. 'Ik registreerde herdersmuziek met mijn recorder maar begreep er eigenlijk niets van, al besefte ik dat toen niet.' Haar oren waren gewend aan Europese muziek, afgepaste pakketjes klank die achter elkaar gezet een melodie vormen. Toevaanse herders verpakken klank niet op die manier, ze bootsen natuurgeluiden zo goed mogelijk na. Als je intens luistert naar de rondjagende wind of een ruisend beekje, verklaarde Süzükei, lijkt het alsof er een deksel in je hoofd wordt gelicht en je terechtkomt in een universum van wervelingen en rondzingende klanken die je niet zomaar kunt reproduceren. Pas toen Valentina Süzükei doorkreeg waar choomei voor stond leerde ze anders luisteren. 'Er ging een wereld voor me open,' zegt ze met ogen die zoveel jaren later nog steeds verbazing uitdrukken. Sedert haar ontdekking pleit de musicologe in eigen land voor een herwaardering van Toevaanse herdersmuziek. Nog steeds vinden overheden en muziekscholen de Russische balalaika belangrijker dan de culturele erfenis van hun Toevaanse voorouders.

Elvis staat stil tussen plukken sneeuw op de puinhelling waar gele papavers en donkerblauwe gentianen groeien. De gekwelde kameel heeft geen oog voor natuurschoon, hij is moe en niet van zins nog een poot te verzetten. Twee paardenmannen duiken op, met aan een touw drie zwaarbeladen kamelen. Fluitend, roepend, duwend en trekkend drijven ze ook onze tweebulter omhoog, naar de drassige en drieduizend meter hoge Tachl Baibergpas, waar gletsjerwater samenstroomt en rusteloos tussen kamelenpoten door bergafwaarts sijpelt. Elvis slurpt het smeltwater gretig op, alsof hij in geen weken heeft gedronken. Een groep Russen in Gore-Texjassen richt de camera op het weidse panorama. Vrouwen poseren als verkleumde stoeipoezen bij een altaar van stapelstenen, mannen imiteren stoere Kozakken. De groep is al een week op stap, vertelt de leidster. Nee, ze hebben geen tolk bij zich, dat is te duur. De herders die hun bagage vervoeren beklagen zich bij Dalaikhan over de karige maaltijden en het gebrek aan communicatie. Barbie spreekt Russisch en is dolblij even onder leeftijdsgenoten te verkeren. Praten met Russen is prima, zal ze later zeggen, maar voor hen werken is een ramp. Russen dingen altijd af, zuipen zich lam en geven nooit een fooi. De groep gaat verder en zwaait gedag. In gedachten stuur ik Barbie met hen mee.

Ik wist niet dat een mens aan bloemenheimwee kan lijden, maar nu ik de alpenbloemen voor het eerst sinds China weer zie merk ik hoezeer ik ze heb gemist.

---

dag 68

22 augustus – middag

49°05'NB|88°13'OL – Hoogte 2445 meter

Weer: zon, warm

Omgeving: heuvels, riviertje, vallei met rotsgravures

Divers: honderden rotsgravures in Sheved Uul

Kleur: goud

In het hoge gras voeren twee mannen met ontblote torso een pas de deux uit met hun snoeischerpe zeis, die in sierlijke bogen het gras tot aan de wortel afsnijdt. We kwamen hier gistermiddag na een lange dag klimmen en dalen. De laatste bergpas was zo steil dat we slippend en glijdend de bodem van de kloof haalden met de paarden loslopend achter ons aan. Beneden stond een groepje gers, waar een mevrouw thee schonk. Onder haar bed lag een dikke marmot, vers neergeknuppeld, de poten gespreid als een bontkleedje. Voorbij het kamp in het kletsnatte stroomdal lag de perfecte kampeerplaats, een droge terp met ernaast een meanderende rivier in glitterkostuum.

Dit is het begin van de Sheved Uul, een heilige vallei waar duizenden rotsgravures te vinden zijn en daarom blijven we hier een hele dag. Laat op de middag verlaat ik neuriënd het kamp en klauter over warme rotsblokken de somber ogende vallei in op zoek naar de prehistorische rotsgravures. Zonbeschenen stenen geven een weldadige warmte af en waar mijn sandaal neerkomt stijgen mediterrane geuren op van tijm en alsem. Een haas schiet geschrokken weg, zijn lange oren plat in de nek. Vlak bij zijn leger ontdek ik de eerste in rots gebeitelde tekeningen van een ruiter met lasso, een steenbok en een ruw uitgebikt edelhert met indrukwekkend gewei. Na een uurtje dwalen tref ik de cowboy bij een door gletsjers glad geslepen rotswand waarop talloze figuurtjes en dieren over elkaar heen buitelen. Opgewonden trekt hij me mee en wijst naar het in steen gestolde universum. Ruiters richten hun pijl-en-boog op een onzichtbare prooi, paarden gaan er in galop vandoor en ook ontwaar ik berggeiten en sjamanen. 'De hele vallei is gevuld met afbeeldingen,' wijst Wayne naar het somber ogende en door kale heuvels geflankeerde rivierdal met rotsen waarop een overvloed aan figuurtjes is afgebeeld. 'Waarom juist hier?' vraag ik, in de veronderstelling dat het landschap na de laatste ijstijd niet dramatisch is veranderd. Ik ervaar deze vallei als naargeestig en ken zoveel mooiere valleien om heilig te verklaren. 'Die vraag los je niet op met logisch denken,' zegt de cowboy, die zich niet nader wil verklaren omdat ik ziende blind zou zijn en daar kan hij weinig aan veranderen.

Gewoon diep ademhalen en het moment voorbij laten gaan.

De opvallendste figuur op de gladde rotswand is een immens vliegend hert, zo groot dat zijn lichaam ontsnapt aan mijn twee uitgestrekte armen. Boven hoofd en lichaam krult een enorm gewei, een symfonie van spiraalvormige lijnen. De poten zweven elegant door de lucht en met de bek is iets vreemds aan de hand, het lijkt wel een uitgerekte snavel van een vogel. 'De bek van een vliegende gans,' zegt Wayne, die al jaren rotsgravures in Mongolië bestudeert. Een witte gans symboliseert de ziel, begrijp ik. 'Moet een heidens karwei zijn geweest,' hoor ik de cowboy mompelen. In zijn vrije tijd bikt hij wel eens mantra's in granieten rolstenen. Eén verkeerde slag en het grove gesteente splijt op de verkeerde plek. Het magistrale hert is overduidelijk het werk van een meester, een begenadigd vakman, die zijn werktuig net zo liet dansen als de grasmaaiers hun zeis. Lichtvoetig, zonder aarzelen en in een vloeiende beweging waar het verstand niet bij te pas komt.

Dalaikhan is ons gevolgd en klautert energiek omhoog. Waarderend fluit hij tussen de tanden, deze afbeelding heeft hij niet eerder gezien. 'Wat een hert!' klinkt het verheugd. Op een andere rots ontdekken zijn scherpe jagersogen de verweerde omtrek van een sneeuwluipaard, wiens dikke staart als een kabel over de rots slingert en over de randen krult. 'His home,' zegt Dalaikhan in het Engels. Hij wijst naar het omvangrijke territorium dat door de staart wordt begrensd. Duizenden jaren geleden wist de mens ook zonder zendertjes dat de solitair levende sneeuwluipaard hoog in de bergen een machtig jachtgebied afbakent.

De opmerking van Wayne zit me niet lekker. Ziende blind is nog tot daaraan toe, maar in werkelijkheid had hij mij een *blind person in a dark room* genoemd toen ik vroeg waarom hij de Sheved Uul een sacraal karakter toedichtte. Geen straaltje hoop, dus. Volgens de cowboy zal ik het heilige in de Altaj nooit begrijpen als ik vragen blijf stellen waarop ik een eenduidig antwoord verwacht. Heiligheid ervaren valt in dezelfde categorie als 'versmelten met een paard': je groeit ermee op en dan weet je het. Of niet, en dan weet je het niet. Logica komt er niet aan te pas, maar juist dat maakt het heilige tot een vogelvrij verklaard gebied waar mensen elkaar van alles wijsmaken. Zo was een Amerikaanse kennis flauwgevallen bij de heilige berg Belucha. 'De energie was knalheftig,' verklaarde ze. Zelf zat ik een halve dag aan de voet van dezelfde berg en er gebeurde helemaal niets. Een valleitje verderop ontmoette ik een Russische arts die rode energiekringels zag opstijgen uit een losse zwerfkei, de sjamanenrots, terwijl ik, staande bij diezelfde steen, slechts een warm zonnetje voelde schijnen. Waarom het heilige overlaten aan gekken en dwazen? En waarom mij tot 'blind person in a dark room' verklaren alleen maar omdat ik een plausibele verklaring zoek voor een verschijnsel dat ik niet begrijp? Mijn vraag is simpel genoeg: waarom zijn sommige natuurlijke plekken zo bijzonder dat ze door een grote groep mensen heilig worden verklaard? Het stikt in de Altaj van de ervaringsdeskundigen, maar in al die jaren heeft niemand mij in begrijpelijke taal kunnen uitleggen hoe dat zit. 'Je moet je overgeven,' is de meest gehoorde stoplap waarmee mijn vragen worden gesmoord. Maar overgave is lastig als je kopschuw bent gemaakt door charlatans. 'Zijn er ook sjamanen die buitenlanders niet voor de gek houden?' vroeg ik jaren geleden in Toeva aan een betrouwbare kennis, Valentina Süzükei. Haar land was in 1991 door de Sovjets in de steek gelaten, fabrieken en collectieve boerderijen sloten van de ene op de andere dag, het land was volkomen failliet en geesten bezweren was een van de weinige manieren om aan geld te komen. Mede daardoor doken sjamanen op als duveltjes uit doosjes. Het waren heus niet allemaal charlatans, er waren ook echte bij, zoals Aj-Tsjoerek, volle maan, befaamd om haar kracht en berucht vanwege onstuimige woedeaanvallen. Aj-Tsjoerek, inmiddels overleden, dreef een sjamanenkliniek aan de oever van de Jenisej en voerde als bijverdienste soms toneelstukjes op voor toeristen. Dat verdiende goed en ze viel op deze onschuldige manier geesten niet onnodig lastig. Ik mocht met haar mee op dienstreis langs heilige plekken, samen met vijf spiritueel ingestelde Russen die het reisje hadden besteld. Op aanwijzingen van Aj-Tsjoerek maakte de groep amuletten, leerde waarzeggen met steentjes en sprak tegen zelfgemaakte poppetjes, *erin* (persoonlijke helpers). Een week lang doorkruisten we Toeva en we brachten ook een nacht door op de heiligste berg van het land, de Berenberg, waar we ons totemdier zouden ontmoeten. Iedereen maakte die nacht iets bijzonders mee, behalve ik.

De ondernemingszin van sjamanen die mijn pad kruisten kon ik wel waarderen, maar toch wilde ik er graag eentje ontmoeten die geen toneel speelde (een grote vergissing, want suggestie is het halve werk bij sjamanen, en trouwens ook bij artsen). Süzükei knikte en nam me mee naar haar familiesjamaan, die aanbood een jaar vooruit te kijken. Hij voorspelde dat:

1. een dief mijn Amsterdamse appartement zou binnendringen
2. ik plotseling zou afreizen naar Amerika (waar mijn vader woonde, al wist de sjamaan dat niet)
3. ik in Amerika een ernstig auto-ongeluk zou krijgen waardoor ik een tijdlang niet meer zou kunnen reizen.

Gelukkig kon de sjamaan de schade beperken met een ritueel. Zijn act op een gewijde plek in de buitenlucht kostte bijna honderd euro. De rekening presenteerde hij pas achteraf en mijn kennis putte zich uit in verontschuldigingen, zoveel vroeg de man anders nooit. Het geeft niet, stelde ik haar gerust. Ik had mijn verhaal en de sjamaan zijn geld.

Een jaar later kwam ik de sjamaan tegen bij een supermarkt in Kyzyl, de hoofdstad van Toeva.

'En?' vroeg hij nieuwsgierig.

'Niks aan de hand,' antwoordde ik opgewekt.

'Heb je aan mij te danken.'

Het kan verbeelding zijn maar ik meende dat zijn ogen ondeugend twinkelden.

dag 69

23 augustus – namiddag

49°05'NB|88°05'OL — Hoogte 2377 meter

Weer: zon

Omgeving: bovenloop Tsagaan Gol, ruige bergen, jakken

Divers: kleine camping

Kleur: groen, goud

Het is druk aan de bovenloop van de Tsagaan Gol (Witte Rivier), waar we gistermiddag arriveerden. Voor we gisteren naar de vallei afdaalden passeerden we een indrukwekkende ovoo omwikkeld met tientallen felgekleurde sjerpen. De steenhoop keek uit op de vijf pieken van Tavan Bogd, vijf meesters of goden. De massieve kluit witte bergen, elk zo hoog en onverbiddelijk als de Matterhorn, staat op het drielandenpunt van Mongolië, China en Rusland. De bergen staan zo dicht op elkaar dat hun sneeuwkappen in elkaar overlopen.

We hebben onze tent opgezet op een grasveldje bij een camping in de nauwe flessenhals die toegang geeft tot het beschermde natuurpark waarin de vierduizenders staan. Het is er zo druk dat vijf minuten afzondering voor een toiletstop een onmogelijkheid blijkt te zijn. Eerst struinen Italiaanse bergwandelaars door mijn toilet, dan ploft een dronken herder voor mijn voeten van zijn paard en vervolgens buitelen Toevaanse kinderen mijn kant op, kleine marskramers met vilten souvenirs. Hun vaders en broers weiden in dit gebied jakken. Ze wijzen naar een plek voorbij de heuvels. Ik volg hun rennende voetjes en ontmoet een oude Toevaan die me vriendelijk uitnodigt de ger te bezoeken die hij als museum heeft ingericht. Urtnasan Olonbayr, zoals de man heet, verzamelt Toevaans cultureel erfgoed. Geen boeken of foto's van monumentale gebouwen maar traditionele kostuums, zelfgemaakte ski's, wolfklemmen, speren, wandkleden, muziekinstrumenten, mythen en dromen. De bejaarde Toevaan behoort tot de herinneringsgeneratie, een woord dat ik tegenkwam bij Barry Lopez, die in *Droombeeld Arctica* Eskimolandschappen in Alaska beschrijft. Aan jagersgereedschappen kleven herinneringen van een landschap, meent Lopez, de instrumenten tonen hoe Eskimo's zich tot het landschap van hun jeugd verhielden. Dat geldt ook voor de man die me rondleidt door het kleine museum dat hij oprichtte voor de jongere generatie, die liever aan auto's sleutelt dan oude tradities levend houdt. Hij hoopt dat de gereedschappen van de oude generatie een sleutel vormen tot een traditie die duizenden jaren omspant en niet zomaar mag verdwijnen. Als niemand de verhalen vertelt, zegt hij, zal de levensstijl binnen een generatie zijn vergeten. Vergelijk het met het leven van veenarbeiders in Nederland. Krabber, rakker, baggerbeugel, treebord, steekklompen, uithaler, wie kent nog hun betekenis? Tenzij opgetekend verdwijnen de verhalen die erbij horen in het graf van de laatste turfsteker, met medeneming van een stuk vaderlandse geschiedenis. Ik bezie de sneeuwschoenen, roestige klemmen en speren in de museumger dan ook met respect, want hoe knullig de voorwerpen er misschien ook uitzien, ze vormen de sleutel tot het ontrafelen van een bestaansgeschiedenis die op geen enkele andere manier is vastgelegd.

Liefkozend tikt Urtnasan Olonbayr tegen een schommelwiegje en vertelt het verhaal dat erbij hoort. Hij wijst op leren zakjes waarin navelstrengen van kinderen werden bewaard en op een kuitlange, mouwloze vrouwenmantel afgezet met biezen in de kleuren van de regenboog. 'Als je de code kent zegt een kostuum veel over de drager,' legt de oude man uit. Materialen, kleurgebruik en motieven drukken behalve de status van een persoon – man, vrouw, getrouwd, ongetrouwd, aantal kinderen – ook de verbondenheid met de kosmos uit. De kleur van het koraalrode biesje rond een hoge bontmuts is niet willekeurig gekozen. Rood symboliseert gezondheid, kracht en leven, het smalle rode lint verbindt bovendien het bovenste deel van de bontmuts (de bovenwereld, gemaakt van het bont van een landdier) met het onderste deel (de onderwereld, gemaakt van de zachte vacht van een waterdier, vaak een otter). Ik voel aan een bundeltje zijden draadjes dat midden op de hoge muts is bevestigd. 'De navelstreng met de kosmos,' verduidelijkt Olonbayr.

'Er is nog zoveel te vertellen,' zegt hij bij het afscheid.

'Misschien wilt u met ons mee naar Tavan Bogd?'

'Misschien,' overweegt de Toevaan. 'Kom morgen maar langs, dan weet ik meer.'

dag 70

24 augustus – namiddag

49°08'NB|87°58'OL – Hoogte 3020 meter

Weer: vrieskou, heldere lucht

Omgeving: gletsjer Tavan Bogd

Divers: star-struck

Kleur: groen, goud

De zon staat in het zenit als we in Urtnasan Olonbayrs zomerkamp arriveren. De nederzetting bestaat uit een handvol gers die in een halve cirkel staan en voor elk blauw geschilderd deurtje staat op een paar passen afstand een altaartje van drie op elkaar gestapelde rolstenen. Bovenop ligt een vers jeneverbestakje.

Olonbayr gaat ons voor in zijn woning, de deurpost is zo laag dat elke bezoeker vanzelf buigt voor de beschermgeest van het vuur. Op de kachel in het centrum van de ger pruttelt een schaal met olie. De schoondochter wipt er gefrituurde deegballen uit en zet ze op het tafeltje waar wij aanzitten. Urtnasan begint te praten, foto's in de hand. Zijn zoon komt erbij, met ogen die al behoorlijk troebel staan. Opa praat en schenkt zelfgestookte *araga*, praat en schenkt, en schenkt, tot ook onze ogen gaan glanzen. Mijn benevelde brein ziet de aap rondspringen uit het verhaal van Olonbayr. De springaap, zegt opa, is de grote schepper van de magische tekeningen op de rotsen in de heilige vallei. Hij weet dat archeologen en prehistorici daar anders over denken, want hij leidde er vele rond en voerde talloze gesprekken over betekenis en herkomst van de gravures. Zo ook de Amerikaanse rotskunstexpert Esther Jacobson, die uit de afbeeldingen afleidt dat dit deel van Mongolië na de laatste ijstijd, tienduizend jaar geleden, met bossen was overdekt en een onderkomen bood aan jager-verzamelaars. Zo'n drie-, vierduizend jaar geleden veranderde het klimaat: het werd koeler en droger. Grassteppe verving het weelderige bos en ruitervolkeren migreerden vanuit Azië naar deze vruchtbare streek. Zij beitelden de magische herten met krulgewei op door gletsjers gladgeschuurde rotswanden. Olonbayr knikt goedmoedig als Wayne hem vraagt wat hij van deze uitleg vindt. Ieder zijn overtuiging, zegt de Toevaan, hij blijft erbij dat de mysterieuze afbeeldingen zijn gemaakt door mythologische wezens. En daarmee lijkt Olonbayr de geest van de steentijdmens en oude ruitervolkeren heel wat beter te doorgronden dan academici, uit wier wereld de magie allang is verdwenen.

Als ik de Bijbel mocht herschrijven zou ik Mozes de Tavan Bogd op sturen om God te aanschouwen. Wat een berg! Hoe recht te doen aan dit ontzagwekkende paleis van ijs en rotsen met vijf torens die ver de hemel in kijken? Tavan Bogd is van een onaardse schoonheid, maar ook van een vernietigende kracht, voelbaar in haar omvang en in de ijskoude lucht die van de flanken naar beneden wordt geblazen. Van zoveel onverzettelijkheid gaat een stille dreiging uit, die niet wordt verzacht door de overdaad aan flonkerend wit. Tussen Tavan Bogd en de smalle toendrastrook waarover wij voortkrabbelen ligt een diepe sleuf waarin een vuilwitte gletsjertong van een paar honderd meter breedte ligt. Aan deze kant van de gletsjertong begint de bergtoendra, bevroren grond waarvan alleen de bovenste laag een paar maanden per jaar ontdooit en een vochtige warboel vormt van kuilen en aarden zuilen. Daartussen loopt een ruiterpad dat we volgen, al zakt mijn paard soms tot aan de knieën in de zuigende smurrie. De dag loopt ten einde en Dalaikhan en Barbie rijden vooruit om de kooktent op te zetten. De cowboy en ik blijven achter bij twee ovoos omwikkeld met diepblauwe linten. In het aangezicht van Tavan Bogd bidden we op deze plek tot vijf oppermachtige berggoden tegelijk, en omdat de plek zo krachtig is komen hier jaarlijks afgevaardigden van clans of dorpen om voor hun gemeenschap een zegening te vragen. Wayne en ik binden ieder een blauw lintje om een steen en omcirkelen de ovoo. Een wens doen mag, zolang je de goden maar niet lastigvalt met onbeduidende wissewasjes.

dag 71

25 augustus – nacht en ochtend

49°08'NB|87°58'OL – Hoogte 3020 meter

Weer: vrieskoud, lucht betrokken, grijs

Omgeving: gletsjer Tavan Bogd

Divers: thuiskomen

Kleur: blauw, goud

'"God is overal,"' zegt Bavink in *Titaantjes*. '"Daar en daar en daar." Met uitgestrekte arm wijst hij naar de zee en naar 't achterland, naar Driehuis waar booglampen staan. "Ga eens met je rug naar 't water staan en luister," zegt Bavink tegen Koekebakker en vraagt of hij eruit kan blijven. Waaruit? "Uit die zee." Hijzelf kon dat nauwelijks, het leek of de zee iets van hem wilde. Het is God die roept, meende Bavink, en dat was waarachtig geen lolletje, hij werd er mal van.'

Zo vergaat het mij aan de voet van Tavan Bogd, waar onze tenten anderhalve dag staan. Een dag, twee nachten en een ochtend voor wie de omwentelingen van de aarde telt, maar ik ervaar geen tijd in het aangezicht van de eeuwigheid. Vierduizend meter omhooggeperste aardkorst, zonlicht dat op de sneeuwkappen en ijsvlaktes uiteenspat in miljarden vonken. Elvis heeft geen weet van het vuurwerk en graast onverstoorbaar op de bobbelige toendra. De tweebulter is nog slechts een donkere stip, een wollen hemdje gekrompen in de hete was. Ook ik ben gekrompen en misschien zelfs wel opgelost. Net als Bavink raak ik in de ban van God, die overal is maar toch vooral in deze verpletterende uit rotsen gehouwen bergen. Urenlang staar ik naar het wisselende licht, de kartellijnen, de besneeuwde flanken, de gletsjer met zijn vele tinten wit en grijs. Elke minuut móét ik kijken, staren, opgaan in de berg. Ik neem Wayne en de anderen nauwelijks meer waar, zelfs in het holst van de nacht kijk ik naar de berg en rits de tentflap open om maar niets te missen van de gletsjers en ijskragen waarin 's nachts licht lijkt te branden.

Op de ochtend van vertrek is de lucht dichtgetrokken, geen spatje blauw meer te zien en ook de toppen zijn uit het zicht verdwenen. Rond tien uur rijden we oostwaarts de heuvels in, met Tavan Bogd in de rug. Op tien minuten gaans cirkelen grote vogels boven een plek waar ik een karkas verwacht aan te treffen, maar tot mijn verrassing doemen altaren op van op elkaar gestapelde stenen. Ze komen tot mijn schouder en zijn omwikkeld met tientallen zijden sjerpen. Op de grond ligt een godenmaal uitgespreid: knapperige broden netjes naast elkaar, lege melkpakken waarvan de inhoud over de rotsbodem is gesprenkeld en kleurige hoopjes bonbons en toffees verpakt in kleurig cellofaan. Het offerritueel moet gisteren hebben plaatsgevonden, want de broden en snoepheuvels zijn nog vrijwel intact.

De tocht gaat verder en als vanzelf maakt mijn hoofd om de zoveel minuten een draai van 180 graden om een laatste glimp van Tavan Bogd op te vangen. Soms draaf ik naar een gletsjermeer en staar naar de weerspiegeling van de met wolken omfloerste bergen in het donkere water. Mijn staren heeft niets weemoedigs, het is het wazige staren van een baby die zich zojuist heeft volgezogen aan de moederborst.

dag 72

26 augustus – 08.20 uur

49°11'NB | 88°14'OL – Hoogte 2600 meter

Weer: bewolkt, lichte regen

Omgeving: Oigorvallei, ruig gebergte waarin steenarenden nestelen

Divers: Huandak vertaalt!

Kleur: groen

Misschien heeft het bezoek aan Tavan Bogd Huandak goedgedaan. Onder het rijden vertaalt ze een halfuur achtereen de woorden van Dalaikhan en ik hang aan beider lippen. Zo hoor ik meer over de vrouwtjessteenarend van de familie in wier kamp we vannacht logeerden. Er hing gisteren een opgewonden sfeer in de kleine nederzetting waar zes families hun ger hadden staan. Iedereen maakte zich op voor de herfstmigratie, die over een paar dagen begint. De mannen gaan te paard op weg naar de winterboerderij, met jakken en vetgemeste schapen. Vrouwen en kinderen volgen per vrachtwagen met huisraad en onttakelde gers. Dalaikhan had tips uitgewisseld met de adelaarsjager in het kamp. Hij was boomlang, halverwege de dertig en gaf mij op de vroege ochtend een lesje in gastvrijheid en geduld. We moesten eerst theedrinken, een hapje eten en kennismaken met zijn ouders en kinderen. Daarna nam hij ons mee naar buiten, gekleed in de traditionele bontjas en muts die horen bij het jagerschap. Ik mocht het gesprek bij de arend filmen en keek door mijn camera bewonderend van de twee mannen naar de imposante klauwen en hypnotiserende blik van de vogel. 'Op een rots zetten,' adviseerde Dalaikhan, 'dan blijven de nagels kort en scherp.'

De jonge Kazach knikte en zette de zes kilo zware vogel op zijn leren handschoen. De band tussen jager en adelaar gaat ver terug en is met rituelen omgeven, wist ik van Dalaikhan, die net als onze gastheer zijn arenden uit het nest haalt. Na tien jaar laat een jager de door hem getrainde vogel weer vrij zodat ze een gezin kan stichten. Ook Dalaikhan liet meermalen een vrouwtje gaan en bond ten afscheid een wit lintje om de poot als teken van respect en dankbaarheid. Een arend is dag en nacht in de geest van zijn verzorger aanwezig, wist ik van mijn bezoek aan de ger van Huandaks vader. Buiten het jachtseizoen wordt de roofvogel dagelijks gevoerd met vers vlees. Een hele zorg. En 's winters woont het reusachtige vrouwtje met een spanwijdte van bijna tweeënhalve meter binnen en moet iedereen zich rustig gedragen zodat zij niet gestrest raakt. 'Het is intensief,' zegt Dalaikhan, 'als je niet met de traditie bent opgegroeid houd je de dagelijkse verzorging van een arend niet lang vol.' Even later hoor ik hem een vrolijk deuntje fluiten, content als hij is met de uitnodiging van de Kazach om volgend jaar terug te komen. Hoog in de bergen achter zijn ger nestelen steenarenden en een van hun kuikens zal de vrouwtjesarend vervangen die Dalaikhan over een tijdje moet laten gaan.

dag 75

29 augustus – 05.40 uur

dorp Kok Manach

Omgeving: weide, houten huizen en vilten gers

Divers: afscheid van Dalaikhan, de paarden en Elvis

Kleur: blauw

'Waarom toch altijd zo knokken?' vraagt Wayne terwijl ik de slaap nog uit de ogen wrijf. Het is onze laatste dag in Mongolië, misschien dat hij daarom in een peinzende stemming verkeert. Na een lange inleiding, waarin hij bezweert dat het geen kritiek betreft, somt de cowboy op waartegen ik me verzet: mannen, de Kerk, de paus, autoriteit in het algemeen. 'Het kost zoveel energie,' constateert mijn lief, die meent dat ik mezelf zwaar tekortdoe. 'Je kunt zoveel moois tot stand brengen met de energie die je nu verspilt aan boosheid en verzet.'

Eergisteren stelde Wayne ook al een ongewone vraag toen we over een zonbespikkelde steppe galoppeerden om een grafmonument van dichtbij te bekijken.

'Waarom denk jij dat je op aarde bent?'

'Nergens om,' antwoordde ik. 'We leven omdat doodgaan erger lijkt.'

Wayne daarentegen meent dat ieder mens een missie heeft en dat het onze heilige plicht is om de talenten die we bezitten ten volle te ontplooien. Elke minuut van de dag. Lanterfanten, dagdromen, je neus achternagaan, dat is niet besteed aan de cowboy, die zijn hele leven hard heeft gewerkt, zijn dochters eigenhandig heeft grootgebracht, zijn eigen huizen heeft gebouwd en altijd, maar dan ook altijd met iets bezig is. Een van zijn missies, vertelde hij bij een andere gelegenheid, is anderen, onder wie mij, te laten groeien en bloeien, soms door mest te geven en soms door een snoeimes te hanteren.

Dalaikhan vertrekt in alle vroegte met de paarden en Elvis de kameel. Het afscheid is warm, ook zonder tussenkomst van een tolk begrijpt Dalaikhan wat ik hem wil zeggen. Gisteren dansten we tot laat in de nacht buiten in het gras. De chauffeur van de jeep die ons vandaag naar de grens brengt was erbij en had twee flessen wodka meegebracht. Dalaikhan moet nadorst hebben, realiseren we ons nadat hij zonder water is vertrokken. We onderscheppen hem een uur later, galopperend over de steppe in een flapperende jas en met de cowboyhoed stevig over de oren getrokken. Met een brede grijns pakt hij de waterfles aan, tikt galant tegen zijn hoed en geeft zijn paard opnieuw de sporen.

RUSLAND

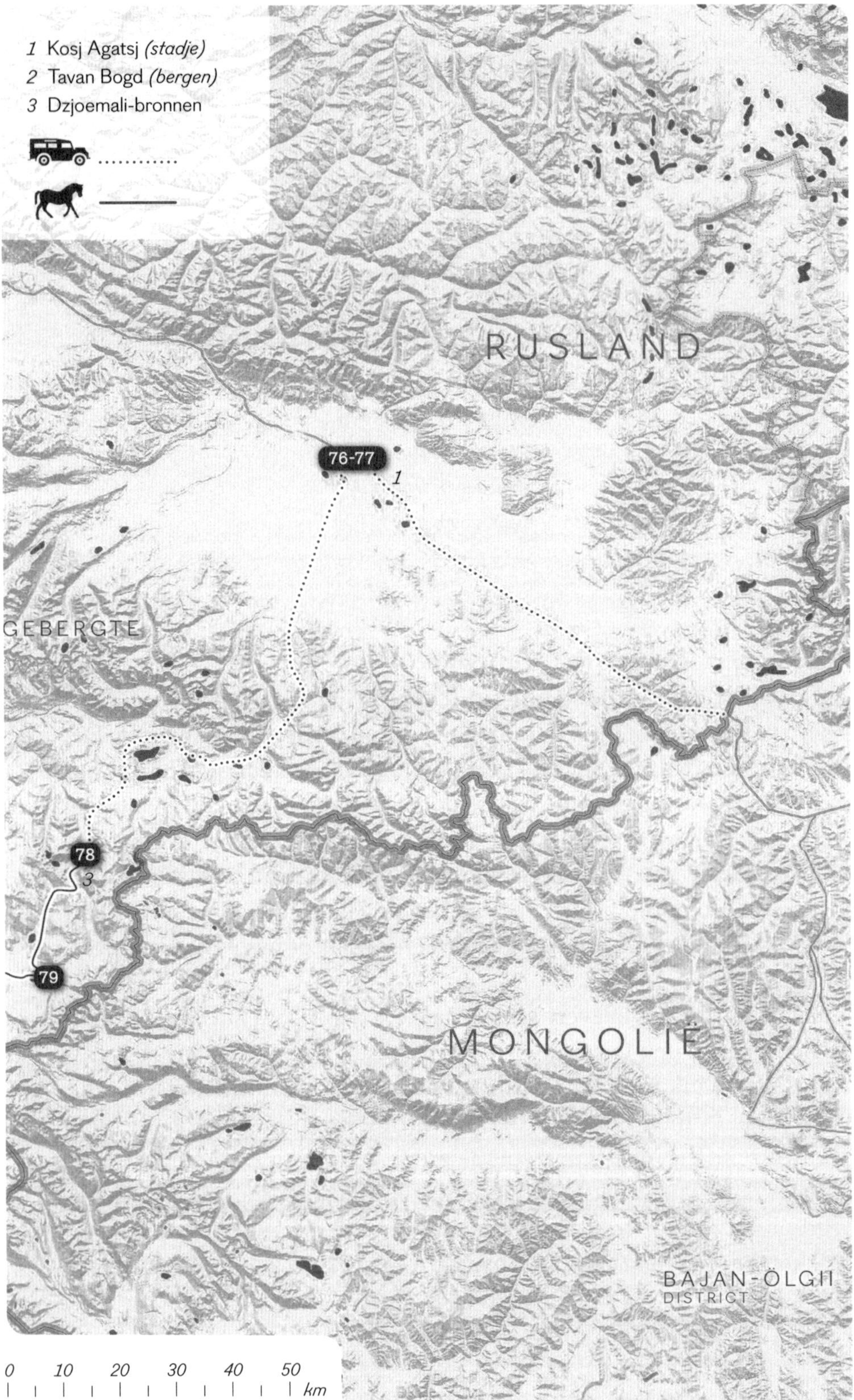
1 Kosj Agatsj (stadje)
2 Tavan Bogd (bergen)
3 Dzjoemali-bronnen
RUSLAND
76-77
1
GEBERGTE
78
3
79
MONGOLIË
BAJAN-ÖLGII
DISTRICT
0 10 20 30 40 50 km

dag 76

30 augustus – middag

50°00'NB | 88°40'OL – Hoogte 1750 meter

Weer: heldere lucht, fris

Omgeving: houten huizen, zandstraten

Divers: aan alle zijden besneeuwde bergen

Kleur: goud, groen

Vandaag. Eindelijk. Verlost. Van. Barbie.

Nooit eerder was ik zo blij om Irina te zien, de bekwame tolk en fixer uit de Russische Altaj, met wie ik al eerder heb gewerkt. De montere verschijning met de zwiepende paardenstaart wacht ons op in het stadje Kosj Agatsj, de laatste post aan de rand van de bewoonde wereld op zo'n tachtig kilometer afstand van de grens met Mongolië. Alles aan Irina straalt daadkracht en competentie uit. Smetteloze kleding, kordaat loopje, zwarte secretaressebril op de kleine neus. In haar hand twee mobieltjes, altijd opgeladen en paraat, bomvol contactadressen.

Huandak, die ons aflevert, schudt haar Altajcollega schuchter de hand en lijkt twee maten te krimpen. Opeens beseft Barbie met wie ze werd vergeleken en ik meen schaamte te zien achter haar brillenglazen. Bij het afscheid vallen tranen, krokodillentranen van een tuthola die ons voortdurend tegenwerkte en bij de grens voor uren extra oponthoud zorgde. Ik had haar het liefst bij de slagbomen gedumpt, maar Wayne wilde niet zonder tolk naar Rusland reizen. En nu belooft Barbie snikkend beterschap en zegt dat ze hard zal werken aan een verbeterde versie van zichzelf. Met vaste hand dirigeer ik de tengere gestalte naar de taxi en zwaai opgelucht naar de achterruit.

Voor Irina, die van de andere kant van het land komt aangereden, is het stadje Kosj Agatsj een verre buitenpost aan de oostelijke grens. Maar het pioniersstadje heeft voor mij de allure van een wereldstad met winkelstraten en een nieuw hotel dat over draadloos internet beschikt. Kosj Agatsj betekent 'voorbij de laatste boom' en die beschrijving moet je letterlijk nemen. Het enige wat op deze hooggelegen steppe de lucht in steekt zijn de besneeuwde bergen die de vlakte omringen. Overheidsdienaren in het stadje ontvangen een extra toelage vanwege het isolement, de geringe hoeveelheid neerslag, de barre winters en de niet-aflatende gure wind die vanaf ijzige bergen over de vlakte blaast. Misschien is een risicotoelage ook wel op zijn plaats gezien de hoge concentratie sjamanen in het buitengebied. Geen charlatans die toeristen aanklampen, maar echte sjamanen, die regen opwekken en kunnen afdalen naar de onderwereld.

'Ik hoop dat ze geen vloek over ons uitspreekt,' rilt Irina, die met een vies gezicht naar het mobieltje kijkt waaruit zojuist de afgemeten stem van Maria klonk. Maria is een sjamaan en ze beet Irina toe dat ze hondsmoe is, te moe om ons te helpen. 'We vragen Slava,' klinkt het voortvarend. Mijn tolk is geboren en getogen in de Altaj, ze weet dat sjamanen kruidje-roer-me-nieten zijn en dat ze narigheid kunnen veroorzaken als ze onder druk worden gezet. Dat is ook de reden dat dorpsbewoners de sjamanen het liefst naar een afgelegen huis aan de rand van het dorp verbannen.

Ik denk aan de keer dat ik met Irina per auto naar Kosj Agatsj afreisde om 'echte' sjamanen te ontmoeten. Adresjes genoeg, maar ik had geen rekening gehouden met de eigenaardigheden die het beroep of de roeping van sjamaan met zich meebrengt. De een ontving alleen tijdens wassende maan (de maan nam toen af), de ander alleen op bepaalde dagen (die niet binnen mijn reisschema vielen), een derde had geen zin in een buitenlander, een vierde was op reis, een vijfde had zo'n kwaadaardige reputatie dat een bezoek werd afgeraden en zo ging het maar door. Het enige wat ik te zien kreeg waren de onderkomens van de sjamanen, houten huisjes op een afgelegen plekje buiten het dorp.

dag 77

31 augustus – ochtend

herdershut Slava

Weer: zon

Omgeving: glooiende steppe

Kleur: rood, groen

De kleine taxi slalomt langs kraters en stofpoelen. Irina belt Slava voortdurend om aanwijzingen. Zijn raad opvolgen is geen sinecure in de doolhof van heuvels die allemaal eender lijken en waarin de vele kronkelweggetjes zelfs een tomtom gek zouden maken.

Gespierd, ravenzwart haar tot op de schouders, eelthanden, weinig woorden, röntgenblik. De man die ons opwacht is geen pennenlikker. Slava knikt ter begroeting en gaat ons voor naar een herdershut, die alleen 's zomers in gebruik is. Ja, hij is druk met gras maaien en maakt lange dagen, zegt onze gastheer. De toon is gezet. Een paar krukjes rond een laag tafeltje, een potkachel en een bed van planken, dat is alles. We krijgen thee en overhandigen geschenken. Ik laat mijn lederen schatkaart zien en Irina legt uit waar de getrokken lijntjes en de gouden stip in het midden voor staan. Het maakt geen indruk. Dan maar ter zake: 'Kan hij het laatste traject van onze reis van een zegening voorzien?'

Slava bekijkt ons als een dokter die een lastige diagnose moet stellen. Met een onpersoonlijke maar borende blik scant hij onze gezichten. 'Ik zie alleen maar moeilijkheden,' luidt het oordeel. Het grootste probleem is dat wij tegen de klok in reizen, dat vinden de Altajgoden niet leuk en vanwege die grove fout zullen ze ons in bergpassen op noodweer trakteren. Slava voorziet dat we de expeditie niet voor het invallen van de winter zullen afmaken. Het tweede punt is onze nationaliteit. We zijn buitenlanders, de sjamaan kan ons niet 'lezen' en bemiddeling bij de goden is daarom uitgesloten.

Ik denk aan alle meegebrachte geschenken en offerandes. Hoezo kan hij niks voor ons doen? De afgegeven tassen puilen uit van melkpakken, brood, kaas, honing, bonbons en andere lekkernijen. En boven op het vervroegde kerstpakket liggen knisperende roebelbiljetten, gevarengeld, zeg maar, want de roeping van sjamaan is geen hobby of lolletje. Wie zich in de slangenkuil van de geestenwereld mengt wordt voortdurend geteisterd, gejend en gepest door kwaadaardige en jaloerse geesten. Sjamanen worden dan ook zelden oud.

Helaas, in de schimmige boven- en onderwereld gelden geen 'voor wat hoort wat'-regels uit het middengebied. Dus daar zitten we dan op onze wiebelende krukjes. Door de mand gevallen, ik althans. Want ik geloof niet in een wereld bevolkt met geesten, maar voel me wel bekocht. Geen ritueel, geen filmmateriaal (Slava wil niet gefilmd worden), een draaiende taxi voor de deur en een dikke boodschappenrekening in ruil voor een halfuur theedrinken bij een sjamaan op de steppe.

Natuurlijk hecht ik geen waarde aan de negatieve voorspelling, maar toch kruipt het onder de huid, zo'n sjamaan die zich niet laat paaien en nare dingen zegt. In suggestie schuilt immers macht. De deur piept, familieleden druppelen binnen en nemen plaats op het zitbed achter ons. Wie kwam wie ook alweer bekijken?

Bij het afscheid biedt Slava aan om een ritueel voor Irina uit te voeren, zij is tenslotte van hier en kan voor ons bemiddelen op plekken waar toornige geesten in hinderlaag liggen. De sjamaan mompelt spreuken en zuivert onze tolk met rook van de jeneverbes. 'Neem anderhalve liter melk mee en sprenkel dat regelmatig naar alle windstreken,' raadt Slava aan. Haastig krabbelt Irina de aanwijzingen op een briefje, evenals de spreuk die zij onderweg moet herhalen. 'Vergeet niet mijn naam te noemen,' zegt de sjamaan. 'Dat helpt allicht.'

dag 78

1 september – 10.45 uur

49°48'NB | 88°30'OL – Hoogte 2008 meter

Omgeving: overgang steppe – bergen

Kleur: goud

Onze gammele huurjeep passeert twee verschillende grensposten. De eerste bestaat uit een reuzencirkel van zwerfkeien met oude rotsgravures, verse offerandes en plastic speelgoed. De tweede grenspost is moderner en bestaat uit een slagboom, prikkeldraad en twee norse officieren. Achter beide grenzen begint het Oekokplateau, een hoogvlakte op het vierlandenknooppunt. De strategische positie en het extreme klimaat laten geen permanente bewoning toe op de windgeschuurde hoogvlakte, waar tot voor kort alleen soldaten en lokale herders mochten komen. Nog steeds moeten bezoekers een vergunning aanvragen om voorbij de slagboom te mogen reizen naar het bevroren hoogland waar niets is wat het lijkt. 'Daarginds gebeuren vreemde dingen,' bevestigt de chauffeur geruchten over onverklaarbare verschijnselen in dat grimmige koninkrijk van ijs, gletsjers, gesteente en hoogveen.

'Stoppen,' gebaart Irina bij de prehistorische stenen cirkel aan de rand van de Tsjoejasteppe. Voorbij dit punt voert de weg omhoog de bergen in, naar Oekok, maar voor we verder kunnen rijden moeten de juiste rituelen in acht worden genomen. De cirkel is wel zeventig meter in doorsnede en de rotsblokken zijn enorm groot. De zwaarste weegt zeker een paar duizend kilo en moet hier al hebben gelegen voor de kleinere werden toegevoegd. De sfeer is ingetogen sober, een beetje intimiderend zelfs. Voorbijgangers stoppen op deze heilige plaats om Altaj-Koedaj – de geest van de Altaj – toestemming te vragen om verder te reizen. De cirkel is meer dan een laatste grenspost, weet Irina. 'Er zijn op deze plek heel wat tranen vergoten.' Ze wijst naar plastic popjes, legoblokjes en kralen op een grote afgeplatte steen. Wat ik eerst voor rommel aanzag zijn volgens mijn tolk offerandes van onvruchtbare vrouwen met een vurige kinderwens.

Op aanwijzing van Slava en met een spiekbriefje in de hand sprenkelt Irina melk en prevelt de voorgeschreven zinnen. Ik vraag me af of ze er in stilte misschien nog iets aan toevoegt, een persoonlijke wens, want de mooie, slimme en ongetrouwde Irina is met haar dertig jaar een hopeloze oude vrijster. In de Altaj moet een meisje voor haar vierentwintigste trouwen, want de kans dat ze daarna nog een vader voor toekomstige kinderen vindt is vrijwel nihil. Als ik aanstalten maak om ook wat melk te sprenkelen waarschuwt Irina dat het ritueel oprecht bedoeld moet zijn, anders maak ik de geesten alleen maar bozer.

In deze waarschuwing ligt de kern van de Altajfilosofie besloten: alles draait om balans, om het goede doen en zo weinig mogelijk ingrijpen in de kosmische orde. 'Yes, we can,' zul je niet zo snel horen in dit land van herders en sjamanen, wier lot wordt beslist door geesten, goden en krachten waar onze taal geen namen voor heeft. Een koude windvlaag beroert mijn gezicht, de vrieskou komt van de gletsjers voorbij de horizon. Pas maar op, moet Irina denken als ik witte guirlandes uiteen laat waaieren en melkdruppels op de heilige rots uiteenspatten. Maar ze hoeft zich geen zorgen te maken, weinig is troostrijker dan de aarde te bedanken met een gepast ritueel. Het oponthoud duurt nog geen tien minuten en in die korte tijdspanne verandert een archeologisch monument in een gewijde plek met een rots als klaagsteen, een gestold duizenddingendoekje dat vuil wegneemt en de binnenboel opnieuw laat blinken.

De zon hangt als een vermoeide schijf boven de horizon als we de Dzjoemali-bronnen bereiken, ten westen van het Oekokplateau. Onze nieuwe paardenman, Aydar, ligt in het gras, twee blaffende honden draaien opgewonden rondjes om hun baas. De paarden grazen rustig een eindje stroomopwaarts van de waterbron, die geneeskrachtig is en niet bevuild mag worden. Niet met mest, niet met hoefafdrukken en ook niet met slechte gedachten. Het zou de geneeskracht van het mineraalrijke water kunnen verzwakken.

Gouden strijklicht legt een warme gloed over de oneffen toendra, die zich opmaakt voor de nacht. Rondom vreten hoge, kale bergen gulzig het laatste daglicht op. Het is te laat om te vertrekken, oordeelt Aydar en we nemen onze intrek in een kleine blokhut met potkachel en een slaapplateau van brede planken. Als we lepeltje-lepeltje liggen passen we er met z'n vieren precies op.

Een stoffig ruitje biedt uitzicht op een verlaten mijn, waarin een zeldzaam erts werd gedolven. Halverwege staat een aftands douchehokje met een kraantje waaruit geneeskrachtig bronwater stroomt. Een vlezige man op slippers en een bleke mevrouw scharrelen als verdwaalde kippen over het terrein. De winter is in aantocht en zij zijn de enige overgebleven kuurpatiënten. Mijn blik dwaalt over het vertrapte grasveldje, het handjevol uitgewoonde onderkomens, de washokjes met roestige kranen, het riekende buitentoilet. Je moet wel heel wanhopig zijn om hier te willen kuren.

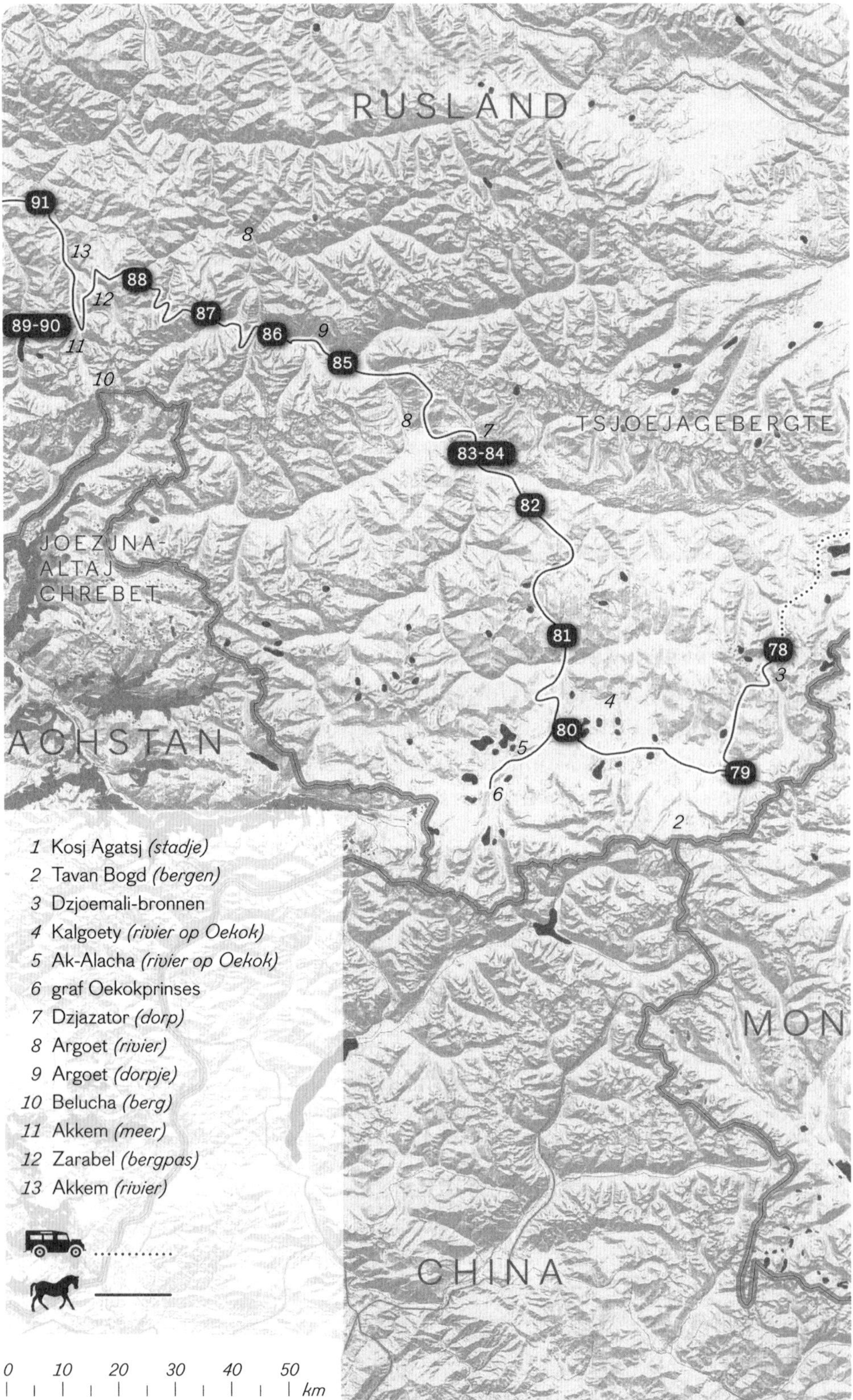
RUSLAND
TSJOEJAGEBERGTE
JOEZJNA-
ALTAJ
CHREBET
ACHSTAN
MON
CHINA
91
89-90
88
87
86
85
83-84
82
81
80
79
78
1 Kosj Agatsj (stadje)
2 Tavan Bogd (bergen)
3 Dzjoemali-bronnen
4 Kalgoety (rivier op Oekok)
5 Ak-Alacha (rivier op Oekok)
6 graf Oekokprinses
7 Dzjazator (dorp)
8 Argoet (rivier)
9 Argoet (dorpje)
10 Belucha (berg)
11 Akkem (meer)
12 Zarabel (bergpas)
13 Akkem (rivier)
0 10 20 30 40 50 km

dag 79

2 september – late ochtend

49°25'NB|88°02'OL – Hoogte 2788 meter

Weer: helder, fris, zon, wolkenflarden

Omgeving: bergpas met uitzicht op Altajreuzen

Kleur: goud

Om zes uur is het nog pikkedonker. Mijn laarzen kraken en ook buiten zijn waterplassen bevroren. Hoewel het lastig is om op dit uur met gevoelloze vingers brood te snijden en bagage in te pakken is het straffe regime een weldaad na Mongolië, waar Dalaikhan en Barbie meestal pas na negen uur aan het ontbijt verschenen.

Het eerste uur volgen we een pad en daarna begint een klimpartij over vlijmscherpe puinhellingen van graniet waar de paarden aarzelend hun voeten zetten. Geen pad of spoor te bekennen. De gids moet een aanwijzing hebben gemist, hoewel hij beweert dat deze martelgang de bedoeling is. Dampwolken slaan van de bezwete paarden, die maar met moeite hun evenwicht bewaren op de verraderlijke helling. De klim is zwaar maar bovenaan wacht een fenomenaal uitzicht. Voorbij een imposante ovoo bedekt met linten en sneeuw, waarvan de paarden gretig snoepen, doen mijn ogen zich te goed aan de gekartelde skyline die ik na al die weken kan dromen. In het zuiden steekt de veelkoppige Tavan Bogd als een schuimend witte golf uit een groene zee, verderop wandelt een bergrug nieuwsgierig vanuit Rusland Kazachstan binnen en in het oosten glinstert de Belucha. Over twee weken zullen we de berg bereiken, tenminste, als de weergoden ons dat plezier gunnen. Irina en ik halen bij de ovoo gebedslinten tevoorschijn, melk en het spiekbriefje. Hoewel mijn tolk en ik dezelfde handelingen uitvoeren zullen die van mij, een groentje, volgens psychologen minder effect sorteren. De impact van een ritueel – wijwater sprenkelen, de doop, gebedslintjes vastknopen – hangt behalve van de handeling vooral af van de mate van aandacht waarmee het wordt uitgevoerd.

Na de pauze op de bergpas weigert Waynes rijpaard verder te gaan. Later blijkt waarom en het mag een wonder heten als het arme dier over een paar dagen zijn stal in het dorpje Dzjazator haalt op zijn totaal, maar dan ook totaal afgesleten hoeven waar geen ijzer meer onder past omdat de nagels levend vlees zouden raken. Ik durf er niet aan te denken wat het paard doormaakt nu het met Wayne op zijn rug een granieten helling bestijgt.

We lunchen op de Kremlinpas, een natuurlijke vesting van metershoge stenen richels die loodrecht uit het gras oprijzen. Beneden, waar de vallei op zijn breedst is, liggen twee gletsjermeren naast elkaar, als twee ogen die de hemel in kijken. Daarachter staat een vierkant gebouwtje van de grenspolitie. Onbemand, volgens Aydar, maar een dinkytoy-Jeep doet anders vermoeden. In het zuiden lijkt Tavan Bogd sinds vanochtend een groeispurt te hebben doorgemaakt.

Rond twee uur dalen we af in de Partizanvallei, een verraderlijk veenmoeras dat stevig lijkt, tot je opeens wegzakt in een glinsterende massa mos waar gletsjerwater doorheen waaiert om beneden aan de heuvel een stroompje te vormen. Overal twinkelt en fonkelt water dat over een maand zal bevriezen. Een zomer op Oekok duurt nooit lang en in die warme periode is het er minstens zo gevaarlijk als in de winter. Ik moet denken aan een boek dat ik als kind las, over een stel jongens in de Biesbosch tijdens de Tweede Wereldoorlog. Zij namen een Engelse piloot van een neergestort vliegtuig mee naar een wilgeneiland. De onderduiker was daar volkomen veilig omdat alleen ingewijden de weg wisten. Wie het hink-stap-sprongpad niet kende verzoop al snel in het moeras. Angstvallig volg ik Aydar, die het plateau goed kent omdat zijn familie hier soms vee laat grazen. Zijn paard zakt weliswaar ook diep weg in de zuigende modder, maar nooit zo diep dat het helemaal verdwijnt.

Op windbeschutte plekken staan soms boerderijtjes met schapenstallen. Het zijn eenvoudige bouwsels van op elkaar gestapelde boomstammen met mos tussen de voegen, en het dak is bedekt met borstelige grasplaggen. 'Winterboerderijen,' weet Aydar. Ze werden gebouwd in een tijd dat niemand op de kosten lette en helikopters van Sovjetmakelij omgezaagde bomen uit een lager gelegen bos af en aan vlogen. Als er 's zomers al niemand op Oekok woont, vraag ik Aydar, waarom zou een herder hier dan overwinteren bij temperaturen die buiten een plas doen tot een gevaarlijke exercitie maken? Onze gids spreidt de armen. Kijk eens om je heen, malloot, betekent dat. Overal groeit voedzaam gras met klavers en andere kruidachtigen. Aydars familie bezit een eindje verderop een winterboerderij en later in september komt hij terug met de zeis en een ploegje mannen. Zes vrachtwagenladingen gras moeten ze binnenhalen om Aydars schapen en koeien zes maanden van hooi te voorzien.

Onze kampeerplek is een groene weide vol roze bloemkelkjes. Op loopafstand staan twee lange, smalle grafstenen, gedenktekens van het ruitervolk dat drieduizend jaar geleden over deze vlakte zwierf en dezelfde vergezichten zag. Volgens klimatologen is Oekok de laatste vierduizend jaar vrijwel niet veranderd. De tijd is hier oud en stroomt langzamer, een miljoen jaar past gemakkelijk in een gesteentestreepje. Van het ongetemde en compromisloze landschap gaat een dreiging uit waar mijn hersenen feilloos op reageren. De extra stoot adrenaline in de bloedbaan is genoeg om van mij een Neanderthaler te maken: alert, meer focus en gevoelig voor instincten die verder in de tijd teruggaan dan het hoogveen op Oekok.

Op de winderige hoogvlakte lijkt het of natuurgoden van zich doen spreken in het lispelen of gieren van de wind, in de bewegende veenlagen en in waterstromen die als pythons door het land kronkelen. De ijskappen aan de horizon zijn de kraamkamers van de grootste rivieren ter wereld. Het begint met een voorzichtig sliertje dat gestaag aan kracht en omvang wint om ten slotte als een machtige levensader heel Siberië te doorkruisen en na een reis van duizenden kilometers de Noordelijke IJszee te bereiken. De geest van Oekok vertoont zich in de vuurrode stapelwolken die na zonsondergang opvlammen; op andere dagen is het een rollende donder, die veenlagen doet trillen en veldmuizen hun hol in jaagt. Oekok is een universum op zich, een kosmos in een kosmos, een gletsjervallei met honderden grote en kleine meren, rivieren en toendra's tussen ijsbergen.

De rafelrand

Rafels zijn gekke dingen, ze horen eigenlijk nergens bij en afhankelijk van hoe je ernaar kijkt zie je vastigheid of juist ruimte. Rafelranden zijn schemergebieden, schijnbaar nutteloze franje aan de rand van het afgebakende bekende. Dat de rand of de marge tussen tekst en omgeving de aandacht leidt naar wat gezien moet worden, weten boekontwerpers. Apple en Google snappen ook hoe belangrijk schijnbaar loze ruimte is. In de wereld van fysieke verschijnselen is de marge al net zo onmisbaar als voor ontwerpers. Niet de objecten maar de ruimte eromheen dicteert plaats en vorm. Anders gezegd: wij, de wereld en het heelal zouden niet bestaan zonder lege en 'waardeloze' ruimte.

Geoloog Harry Hess presenteerde zijn baanbrekende theorie over de bewegende aardkorst in een artikel dat hij omschreef als een *essay in geopoetry*. Hij wist dat vakgenoten zijn ideeën over plaattektoniek niet zouden delen. Harde bewijzen ontbraken in 1962, maar Harry Hess was zo geniaal om een beroep te doen op de verbeeldingskracht. Een wetenschappelijk artikel lees je met de linker hersenhelft, *geopoetry* met de rechter. Poëzie laat veel wit tussen de woorden en in die ongedefinieerde ruimte mogen wetenschappers vrij speculeren over de meest onwaarschijnlijke theorieën, die soms nog waar blijken te zijn ook. In de schimmige zone is de grens tussen het bekende en het onbekende, tussen verstand en intuïtie nog fluïde, in potentie is alles daar mogelijk omdat niets vastligt. Rafelranden van de geest hebben hun equivalent in het natuurlijke landschap. Woestijnen, het Altajgebergte en het Oekokplateau zijn immense, lege landschappen die onbruikbaar lijken, maar juist door hun onbestemdheid uitermate geschikt zijn als vrije denkruimtes, waarin talen, culturen en ideeën samenkomen en elkaar bevruchten. Zo ontstonden op kruispunten van handelswegen in de gortdroge Sahara levendige centra van geleerdheid en commercie. Hetzelfde gebeurde in de Altaj. Tot voor kort namen historici aan dat het gebergte tot ver na onze jaartelling een hermetische barrière vormde die een uitwisseling van culturen onmogelijk maakte. Recente grafvondsten en genetisch onderzoek wijzen uit dat het tegendeel het geval is. Drieduizend jaar geleden werd het paard in Azië gedomesticeerd en ruitervolkeren in

Azië verspreidden zich over de steppe naar alle windstreken. De Altaj fungeerde als een kruispunt: talen, culturen, technieken en producten kwamen in dit gebied samen, beïnvloedden elkaar; nieuwe ideeën, gebruiken en gereedschappen ontstonden en vonden hun weg naar onder meer Europa.

dag 80

3 september – 19.30 uur

49°19'NB | 87°07'OL – Hoogte 2133 meter

Omgeving: tent staat in stroomdal Ak-Alacha

Divers: min 5 graden vannacht, ijs op de tent

Kleur: rood

Vanaf ons kamp rijden we drie kwartier westwaarts. Aan mijn linkerschouder verrijst de Joezjna-Altaj Chrebet die de grens met Kazachstan bewaakt. Tussen bergketen en pad stroomt de opaalkleurige Ak-Alacha (Witte Rivier) in brede slingers door de mosgroene vallei. Met een beetje fantasie kan ik de rivier geboren zien worden op de berg die waarschijnlijk net voorbij de grens met Kazachstan staat. De s-vormige waterbaan in het gras doet me denken aan een esculaap, het Griekse symbool voor genezing en heling. In het oude Egypte stond de slang voor goddelijke autoriteit en in de Altaj verbeeldt de slang een persoonlijke of sociale transformatie. Men gelooft dat de mens elke twaalf jaar zijn te krap geworden huid afstroopt. De turbulente overgangsperiode tussen twee levensfasen noemt men het jaar van de slang.

'Daar lag ze,' wijst de cowboy naar een plek waar archeologen twintig jaar geleden een graf blootlegden. De grafkamer rustte enkele meters onder de grond en was bedekt met duizenden kilo's stenen. Het gat is inmiddels met zand toegedekt en de verwijderde stenen liggen in een cirkel rond het graf, dat op mij geen enkele indruk maakt. Het landschap met kronkelrivier en witte bergketens zijn een koninklijke rustplaats waardig, maar van het ontzielde graf gaat totaal niets uit terwijl er twintig jaar geleden zoveel om te doen is geweest.

'Ga maar,' zeg ik tegen Wayne, die al snel genoeg heeft van de plek. 'Ik blijf nog even om te filmen.'

Zeker een uur wacht ik tevergeefs op een gevoel dat recht doet aan de voorname en jonge Scythenvrouw, die 2500 jaar geleden met groot eerbetoon was begraven in deze grafheuvel. Een ceremonieel graf voor een enkele vrouw was een unicum, zeiden archeologen, die nog steeds puzzelen over de maatschappelijke positie van deze vrouw. Was zij een priesteres, een prinses of misschien een Amazone (in het graf lagen wapens)? Het lange, slanke lichaam was bedekt met tatoeages van gestileerde griffioenen en vliegende herten. Uniek waren ook de kostbare kledingstukken en vilten laarzen, volkomen intact dankzij ijsvorming in het metersdiepe graf in de permafrostbodem. Het lichaam lag in een uitgeholde boomstam gevuld met ijs en in hetzelfde graf lagen sierlijk opgetuigde paarden die de dode vergezelden. De gestorven vrouw kreeg de bijnaam prinses vanwege haar magnifieke hoofdtooi, die nog het meest lijkt op een robuuste veer, die uit haar pruik omhoogsteekt en waarin gouden dierfiguurtjes zijn verwerkt. De opgraving veroorzaakte een ware sensatie en Russische archeologen meenden er goed aan te doen de mummie per helikopter naar een museum in Novosibirsk te brengen, waar ik de prinses onlangs bezocht. Daar lag ze: als Sneeuwwitje in een glazen kistje, met een voile over de vitrine om tegemoet te komen aan klachten van Altajbewoners, die protesteerden tegen de respectloze vertoning. De jonge vrouw waar ik ongemakkelijk omheen draaide leek op de mensen die je tegenwoordig in de Kaukasus aantreft. Maar Altajbewoners geven niet om maten, kleuren en genetisch bewijsmateriaal. De prinses lag in hun aarde en maakt deel uit van hun geschiedenis, ze wilden haar terug. Verstoorde zielenrust en gevoelde verwantschap botsten met wetenschappelijke opvattingen en bevindingen, want opgravingen verrichten op een heilige plek is volgens de lokale bevolking zoiets als een ei stuk tikken: je kunt de scherven later wel aan elkaar lijmen maar de ziel en levenskracht zijn voorgoed verloren.

De schemer valt en ik moet onderhand vertrekken. Ik zet de filmcamera op mijn statief en zeg iets over mijn teleurstelling en over de knallende koppijn die ik aan het bezoek overhield.

dag 81

4 september – 09.10 uur

87°22'NB|49°11'OL – Hoogte 2000+ meter

Omgeving: stroomdal Ak-Alacha

Divers: graf Oekokprinses

Kleur: goud

Twee uur geleden, toen ik in het gras hurkte om te piesen en lichtjaren ver het heelal in keek, was de wereld er nog. Nu ik rond zessen de tent openrits zijn aarde en kosmos opgelost in een dikke mist en ontwaar ik alleen Tijger, Aydars hond, die opgekruld en flonkerend van de rijp naast onze tent ligt. Gele vlammetjes bij de vuurplaats verraden dat Aydar al op is. Hij heeft beloofd voor het ontbijt naar het graf van de Oekokprinses te rijden waar ik gisteren mijn jasje met gps heb laten liggen. Mijn paard hinnikt als zijn weidevriendje een uurtje later terugkeert met Aydar op zijn rug. De gps is gevonden. Bij een heel ander graf, zegt Aydar met een veelbetekenende blik.

Ik kijk vragend naar Wayne. Gistermiddag bezwoer hij de weg te weten naar de beroemde grafheuvel van de prinses en wilde absoluut niet dat Aydar met ons meeging. Nu haalt hij onverschillig de schouders op. Goed, dan lag de prinses ergens anders, maar maakt het iets uit? In het graf van gisteren had toch ook een dode gelegen.

Kan een plek herinneringen in zich bergen? Heeft een slagveld een geheugen? Een gebouw waar martelingen zijn uitgevoerd? Ik vraag het maar omdat ik ook niet snap wat me overkomt bij het echte graf van de prinses. Aydar nam ons mee naar een veel grotere steencirkel en wanneer we afstappen en op het graf toelopen gebeurt er iets geks. Een stroomstoot lijkt er nog het meest op, het is alsof ik achter elkaar een dozijn blikjes Red Bull heb opgedronken. Staande bij de cirkel van stenen moet ik mezelf bedwingen om niet te gaan rennen, joelen en huilen. Wayne, die doorgaans meer kan met onzichtbare krachten dan ik, mompelt op verongelijkte toon iets over 'ophef'.

Op de kaalgeschraapte aarde binnen de cirkel ligt een hoopje stenen op de plek van de grafkamer. Iemand legde er een gegraveerd portretje van de prinses naast, vlakbij staat een schoteltje met muntjes, haarklemmetjes, aanstekers en andere rommeltjes. Het graf is een bedevaartsoord geworden, maar de pelgrims lijken niet goed te weten wat zij daarmee aan moeten.

10.30 uur

49°24'NB|87°37'OL – Hoogte 2453 meter

Omgeving: stroomdalen Ak-Alacha en Kalgoety

Divers: panorama, rivier splijt een rotsuitstulping doormidden

Kleur: goud

De winterboerderij van Aydars zus is een nietig houten geval met kleine vensters op het zuiden, een kachelpijp die uit het schuine dak steekt en een stevige planken deur bedekt met vilt. De langgerekte schaapskooi ernaast is al jaren buiten gebruik, getuigen de stapels ingezakte mestplaggen naast de ingang. Het beschutte boerderijtje staat met de rug naar groene heuvels waarin sneeuw en ijs bochtige kloven uitsleten en aan de voorkant kijkt het uit over de stroomvallei van de Ak-Alacha. Onder aan de heuvel waar het huisje staat komen de woelige Ak-Alacha en de Kalgoety samen. Van beide is de diepte moeilijk te peilen, maar in de winter maakt dat niets uit, dan kun je over het ijs naar de overkant lopen.

We beklimmen te paard de heuvels achter het boerderijtje om het smalle spoor aan de andere kant weer op te pakken. Vlak onder de top stappen we af bij een markante rotspartij, die uitzicht biedt op de stroomdalen van de rivieren die beneden onze voeten samenvloeien. Met de verrekijker volg ik de Kalgoety naar haar oorsprong op een flank van Tavan Bogd. Ik hoef mijn hoofd maar een kwartslag te draaien en ik zie de gletsjer waar de Ak-Alacha ontspringt. Beneden mijn voeten verenigen de twee zich tot een kolkende massa die een tiental meters verder stroomafwaarts door een smalle rotsspleet stort. Het water briest en schuimt en het onophoudelijke geraas doet sinister aan. Niet voor niets staat op deze uitkijkpost een met lappen omwikkelde stok stevig tussen rotsen geklemd, het is een geestverschrikker die de vernietigende kracht van de rivier enigszins moet afzwakken. Vanaf deze plek lijkt het boerderijtje van Aydars zus een bruin dobbelsteentje op een groene weide. 'Volgend jaar zomer woon ik daar een tijdje,' zeg ik tegen Wayne. De cowboy trekt een grimas, ja, ja, zie ik hem denken. Maar na drie maanden in gezelschap verkeren weet ik één ding zeker: het paradijs wil dat ik zonder gezelschap terugkom. Alleen dan zal het zich openbaren. En als het klopt dat Shambhala een verborgen vallei is omringd met ijzige pieken, dan vind ik het, in welke vorm dan ook, op Oekok, dat net als in de legende omringd is door bergen en niet zomaar iedereen toelaat. In mijn notitieboekje noteer ik: 'Volgende keer meenemen: gedichtenbundel, vishengel, scherpe bijl.'

12.50 uur

49°33'NB|87°33'OL – Hoogte 2900 meter

Weer: fris, vochtig

Omgeving: ruige bergen

Kleur: goud

Drie rimpelloze zwarte veenpoelen, dieper dan de diepste wensput. Roerloos schuilen de inktzwarte watertjes in een beschutte bergkom, waar ze zich veilig wanen tussen dikke lagen veenmos, dat veert en deint als een levend wezen, een slapende moloch, die zich meestal koest houdt en op zijn tijd een mensenoffer eist.

'Alsof ik tegen een baby sprak,' zegt Wayne 's avonds. Hij was naast zijn arme rijpaard gaan zitten, die op zijn zijde lag, de pijnlijke hoeven als babybeentjes de lucht in gestoken. Wayne had het grote paardenhoofd op schoot genomen en gefluisterd dat het hem zo speet van die afgesleten hoeven op de harde rots. 'Hij begreep het,' zegt de cowboy aangedaan. Het paard liet toe dat Wayne de enkelgewrichten masseerde en het had hem daarbij vertrouwensvol aangekeken.

Een mooi verhaal, maar waarom gaat de masseur niet eens wat vaker naast het paard lopen? Scheelt toch al gauw negentig kilo.

LINT

Wat is werkelijkheid?

Als kind dacht ik dat de wereld door God in de hemel was geschapen. Ik kon het niet bewijzen maar iedereen in mijn omgeving dacht het, dus was het zo. Op de middelbare school leerde ik onderscheid te maken tussen geloven en weten = meten. Je kon heel zeker in God geloven, maar een ander kon net zo hard niet in God geloven en er was geen onpartijdige scheidsrechter die wist wie de waarheid sprak.

Waarheid laat zich in formules vatten, leerde ik op de universiteit. De werkelijkheid is te doorgronden, mits onderzoekers maar lang en hard genoeg nadenken. Ik weet nog dat een van mijn beste studievriendinnen de wetenschap verliet na cum laude te zijn gepromoveerd op de levenscyclus van een plantenschimmel. Het wezen der dingen, zei ze teleurgesteld, bleef in een laboratorium geheel buiten schot.

Ik vond het een moedig besluit maar snapte niets van haar redenering. In de Altaj zou iedereen haar hebben begrepen. Het wezen is een ervaring net zoals schoonheid, troost, de roes van muziek. Ongrijpbaar voor het verstand maar daarom niet minder echt.

dag 82

5 september – 17.45 uur

49°38'NB | 87°30'OL – Hoogte 1928 meter

Weer: helder, 's nachts vrieskoud

Omgeving: berghelling, gouden lariksen, zompige ondergrond

Kleur: goud

Voorbij de laatste pas op het boomloze Oekokplateau vertoont de taiga zich in al haar vlammende herfstglorie. Felrode eivormige blaadjes van dwergberken en in vloeibaar goud gedipte larikstakken zetten de bergen volledig in de fik. Fijne vochtdruppeltjes zeven zonlicht tot zachte honing, opspattend water zoekt zingend een weg over rotsen waartussen uitgebloeide sleutelbloemen staan. Trappelende paardenhoeven verspreiden een aroma van bessen, mos en rottend blad.

Het handbrede pad voert loodrecht naar beneden, dwars door bagger, modderpoelen en veenzomp waarin het arme paard tot zijn buik wegzakt. Het zwemt door drassige smurrie waaruit het zichzelf aan de manen omhoogtrekt. Mijn maag knijpt samen als we in de zuigende drek wegzakken, ik voel de spieren van het paard en zijn ongemak, dat soms grenst aan paniek. Het dier weet zich er altijd weer uit te vechten, hoe, dat blijft een raadsel. Het verraderlijke pad verandert honderd meter lager in een betrouwbaar spoor en het is alsof we voorbij die hoogtegrens een slagboom passeren. Voorbij het strenge Oekokplateau wacht een uitbundige wereld met herfstkleuren, vlinders en bijen. In het zuiden verrijst het Tsjoejagebergte, een nieuw geologisch koninkrijk, met zijn eigen wetten en regels.

‘Hoe gaat het?’ vraagt Wayne, die vermoedt dat ik de pest in heb omdat de gids zijn paard de sporen geeft en niet van ophouden weet. Altijd hetzelfde gedonder met paardenmannen; waar we ook zijn, waar we ook gaan, ze willen allemaal zo snel mogelijk naar huis.

‘Aydar,’ schreeuwt de cowboy naar de voorste gelederen. ‘Stoppen. We blijven hier.’ De paardenman doet alsof hij niets hoort maar Irina is geen Barbie. Aydar moppert en protesteert maar doet uiteindelijk wat Irina zegt.

Een kwartier later liggen de cowboy en ik in een hemelbed van geurend mos en vergulde naaldgordijnen. Lariksappeltjes prikken plagerig in een bloot been dat zich warmt aan de laatste zonnestralen van de dag.

dag 85

8 september – 20.15 uur

zomerboerderij Koeral – Hoogte 885 meter

Weer: avond, kil en vochtig

Omgeving: Argoetkloof

Divers: vlak bij brug over de Argoet

Kleur: goud

'Ik wil niet méér van iets,' hoor ik een man bezweren. 'Wat ik wil is rust.'

Op de tast zoek ik in het pikkedonker mijn weg naar een schuurtje met als enige baken deze stem en een zwak oplichtend vensterruitje. Achter de gammele schuurdeur zitten twee mannen op kleuterkrukjes, keuvelend, etend en wodka drinkend bij een flakkerend kaarsstompje dat op het tafelblad is geplakt. De ene is Sergej, de nieuwe gids die we oppikten in Dzjazator, waar Waynes zielige paard uitrust op een zachte weide. De andere is Koeral, ooit automonteur en nu kluizenaar in een kloof zo steil en nauw dat alle paden en wegen er doodlopen.

Koeral is een man bij wie je als vrouw denkt: Waarom ben IK niet met hem getrouwd? De soort is al vrij zeldzaam in Nederland en in Rusland vrijwel uitgestorven.

'Ik zat altijd onder de smeer,' legt de kluizenaar zijn aha-ik-wil-rustmoment uit. Tot voor kort sleutelde hij aan andermans auto, als zijn kleren te vies werden moest hij nieuwe kopen en om de truien en broeken te betalen moest hij blijven werken. Een perpetuum mobile. Ik lijk wel gek, dacht Koeral nadat de Sovjets waren verdwenen met medeneming van de verplichting tot arbeid. Koerals kinderen waren groot, zijn vrouw dood, wat zou hij nog werken? Enkele jaren geleden trouwde hij een weduwe uit zijn dorp en streek neer op haar lapje grond met ruïneuze zomerboerderij, bij toewijzing verkregen na het uiteenvallen van de Sovjet-Unie. Hij woont hier het hele jaar door. Heeft hij vlees nodig, dan schiet hij een hert of berggeit. Groente verbouwt hij in een zelfgebouwde kas, in de herfst plukt hij paddenstoelen en bessen. Koeien en schapen heeft de kluizenaar ook. En eens per week passeert de postbode aan de overzijde van de kloof, soms met leesvoer in zijn tas. Koerals vrouw komt langs als zij daar zin in heeft. 'Ik leef in het paradijs,' concludeert de kluizenaar. Projectontwikkelaars uit Rusland kregen dit eenzame plekje in het vizier en werpen sedertdien een begerig oog op het boerderijtje waar steenbokken over kale rotsen springen en waar het beneden in de Argoet puik vissen en raften is. Een ideaal basiskamp voor jagers en sporters, op helikopterafstand van de hoofdstad Gorno-Altajsk.

'Donder op met je geld,' roept Koeral over de bulderende rivier als de rijke patsers hun glanzende terreinwagens aan de overkant parkeren. 'Ik wil niks verkopen, ik wil leven.'

Stemmen horen

Niet dat ik er zo op let, maar het begint toch op te vallen dat ik onderweg met regelmaat mannen ontmoet waarvan ik denk: Hm, niet slecht. De Altaj is blijkbaar niet alleen een ideaal toevluchtsoord voor bedreigde planten en dieren, maar ook voor zeldzame mannen. Neem Albert Kamenov, de Kazach die paarden voor ons regelde op Oekok. We logeerden na ons verblijf op de hoogvlakte enkele dagen op zijn boerderij in Dzjazator, een afgelegen dorp van veeboeren in de militaire zone die grenst aan drie Altajbuurlanden. Albert vertelde me dat hij stemmen hoort op Oekok en daarginder een goddelijke kracht ervaart die niet per se samenvalt met Allah.

We zaten op een stoppelig grasland, net gemaaid. Overal om ons heen hooischelven zoals Van Gogh ze schilderde, intens geel met daarboven zinderend blauw. Aan de westelijke horizon gloorde het Katungebergte, onze volgende bestemming. Voor onze voeten lag mijn leren Shambhala-schatkaart met gouden middenstip en uiteenwaaierende lijnen. Ik had Albert uitgelegd waarom ik Shambhala zocht en hij had me op zijn levensverhaal getrakteerd.

'Ik ben in 1968 geboren en als zesjarig kind bracht ik mijn zomervakantie door bij een oude man op het Oekokplateau. De man bewaakte de corridor waarover levend vee van Mongolië naar abattoirs in Kazachstan werd gebracht. Die zomer plantte Oekok een zaadje in mijn hart dat pas veel later tot bloei zou komen. Ergens halverwege de jaren negentig – ik was inmiddels dierenarts en manager van een collectieve boerderij – was ik diep ongelukkig. We leefden in tijden van grote chaos. Het Sovjetrijk was uiteengevallen en mensen waren totaal de kluts kwijt. Iedereen was gewend geraakt aan orders, vijfjarenplannen, verzorging van wieg tot graf. Aan dit gestructureerde bestaan kwam abrupt een einde en iedereen zag in mij de verlosser, de nieuwe grote regelaar. Ik kon de druk niet aan, maar werk opzeggen deed je niet in die tijd. Bij toeval moest ik naar Oekok om weggelopen vee te zoeken. En daar kreeg ik een teken. Een stem zei me dat ik niet in de kolchoz moest blijven. Ik nam ontslag, begon voor mezelf en zet me sindsdien in voor de bescherming van Oekok.

Het sacrale van Oekok zit in de atmosfeer, de verlatenheid op de hoogvlakte, de felle donderstormen die je van verre ziet aankomen, de koele meren, epische wolkenluchten, het wiegende veen, de hemel die zo dichtbij is, de glijvlucht van vogels. Iets heiligs kun je niet zien, dat voel je vanbinnen. Als ik daar ben, stroomt mijn bloed sneller en is het leven een prachtig wonder. Ik móét er elk jaar heen, maar waarom, dat vertel ik aan niemand. Mijn dorpsgenoten zijn net als ik moslim, ze zouden me niet begrijpen. Alleen mijn neef voelt hetzelfde, maar erover spreken doen we niet.'

Albert knikte slechts toen ik aangaf volgend jaar in mijn eentje over Oekok te willen zwerven. Dat hij me aan een paard en een grensvergunning zou helpen hoefde niet eens gezegd.

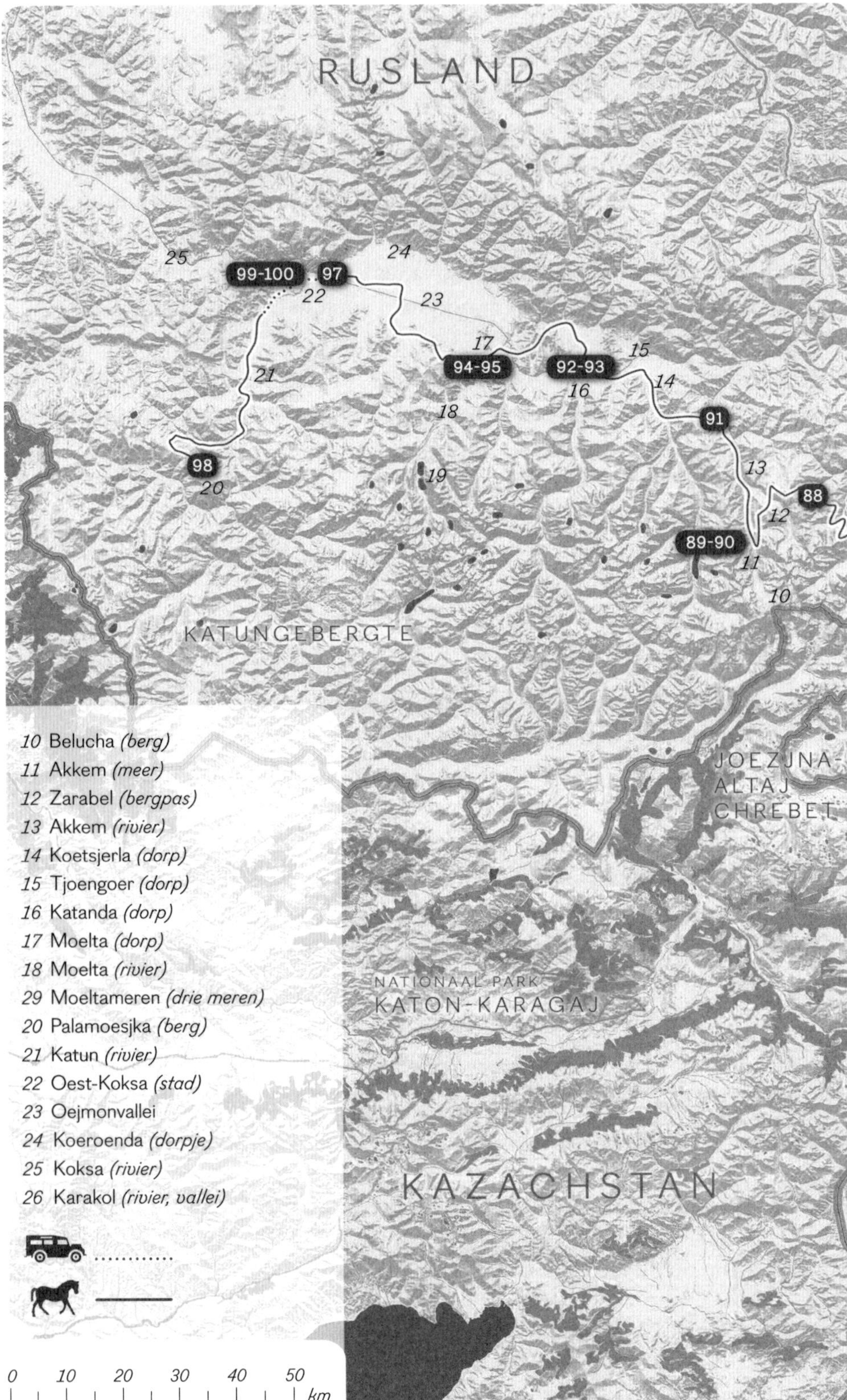
RUSLAND
KAZACHSTAN
KATUNGEBERGTE
JOEZJNA-ALTAJ CHREBET
NATIONAAL PARK KATON-KARAGAJ
99-100
97
94-95
92-93
91
98
88
89-90
25
24
22
23
17
15
21
16
14
18
13
19
20
12
11
10
10 Belucha *(berg)*
11 Akkem *(meer)*
12 Zarabel *(bergpas)*
13 Akkem *(rivier)*
14 Koetsjerla *(dorp)*
15 Tjoengoer *(dorp)*
16 Katanda *(dorp)*
17 Moelta *(dorp)*
18 Moelta *(rivier)*
29 Moeltameren *(drie meren)*
20 Palamoesjka *(berg)*
21 Katun *(rivier)*
22 Oest-Koksa *(stad)*
23 Oejmonvallei
24 Koeroenda *(dorpje)*
25 Koksa *(rivier)*
26 Karakol *(rivier, vallei)*
0 10 20 30 40 50 km

dag 86

9 september – 13.00 uur

49°55'NB|86°58'OL – Hoogte 1218 meter

Omgeving: terras winterboerderij

Divers: hellegang

Kleur: rood, goud

Voorbij de hangbrug naast Koerals boerderij is het uitspansel nog slechts een smalle blauwe veeg tussen antracietgrijze rotsen. Vanaf de bodem van de Argoetkloof schiet naast mijn linkerschouder de bergwand recht omhoog. Aan de andere zijde al net zo'n onverbiddelijke steenplaat en tussen de twee verticalen bruist een wild schuimende rivier, geschikt voor suïcidale rafters vanwege gevaarlijke stroomversnellingen en het ontbreken van houvast. Rafters die met hun vlot omkieperen overleven het avontuur niet. Argoet is spuitend water en een onneembare reeks versperringen. De onbereikbare uiteinden van de verticale rotswanden vormen het domein van steenbokken en sneeuwluipaarden. Wij, armzalige krabbelaars, zijn gedoemd om moeizaam over rotsblokken zo groot als vrachtwagens te klauteren. Nergens een pad in de smalle, steile strook rotspuin tussen wand en rivier. De nauwe kloof is een hellegang, gladde hoefijzers roetsjen en krassen over messcherpe steenbrokken die soms gevaarlijk opwippen.

'Arita, stop!' roept Wayne, die achter me loopt en het linkerachterbeen van mijn paard in een gat ziet schieten. De hoef zit klem en het been zou breken als het paard in paniek gaat schoppen. Ogen rollen, spieren spannen, maar mijn paardje blijft staan tot een zwetende en vloekende Sergej het klemmende rotsblok na een paar angstige minuten opwipt met een hevel. We vervolgen onze weg tot de kloof zo smal is geworden dat er geen rotsblokken meer zijn om overheen te klauteren. De bergwand duikt gewoon recht naar beneden het water in en de enige uitweg is omhoog, waar ver boven ons een bergterras lonkt met gras voor de paarden.

Na de stevige klim lunchen we op het terras in de beschutting van een herdershut waar Koeral ons al over had verteld. Het gebouwtje is van hem, hij brengt er zijn winters door en zorgt dan voor de koeien en paarden die mee zijn gekomen. Nieuwsgierig open ik de deur van het verblijf waar Koeral de donkerste maanden van het jaar doorbrengt. Het vertrek is klein maar comfortabel, alleen lijkt het me geen pretje om maandenlang onder de lage balken te wonen met een paar koeien op stal en winterharde paarden buiten in het bos waar hongerige wolven huilen. De lange Siberische winters maken van een man een heilige of een alcoholist, een tussenweg lijkt niet mogelijk.

Na de middagpauze vervolgen we het pad aan de andere kant van de bergpas, zeker duizend meter naar beneden door een weelderig geurend lariksbos met krulvarens en struikjes waarin rode veenbessen glimmen. Het steile pad is soms maar een hand breed, een uitglijder en we donderen zo het ravijn in. Maar de paarden zijn goed getraind en tredvast, zelfverzekerd zetten ze hun voeten neer waar het kan.

'Over het ijs,' zegt Sergej, verbaasd dat ik daar zelf niet op kom. Ik vroeg hoe Koeral zijn koeien en paarden in de winter naar zijn arendsnest op het terras lokt. 'Als het kwik in november daalt tot min dertig graden verandert de rivier in een ijsbaan,' legt hij uit. Dat geloof ik graag, maar toch zie ik het niet voor me, een kudde logge hoefdieren die tien kilometer over ijsschotsen voortbewegen en bij vrieskisttemperaturen de spekgladde bergwand op klimmen. 'En toch gaat het zo,' klinkt het droogjes.

dag 87

10 september – 11.20 uur

49°52'NB|87°01'OL – Hoogte 1289 meter

Omgeving: steil bergpad in Argoetkloof

Divers: bergstroompjes, ruwe berghelling, bergweide

Kleur: goud

Om 6.45 wakker. Het weer is omgeslagen en de regen slaat fel tegen het tentdoek. 'Alstublieft,' prevel ik een uur later bij een kromme berk die hemelwater uit de goudgele haardos schudt, 'niet weer een dag vol nattigheid.' Aan de grauwe lucht te zien drijft de bui niet over. Na een stormachtig ontbijt in de buitenlucht, waarbij theewater uit de mokken vloog, stelde Irina voor om de weergoden gunstig te stemmen bij de waterval, waar deze berk staat. Ik bind een wit lint aan de takken, Irina murmelt Slava's toverspreuk en sprenkelt melk. De vertrouwde rituele handelingen geven rust, het weer zal er niet door veranderen maar de storm in mijn geest gaat in ieder geval liggen. Op de terugweg steek ik mijn arm door die van Irina en vraag hoe de reis bevalt. 'Goed,' klinkt het monter als altijd. Terwijl de regen klettert breekt Irina haar tentje af, zet bagage bij elkaar en vertaalt tegelijkertijd de instructies van Sergej, die ons voorbereidt op een zware klimdag.

De route voert over een houten brug iets voorbij het kamp en buigt dan vrij abrupt naar een bergwand met een vaag potloodstreepje bij wijze van pad. Na een halfuur klauteren bereiken we een glooiend terrein begroeid met struiken die aan gagel doen denken en kniehoog gras waarin een stel goudbruine paarden op hun gemak rondkuieren, tot ze ons in de gaten krijgen en er pijlsnel vandoor gaan. Zwierige blonde manen, vachten als opgepoetst scheepshout, hoeven die de grond doen trillen en graspollen achteloos de lucht in smijten. Je zult maar paard zijn in de Hof van Eden.

Einde van de wereld, zo had dit groene eilandje op de bodem van de Argoetkloof ook kunnen heten. Er woont een handvol families, allemaal inheems, allemaal vol achterdocht jegens de buitenwereld. Acht maanden van het jaar is het gehucht, dat ook Argoet heet, afgesneden van de bewoonde wereld. In de zomer is het alleen bereikbaar voor wie er echt moet zijn want het bonkige pad loopt hier dood. Armoede troef in een omgeving waar alleen klipgeiten gedijen. Gezinnen leven van veeteelt en verdienen een centje bij met stropen en jagen, ook op beschermde diersoorten zoals het bergschaap met zijn gedraaide hoorns en de sneeuwluipaard, waarvan er in heel Rusland naar schatting nog enkele honderden leven. Onze gids Sergej is de rest van het jaar parkwachter en een van zijn taken is het vangen van stropers en het verwijderen van dodelijke strikken. Een metaalboer zou in zijn handen knijpen van de opbrengst, zei Sergej. Nog steeds sneuvelen bedreigde dieren vanwege hun hoorns en organen die veel geld opbrengen op de Chinese markt. Tatjana Jasjina, de baas van Sergej, startte een microkredietprogramma om herders een economisch alternatief voor het stropen te bieden. 'Dan verdien je een centje extra!' had Sergej eergisteren de ecotoerismeplannen bij Koeral aangekaart. Die schudde misprijzend het hoofd. Hij zag het al voor zich, onruststokers die zijn paradijs zouden volstorten met lege flessen, bergen poep en rondwaaiend toiletpapier.

Sneeuwluipaardonderzoeker Sergej Spitsyn heeft een beter plan. Hij biedt de stropers in Argoet zinnig werk aan, al duurde het even voor de eerste stroper de uitgestoken hand aannam. Spitsyn voerde eerst voorzichtige gesprekken met de man die hij ook zou kunnen arresteren. Maar Mergen Markov besloot hem te vertrouwen en maakte de overstap. Op verzoek van Spitsyn plaatst hij verborgen filmcamera's in plaats van valstrikken en dat lucht enorm op, zei de voormalige stroper in een interview. Hij is blij dat hij geen sneeuwluipaard meer hoeft te doden om zijn gezin te onderhouden. Niet dat de sfeer in zijn dorp erop vooruit is gegaan, want clangenoten schelden hem uit voor verrader en spion. Mergen verdient jaarlijks een paar duizend dollar als de sneeuwluipaarden in 'zijn' gebied in leven blijven. Het bewijs leveren de camera's die Mergen uitzet en die automatisch bewegingen registreren en vastleggen. Zijn ommezwaai zorgt voor spanningen in het dorpje van gelegenheidsstropers, al schijnt de stemming langzaam maar zeker te veranderen in het voordeel van de beschermers. Spitsyn meldde dat een tweede man het stropen heeft opgegeven en sinds kort met Mergen samenwerkt.

17.00 uur

Kleur: goud

Steenbokken springen hoog over de rotsen. Acht volwassen exemplaren met dikke geribbelde hoorns, die wel anderhalve meter lang kunnen zijn. Door mijn verrekijker volg ik het dartele groepje dat zich onaantastbaar waant op de steile rotswand. Alleen de sneeuwpanter moeten ze vrezen. En trofeejagers. Het is adembenemend om de machtige berggeiten achteloos te zien bewegen, springend over rotsen, knabbelend aan een struikje hier en een struikje daar. Zo te leven, op eenzame hoogte!

50°00'NB | 86°35'OL – Hoogte 2160 meter

Divers: naaldbos, uitzicht op Argoetvallei

De dag komt ten einde in een nat en geurig naaldbos boven op een berg. Ik ben gesloopt na het tackelen van drie steile passen op tweeduizend meter hoogte en vraag me af of ik dit over twaalf jaar, als ik net zo oud ben als de cowboy, ook nog klaarspeel. De paarden zijn net als wij kapot, de mijne haalt reutelend adem en ik ben afgestapt om hem te ontlasten. Zwoegend leggen we de laatste meters af en niet veel later liggen zadel en dekkleed op de grond en graast het paard op de sappige weide met uitzicht op een dubbele regenboog die het bos omarmt. Zelfs in een schoongeveegd onderkomen met prima slaapplaatsen wil de cowboy niet overnachten, liever zet hij de tent op het enige vlakke stukje dat de heuvel in de aanbieding heeft: een zwartgeblakerde vuurplaats met verbrande viezigheid. Ik drink bijna nooit maar nu wil ik vergetelheid. De cowboy overhandigt de Russische cognac die we in Dzjazator cadeau kregen. Irina wil niets en Sergej heeft genoeg aan één borrelglaasje, het bos wordt er alleen maar mooier op.

Midden in de nacht veroorzaakt hees geloei van een burlend hert onrustige dromen waarin ook een vliegend hert opduikt. Met symbolen is het raar gesteld: ze zijn niet door de mens bedacht, zij vinden ons en ze kunnen jarenlang veilig opgeborgen zitten in een donker en vergeten hoekje van de geest zonder dat je er iets van merkt. Ze wachten als geesten in een fles geduldig op het moment dat een innerlijk proces de kurk doet ploppen. Vanaf dat moment duikt het symbool voortdurend op in dromen en gedachten, net zolang tot de boodschap wordt begrepen. In zijn boek over keelzang in Toeva schrijft musicoloog Theodore Levin dat de tastbare en zichtbare wereld deel uitmaakt van een grotere en meer omvattende wereld, waartoe hij ook het onbenoembare rekent. Dat laatste is minder vaag dan het lijkt, we nemen het bijvoorbeeld waar als we ontroerd raken door muziek. Het niet-tastbare kan het bewustzijn ook bereiken via symbolen, zegt Levin en hij citeert filosoof Zuckerkandl: 'Wat bewijst ongeloof tegenover geloof? [...] Voor de mens die zich zonder voorbehoud openstelt voor symbolen zal hun betekenis geleidelijk aan en als vanzelf duidelijk worden.' Het klinkt makkelijk, maar hoe moet ik gevolg geven aan de oproep van een vliegend hert als mijn verstand voortdurend tegenstribbelt? Leefde Arzjaan de sjamaan nog maar, dan kon ik het hem vragen.

dag 88

11 september – 13.00 uur

jagershut – Hoogte 2000+

Weer: dikke mist

Omgeving: bergcol

Divers: ontmoeting met jagers

Kleur: groen

Sergej Tsjasovskitsj komt los als ik beleefd vraag wat er zo leuk is aan het doodschieten van beren en edelherten. 'Jagen is veel meer dan de trekker overhalen,' zegt de vlezige Rus uit Gorno-Altajsk. Een jager laat de bewoonde wereld achter zich, verdiept zich in het dier, wordt het dier, volgt dagenlang zijn sporen. Rond het hoog oplaaiende vuur luisteren drie geharde scouts uit de Altaj zwijgend naar hun baas, die jachtsafari's organiseert. Op een andere boomstam zitten vijf trofeejagers uit Letland, Oekraïne en Rusland. Vriendelijke mannen met pretogen en warme bontmutsen op het kalende hoofd. Onder hen een arts, een bekend schrijver, een fotograaf. Het is lunchtijd en onze paardenman bracht ons hierheen om een uurtje te kunnen ontsnappen aan mist en kou. Hoe hij de weg vond naar het minieme vierkantje op de kaart is een raadsel, want ik kon vanwege de zware mist niet eens mijn laarzen van de stijgbeugels onderscheiden. Mijn paard en ik zweefden maar wat door een grijs universum waarin vormen en vaste contouren oplossen als een koekje in de thee. Toch moet Sergej een signaal hebben herkend, want hij sloeg opeens links af en ook al zag ik nergens een pad of paaltje in de sneeuw, onze gids wist wat hij deed. Nog voor de blokhut opdoemde hoorden we stemmen. Bij het zien van jagers in camouflagekleding schoten beelden van de *The Deerhunter* door mijn hoofd, de film waarin Robert De Niro de primitieve machojager speelt die de Vietnamoorlog nodig heeft om op andere gedachten te komen. Het is vervreemdend om na de ontmoeting met de prachtige steenbokken hoog in de bergen nu de hand te moeten schudden van trofeejagers die morgen misschien het grootste exemplaar van de roedel neerschieten.

Een joviale man dirigeert ons groepje naar het vuur, een ander schept hartige soep uit een zwartgeblakerde ketel. Salade, brood, boter, room, thee en wodka verschijnen als manna uit de hemel. Een goede gast weigert niets, maken gebaren duidelijk. 'Leegdrinken,' fluistert de hoofdscout in mijn oor. Een bodempje wodka in het glas laten staan brengt ongeluk.

Op de boomstammen rond het vuur zitten kerels die mijn vrienden konden zijn. Ze praten net zo makkelijk over literatuur als over de jacht en gaan lastige vragen niet uit de weg. 'We jagen vanwege de trofee,' zeggen de Baltische jagers, wier stevige postuur inderdaad niet de indruk wekt dat zij honger lijden. 'Maar we geven de dieren een kans.' Een geweer dat vanaf een kilometer raak schiet, daar willen ze niets mee te maken hebben. Voor jagen is geduld en kennis van zaken nodig. De mannen houden van het ritueel, het onder elkaar zijn, van afzien en het volgen van sporen tot ze de prooi in de ogen kijken, ogen waarin zij iets lezen dat zich niet in woorden laat vertalen. Het is die blik die maakte dat Robert De Niro aan het einde van de film, als hij weer in Amerika is, de loop van het jachtgeweer laat zakken zodra hij een hert in het vizier krijgt. Hij had meer zinloos geweld meegemaakt dan zijn jagersziel kon verdragen.

Typisch Nederlands, oordeelt Wayne over mijn afkeer van de jacht. In Amerika zou iedereen mij een rare snuiter vinden. Maar in Irina vind ik een medestander. Sergej Tsjasovkitsj wil haar inschakelen voor zijn safari's en hoewel ze het geld goed kan gebruiken weigert Irina beleefd. 'Slecht karma,' zegt ze later.

Traditioneel mag een jager in de Altaj niet zomaar een leven nemen. Een dier doden verstoort de kosmische balans en die herstel je niet met een zak roebels. Er moet een dringende noodzaak zijn om wild te doden en die reden deelt de jager voorafgaand aan de jacht met de geest van zijn prooi, die vrijwillig moet instemmen met zijn dood.

Lang geleden zag ik Akira Kurosawa's magistrale film *Dersu Uzala*, over de Siberische jager Dersu Uzala, die begin 1900 in het Amoergebied leefde en op verkenning ging met de Russische landmeter Vladimir Arsenjev, die dit afgelegen hoekje van het tsarenrijk in kaart bracht. Ik ging ervan uit dat het epische relaas was verzonnen. Het verhaal over de vriendschap tussen beide mannen was gewoon te perfect, net als de casting van de kleine man, die praat met tijgers en beren, griezelig nauwkeurig voorspelt wanneer de sneeuworkaan zal losbreken, de zon weer gaat schijnen en het water in de rivier een paar noodlottige meters zal stijgen. En die dan ook nog eens twee keer op bijna bovennatuurlijke wijze het leven van de landmeter redt. In de film leeft Dersu alleen in het bos, zijn gezin en familie zijn aan de pokken overleden. Vladimir ontmoet de jager bij toeval en neemt hem aan als gids voor de barre tocht door onbekende wouden en verraderlijke sneeuwvlaktes. Ik herinner me dat ik na de aftiteling in de bioscoop bleef zitten. Het verhaal liet me ook buiten de filmzaal niet los en zo ontdekte ik dat Vladimir en Dersu werkelijk hadden bestaan. De landmeter schreef zelfs een boek over zijn belevenissen met Dersu en de innige vriendschap die tussen hen ontstond. In de film was niets verzonnen, zelfs het einde kwam overeen met het boek. Arsenjev beschrijft hoe hij na hun laatste reis afscheid neemt van Dersu, hem een prachtig geweer meegeeft, een cadeau dat zijn dood wordt, want niet lang daarna wordt Dersu vermoord door bandieten die het op zijn geweer hebben voorzien. Dersu krijgt een graf in het woud en wanneer Arsenjev enkele jaren later het graf van zijn vriend opnieuw bezoekt is het onvindbaar. Het bos is gekapt, op het graf staan nu gebouwen.

Wat me trof was dat Dersu van de jacht leefde, maar het Arsenjevs mannen verbood zomaar op wild te schieten. In zijn filosofie was de mens onderdeel van het bos en alles wat daarin leefde, een dier had net als de mens recht op bestaan tenzij er een absolute noodzaak was om dat leven te nemen. Dersu mummelde vaak in zichzelf, dan sprak hij met dieren onderweg en interpreteerde hun sporen. Voedselresten liet hij met opzet liggen voor vogels en mieren, die tenslotte ook hun kostje bij elkaar moesten scharrelen. Arsenjev beschrijft hoe een brullende tijger op een avond de rust in hun kamp dramatisch verstoorde. 'Is slecht,' piepte een bange Dersu, die meende dat de tijger kwaad was omdat ze zijn plekje hadden ingepikt. Een tweede brul doorboorde de nacht. Dersu sprong op en sprak de tijger kalmerend toe. 'Okay, okay, Amba! Wees niet boos, niet nodig. Dit is jouw plek. Dat wisten we niet. We gaan snel ergens anders heen. Genoeg ruimte in de taiga. Nergens voor nodig zo boos te zijn.' Dersu viel op de knieën, boog tweemaal naar de grond en mompelde iets in zijn eigen taal. Hij maande Vladimir zijn spullen te pakken, ze gingen er onmiddellijk vandoor. 'Luister goed,' waarschuwde Dersu zijn Russische kameraad toen ze ergens anders neerstreken. 'Als je ooit een tijger neerschiet dan ben je mijn vriend niet meer.'

Voor je plezier op steenbokken of beren jagen, zoals deze trofeejagers doen, zou voor Dersu onacceptabel zijn geweest. En een eeuw later is het voor inheemse Altajbewoners nog steeds taboe om dieren zomaar te doden, zeker totemdieren, spirituele gidsen die een mens helpen in tijden van geestelijke nood. Daar hebben de per helikopter ingevlogen jagers geen weet van, maar de drie lokale scouts wel. Alleen verkiezen zij een geldbonus boven oude tradities. De eerlijkheid gebiedt te zeggen dat de scouts niet veel keuze hebben. Armoede, lage opleiding, corruptie en het marginaliseren van een cultuur die anders in elkaar zit dan de Russische, zetten tradities al tientallen jaren zwaar onder druk.

Trofeeprijslijst 2012

beer $ 2800
edelhert 10 kilo $ 3000 | 10-12 kilo $ 4200 | >12 kilo $ 6800
reebok $ 1200
wolf $ 1100
steenbok $ 3200

Waynes eerste beer

Je bent een jongen van veertien en woont in een onbedorven vallei in de Sierra Nevada in Californië. Je bent trots op je Vader, die piloot is en skikampioen, en nog veel meer. Je bent niet de oudste zoon maar wel de eerste die met Vader op jacht gaat. Je mag je eigen beer schieten. Met je eigen jachtgeweer. Dagenlang kruipen jij en Vader als geharde commando's door wilgenstruiken en kniehoog gras in Alaska, waar de gevaarlijkste beren wonen. Op de derde dag zien jullie een volwassen mannetjesbeer, een enorme grizzly. 'Die is voor jou,' zegt Vader. Je legt aan en mikt. Brullend vlucht de gewonde beer het struikgewas in. 'Erachteraan,' gebiedt Vader. En daar ga je, in je eentje het gevaar tegemoet in ondoorzichtig struikgewas waar Vader je geen dekking kan geven. De wereld vernauwt zich tot een gekromde vinger rond de trekker en de razende mannetjesbeer. Daar in die wilgenbosjes kijk je de dood in de ogen en toch komt het niet bij je op naar Vader terug te keren. Zonder dat je er woorden voor hebt besef je dat de jacht opgeven geen optie is. Of jij gaat eraan of de beer, een andere mogelijkheid biedt de rite de passage naar volwassenheid niet.

dag 89

12 september – 07.15 uur

50°00'NB | 86°36'OL – Hoogte 2160 meter

Omgeving: imposante Siberische den

Divers: dik pak sneeuw, wonderen

Kleur: groen, goud

Er zijn mensen die beweren dat wonderen niet bestaan. Ik zie ze overal. In een glanzende dauwdruppel in het kunstig gevouwen zigzagblad van vrouwenmantel, in het voorjaar, als in luttele dagen een groene wereld uit het niets verschijnt, in bergen die herinneren aan een andersoortige tijd, toen de mens er nog niet was. Het wonder openbaart zich ook bij het beklimmen van een berg. Zo veranderde het uitzicht vandaag bij elke stap die ik klom of daalde. Beneden in de kloof was Argoet nog een angstaanjagend monster, vanuit de hoogte kon ik ook haar scheppende kracht waarderen en de onstuimige volharding waarmee de rivier een gebergte in tweeën had gekliefd. Of neem vanochtend, toen ik met een slaperig hoofd de tent uit kroop. Weg vurige herfstkleuren, weg modder en onregelmatige graspollen. Een verrassing van de grote magiër, die de aarde vannacht toedekte met een fonkelende laag sneeuw.

Het is kurkdroog onder de takken van de machtige *kedr*, de Siberische den. Onze zadels staan opgestapeld tegen de ruwe stam die harstranen huilt en zo dik is dat de gigant honderden jaren oud moet zijn. Rondom het droge eilandje van dennennaalden hoopt de sneeuw zich op en daarbuiten knettert een houtvuur waarboven ik mijn doorweekte sokken en vilten zooltjes droog. In de gloeiend hete kooltjes smeulen zwartgeblakerde dennenappels van de Siberische den, die ik gisteren opraapte en waar ik zo meteen geroosterde pijnboompitten uit zal peuteren. Pokend in de vlammen verschijnt het gezicht van Agafja Lykova, een vrouw met een onwaarschijnlijke levensgeschiedenis. Verderop in de bossen, net voorbij de grens met de naburige autonome republiek Chakassië, leeft ze in een eenzaam hutje aan de bovenloop van de rivier de Abakan. Tot ver in de jaren zeventig woonde Agafja daar met de hele familie: haar ouders, twee broers en een zus. De kluizenaars in de taiga overleefden op een dieet van pijnboompitten, boomschors, aardappelen en citaten uit de Bijbel. De vader was een oudgelovige van de strengste soort, die zo ver mogelijk Siberië in vluchtte. Oudgelovigen accepteren geen wereldlijke macht, dienstplicht of wetboeken, en opgejaagd door de autoriteiten voelden de Lykovs zich gedwongen om steeds verder Siberië in te trekken. Eerst alleen met hun zonen, later werden in het bos ook twee dochters geboren. De jaren van eenzaamheid deden de vader geen goed: hij bedacht steeds striktere regels en zo leefde het gezin vele jaren op het randje van honger, uitputting en waanzin. In 1978 spotten Russische geologen vanuit een helikopter een bewerkt veldje in een verder maagdelijke taiga. De voorzichtige kennismaking die volgde had wel iets weg van de eerste ontmoeting van blanken en Papoea's. In het hutje troffen de geologen twee jammerende meisjes aan die nog nooit een vreemdeling hadden gezien en met verschrikte ogen tot God baden. Op de vraag of ze wel eens brood hadden gegeten antwoordde hun vader: 'Ik wel, maar zij niet. Ze hebben het zelfs nooit gezien.' De Lykovs waren moeilijk te verstaan, ze 'koerden' archaïsche woorden waarvan het bezoek de betekenis moest raden. De familie bleef na de ontdekking in het bos wonen en de autoriteiten lieten het gezin met rust nadat ze te kennen hadden gegeven niet te willen verhuizen. Heel soms kwamen bevriende geologen langs om te helpen met de moestuin.

Toen ik voor het eerst in Siberië arriveerde had ik over de Lykovs gelezen en wist niet beter dan dat alle leden van het gezin waren overleden aan ziekten die bezoekers hadden meegebracht. Maar Agafja bleek, als enige, nog springlevend, zeiden Russen bij wie ik navraag deed.

De familie Lykov is in heel Rusland bekend door de reportages die in de *Pravda* verschenen, geschreven door Vasili Peskov, een journalist die de familie na hun ontdekking regelmatig opzocht in de taiga. Agafja woont nog steeds in afzondering langs de Abakan, wist een bioloog te vertellen. In gedachten zag ik mezelf met een zware rugzak de rivier stroomopwaarts volgen, levend op een rantsoen van bessen en forel om uiteindelijk bij Agafja's hutje uit te komen. Een pelgrimage waar ik een prachtig boek over kon schrijven! Het idee was aanlokkelijk en ik spoorde Vasili Peskov op, vond een fixer in Abakan, maar na een paar maanden kreeg ik gewetenswroeging. Ik kende de waarde van zelfgezochte eenzaamheid en kon werkelijk geen enkel excuus bedenken dat mijn bezoek aan de kluizenares zou rechtvaardigen.

Siberische den, *kedr*, *Pinus sibirica*. Boom kan 850 jaar oud worden. Pijnboompitten groeien in de kegels, ze zijn zeer voedzaam (667 kcal per 100 gram) en rijk aan vitaminen en mineralen. De zaden zijn rijk aan enkelvoudig onverzadigde vetzuren, en stimuleren de aanmaak van een hormoon dat een gevoel van verzadiging geeft.

13.30 uur

49°57'NB | 86°33'OL – Hoogte 2385 meter

Weer: sneeuw en mist

Omgeving: rode en oranje bessen, rotskantelen, ravijn

Divers: toegang tot de Belucha

Kleur: goud

De Belucha is omgeven door hoge bergketens en van welke kant je deze bergkolos ook benadert, een makkelijke of snelle route bestaat er niet, behalve door de lucht, per helikopter. We naderen de Belucha vanuit het oosten en toen ik vanochtend op de kaart keek kon ik me niet voorstellen dat onze paarden de steile bergketens dwars op de route konden bedwingen. Sergej kent zijn paarden en beweerde dat het heus wel zou lukken, maar het pad waarlangs we afdalen is volgens mij aangelegd voor mensen en paarden met een doodswens. Een helling van zeventig graden, spekgladde rotsen bedekt met sneeuw waar paardenhoeven pulp van maken. De glijbaan te voet afdalen is gevaarlijk, maar het heeft ook voordelen om als een gekko tegen de bergwand te kleven. Glibberend en glijdend raken mijn voeten vertrouwd met de eigenaardigheden van de berg, ze lijken over zintuigen en voelsprieten te beschikken en doen hun werk verrassend goed zolang mijn hoofd zich er niet mee bemoeit. Sneeuwvlokken benemen het zicht en ik struikel voortdurend over mijn oversized rubberen jas die tot op de kuiten hangt. Als ik al niet door eigen toedoen in het ravijn stort, dan wel door een uitglijer van mijn paard, dat met stakerige bewegingen de zwaartekracht bevecht. Wayne krijgt acuut de slappe lach als hij zich voorstelt dat dit Amerika zou zijn. Dan waren we verplicht uitgerust met valhelmen en klimijzers en geïnstrueerd over de gevaren. In de Altaj niets van dat alles, hier moet je gewoon goed opletten en als het misgaat heb je pech.

Beneden bij de rivier slurpen de oververhitte paarden gretig van het water. Sergej vindt het best, maar de paardenman op Oekok zou het langdurig drinken van ijskoud water niet hebben toegestaan. 'Slecht voor de maag,' volgens hem. Na hun dronk dampen de paarden uit onder een afdak van witte larikstakken, waar ze een uurtje kracht kunnen verzamelen voor het volgende traject, aan de overkant van het water, recht omhoog over rotsblokken zo groot als hooischuren.

'In het zadel blijven zitten,' gebiedt Sergej als we verder gaan. 'Jullie kunnen de paarden te voet niet bijhouden.' Met ons op hun rug nemen de krachtpatsers hindernissen die aan het onmogelijke grenzen. Grote rotsbrokken doen spierhammen uitstulpen, zweet druipt van de flanken, gekras van ijzer op steen, wijd geopende neusgaten, gehijg, spierkracht die het bevattingsvermogen te boven gaat. Terwijl ik meebuig met het paard om de zadeldruk te verminderen, vraag ik me af waarom de Altaj geen nationaal monument heeft opgericht voor deze dampende geweldenaren.

Op vlakkere stukken stoppen we regelmatig en dan is het alsof onzichtbare handen de deksel lichten van vijf borrelende kookpotten. Massa's dampwolken warrelen van druipnatte paardenruggen naar de besneeuwde takken van het naaldbos. Net onder de boomgrens dunt de taiga uit, bomen veranderen in tanige dwergstruiken met sneeuwhoedjes op hun takken en hogerop verdwijnen ook deze laatste houtgewassen. We duiken de mist in, een stiltewereld waarin voorwerpen lijken te zweven en je alleen maar kunt vermoeden welk landschap onzichtbaar voorbijtrekt. Sergej leidt ons over ondergesneeuwde zigzagpaadjes naar een bergtop met rotsrichels in de vorm van kantelen.

Ik ken deze plek! Drie jaar geleden stond ik hier op een hete augustusdag, alleen kwam ik toen vanuit Tjoengoer, een basiskamp dat een paar rijdagen zuidelijker ligt. Waar nu mist het dal vult zag ik toen in de diepte Akkem liggen, het Witte Meer waar het vreemde meisje op mijn eerste Shambhalazoektocht naartoe wilde. Ze liet mij bij het Koetsjerlameer achter met de rijpaarden, de steile bergpaden waren onneembaar voor de viervoeters. Ik herinner me de eerste aanblik van het roomblanke meer in de plooi van de aardkorst, onder aan de Belucha, die het meer vult met gesmolten ijs en sneeuw. Ik herinner me ook de pittige afdaling door alpenweiden met reusachtige paarsblauwe bloemen van de Siberische akelei. Daartussen bloeiden zoveel soorten veldbloemen dat ik het opgaf ze een naam te geven. Halverwege het bos, op glibberige hellingen, zakten het paard en ik tot aan onze knieën weg in diepe modderpoelen. Die tocht en het spectaculaire uitzicht staan me nog zo helder voor de geest dat ik het Witte Meer ook nu zie glanzen, dwars door het wolkendek heen dat Wayne en Irina het zicht ontneemt.

Het houten gebouwtje met de lange sprietantenne lokt van verre. In het weerstation woont een meteorologenechtpaar dat dagelijks gegevens doorseint naar het hoofdkantoor. Sergej kent het echtpaar en belooft een warm bed en interessante gesprekken over smeltend gletsjerijs en een veranderend klimaat. Maar de logeerkamer is bezet en we zetten in op een kleine camping een uurtje verderop. De twee blokhutten zijn volgeboekt en ik benijd de bergwandelaars die ons vanaf het balkon vrolijk toezwaaien. Wij zijn totaal moe en verkleumd na een buitensporig zware dag dalen en klimmen door sneeuw en mist, ook de paarden zijn toe aan rust en voedzaam gras. 'Een bed, een weide, bed, weide,' hypnotiseer ik het lot. Na een uur voortsukkelen bereiken we het kamp van reddingswerkers vlak bij de Belucha, al is de berg vanwege de zware mist niet te zien. Een grote poster kondigt aan dat reddingsploegen de afgelopen vijf jaar 74 bergbeklimmers levend van de berg hebben gehaald, hoeveel doden de Belucha eiste staat er niet bij. 'Vandaag mogen de stoere binken mij redden,' zeg ik tegen Sergej, die de hoop nog niet heeft opgegeven. Het schemert ondertussen en een derde 'nee' betekent kamperen in een bevroren bos.

Sergej keert hoofdschuddend terug van het reddingswerkerskamp: 'Vol.' Zwijgend tegenslag incasseren is een ongeschreven regel bij expedities, dus niemand ventileert zijn frustraties al is de stemming verre van vrolijk nu we op een sukkeldrafje naar de bosrand rijden. Kijkend naar de vermoeide schouders van onze paardenman krijg ik een ingeving. 'We gaan terug naar de laatste post,' roep ik vrolijk. Een lokale paardenman kun je misschien een slaapplaats weigeren, maar pelgrims die al drie maanden onderweg zijn niet.

dag 90

13 september – 9.10 uur

49°54'NB|86°33'OL – Hoogte 2048 meter

Weer: blauwe lucht, enkele wolk, zon

Omgeving: naaldbos, Akkem, gletsjer

Kleur: goud

God schoof vannacht een gigantische rubberen ruitenwisser heen en weer. Geen mistflard, geen spoortje nevel, geen enkele wolk te bespeuren als ik lang na het krieken van de dag twee loodzware benen over de rand van het onderste stapelbed kieper. Het was een fantastische nacht, warm, de cowboy tegen me aan, de benen uitgestrekt. Nergens tocht of jichtkoude lucht. Buiten beheerst de Belucha de horizon, het uitspansel en de aarde. Trots en koeltjes resideert ze op een steenworp afstand van het gepeupel en laat zich eenzijdig bewonderen. Enigszins verblind door vierduizend meter schoonheid en stram van de spierpijn wandel ik naar het spiegelgladde meer om mijn gezicht te wassen. Een perfect spiegelbeeld staart mij ijzig aan. De berg is in het water gevallen! Langzaam drijft een wolkje naderbij dat het op de top heeft voorzien. Ik ren naar de hut om statief en camera te halen. 'Lekker geslapen?' grijnst de reddingswerker die zijn hut gisteravond overhaast moest verlaten en ons de vier stapelbedden liet, plus drooglijntjes, stopcontacten en een houtkachel zo warm dat ijskappen ervan smelten. Ik blaas zoenen zijn kant op, ren verder, gris de cameratas mee en spendeer de verdere ochtend bij Akkem.

's Middags klauter ik in de brandende zon naar het Russisch-orthodoxe kerkje aan de voet van de Beluchagletsjer die het langwerpige meer voedt. Nou ja, klauteren, als een bejaarde hijs ik mijn vermoeide lichaam van rots naar rots. Alles doet zeer. Mijn rug, mijn benen en ook de beide knieschijven, die bij elke beweging kraken als een roestige deur. In het kapelletje lees ik in het dodenboek dat de 4506 meter hoge berg de afgelopen vijf jaar 24 doden heeft geëist. 'Eigen schuld,' meende een lokale bewoner, die ik erover sprak. De heilige berg beklimmen is taboe, vrouwen mogen zelfs niet naar de berg kijken. Wie de klimijzers toch onderbindt en pikhouwelen in de berg slaat roept de toorn van de berggod over zich af. Onder de 76 overlevenden was een Russische vrouw die op de berg wilde mediteren, vertelde een reddingswerker. Een dure grap, de helikopter die haar kwam ontzetten was niet goedkoop en de rekening mocht ze zelf betalen.

Drie jaar geleden waagde ook ik een poging tot contact met de berg die als heilig wordt beschouwd. Een Amerikaanse kennis was zelfs in katzwijm gevallen in de nabijheid van de Belucha en durfde er niet meer naartoe. Het was *too much*. Dus op een mooie dag in augustus nadat ik de pas met de kantelen was afgedaald, ging ik er eens goed voor zitten en vroeg de Belucha: 'Laat mij ook iets voelen, geef een teken!' De ijsberg glansde koeltjes en liet het daarbij. Na een uur of wat stond ik op, klopte het zand van mijn kleren en concludeerde dat 'heilig' of 'niks aan de hand' een zaak is van de mens. De natuur is gewoon zichzelf en trekt zich weinig aan van etiketten die wij erop plakken.

Hoe anders kijk ik nu naar de Belucha. Waarom zou deze machtige berg ook maar iets moeten bewijzen? Het is genoeg hier te staan en het hoofd te buigen, dankbaar en blij dat ik na een uitputtende rondedans eindelijk haar voeten kus.

dag 91

14 september – 21.20 uur

50°04'NB | 86°27'OL – Hoogte 1061 meter

Weer: vorst aan de grond, overdag zon

Omgeving: rotskloof, rivier de Akkem

Divers: op weg naar Tjoengoer

Kleur: rood

'Dat bewonder ik nou mateloos,' zeg ik tegen Wayne na acht uur klauteren over scherpe rotsen langs de bedding van de rivier de Akkem. Na de rustdag bij de Belucha volgen we de bergrivier in zuidelijke richting naar Tjoengoer, het eerstvolgende dorp op twee of drie dagen rijden. De route is zwaar en voert soms door het water, dan weer omhoog het bergbos in of over scherpe rotsbrokken. We zijn zojuist op onze kampeerplaats neergestreken en iedereen is druk bezig behalve Wayne, die me vragend aankijkt. Gisteren hielp hij me met filmen, hij nam mijn kookbeurt over en tekende de afgelegde route op mijn topografische kaart. Geen woord van protest over de uitgestalde filmapparatuur op de enige tafel en de gekaapte stopcontacten. Nu wil ik iets aardigs zeggen en vertel hem dat hij iets kan wat mij nooit lukt, namelijk een notitieboekje pakken en aantekeningen maken terwijl anderen het kamp op orde brengen. De cowboy vat het oprecht gemeende compliment totaal verkeerd op. Misschien is hij ook een beetje moe, hoe dan ook, de stemming is grondig verpest.

Schemer maakt plaats voor duisternis. De avond is zwoel en de sterren maken zich op voor een spetterend feest, maar beneden bij het vuur wil het gesprek niet erg vlotten. Iedereen staart zwijgend in de vlammen. Plotseling stappen twee jonge bergbeklimmers in de lichtkring, als verdwaalde acteurs op zoek naar publiek. De jongen en het meisje zijn schaars gekleed. En verliefd. Zij strak in het koperkleurige vel dat glanst van gezonde inspanning. Hij gespierd en zich bewust van de kracht die hij uitstraalt. Aan alles is te merken dat de twee gewend zijn aan bewondering. Het meisje rekt zich behaaglijk uit, gooit nonchalant wat koud water over haar gestaalde lichaam en verkleedt zich tergend langzaam bij het flakkerende lichtschijnsel. Ze slapen in de buurt en hun gegiechel is tot ver na middernacht te horen. Zelden voelde ik me weemoediger en sliep ik beroerder dan in deze nacht.

dag 92

15 september – 13.30 uur

50°09'NB | 86°19'OL – Hoogte 1657 meter

Weer: stortregen
Omgeving: mistroostig, modderpoelen
Kleur: groen

In de stromende regen oogt het gehucht Koetsjerla somber en in zichzelf gekeerd. Stapvoets passeren we houten tuinhekken met daarachter platgeslagen boerenbloemen. Ieder tuinpaadje leidt naar een eenvoudige Siberische blokhut met blauw-wit geschilderde raamkozijnen, ernaast een zeskantig kabouterhuisje met puntdak, de traditionele *ail* waarin inheemse Altajbewoners hun zomers doorbrengen.

We zoeken een schuilplek. De regen klettert al uren in dikke stralen uit de hemel, sijpelt in laarzen en maakt bruine soep van onverharde wegen. Niemand die zich buiten waagt. Als we het dorp bijna uit zijn roept Sergej een begroeting over een houten schutting waarachter iemand rondscharrelt, en tien minuten later zitten we op lage krukjes rond een rijk gevulde dis in een warm vertrek met hagelwit gekalkte muren. Het kraakheldere halletje is veranderd in een modderzee waarin vier paar laarzen dobberen, maar niemand die er iets van zegt.

Op de tegelkachel midden in het huis ligt een takje jeneverbes, artsjin. Eens per maand, bij wassende maan, zuivert de vrouw des huizes met de kruidige rook haar woning. In het naburige Toeva kon ik bundeltjes artsjin op de markt aanschaffen, maar in de Altajrepubliek is de verkoop van jeneverbes taboe. Het is gebruik dat een mannelijk familielid de bergen in trekt om enkele takjes te plukken volgens een vastomlijnd ritueel, waarbij het paard op behoorlijke afstand van de jeneverbes staat en de man zijn gedachten zuivert voor hij de struik toestemming vraagt een paar takjes te plukken. Je zou verwachten dat zo iemand na al die moeite meteen een flinke voorraad inslaat, maar dat is een typisch westerse gedachte. In de Altaj neem je wat je nodig hebt, niet meer en niet minder.

De gastvrouw legt uit dat in de loop van een maand negatieve krachten zich opnieuw ophopen in hoeken en kieren. Het zuiveringsritueel vindt elke maand plaats in het eerste of tweede kwartier, als de maanschijf groeit en aan kracht wint.

'Hoe zuiveren mensen in Nederland hun huis eigenlijk?' vraagt ze bij het weggaan.

Verbluft kijk ik haar aan. Niet dat ik om een reactie verlegen zit, maar omdat het antwoord – chloor – me opeens zo belachelijk voorkomt.

Inzicht

Taal is pure magie, je kunt er iets mee scheppen of laten verdwijnen. Een taal leren is een andere werkelijkheid binnendringen, nieuwe connecties maken en een wereld ontdekken die naast de jouwe bestaat maar waarvan je het bestaan niet wist. De grenzen van mijn taal zijn de grenzen van mijn wereld, schrijft Wittgenstein. Afgaande op het woordgebruik in mijn flora is het een kille bedoening in de wereld van biologen. Een bloem laten beschrijven door een botanist is hetzelfde als een neurowetenschapper het verschijnsel liefde laten verklaren. Schoonheid? Extase? Gelukzaligheid? Mijn flora rept er niet over.

Ter illustratie twee beschrijvingen van dezelfde plant, *Saussurea orgaadayi*, een stekelige composiet waar mensen in de Altaj andere dingen over zeggen dan biologen. *Saussurea orgaadayi* is behalve een zeldzame plant die uitsluitend in de Altaj voorkomt ook een totemplant.

Taxonomische indeling

Familie Asteraceae (composieten), geslacht Saussurea, soort Saussurea orgaadayi

Verspreiding: Altajrepubliek, Toevarepubliek, Noordwest-Mongolië

Habitat: steenachtige alpiene toendra en puinhellingen op 2300-3000 meter

Andere kenmerken: paleo-endemisch, monocarpisch, overblijvend, 40-80 cm hoogte, straalbloemen blauw-violet, bloeiperiode juli-aug

---

Altajbeschrijving

Naam: *Arkaatay* of *Orgaaday* (Toevaans), een woord afgeleid van het Turkse *katay*, dat 'vrouw' betekent.

Het benaderen van de medicinale en heilige plant is voorbehouden aan mannen. Bij wassende maan gaat een man op stap om de diepe wortel, die de vorm heeft van een vrouwenlichaam, volgens strikt protocol op te graven. Is een exemplaar van de zeldzame plant gevonden, dan vraagt de vinder toestemming aan de hemelgod Tengri om de wortel op te graven. Daarna plaatst hij een mini-joert over de plant; het tentje van vilt schermt de plant af van Tengri en van de zon. De opening bovenin is afgedekt en de plantenstengel moet precies in het midden staan, in het centrum dat traditioneel is gereserveerd voor de vuurplaats. De wortel is bezield met levenskracht en eenmaal blootgelegd wordt het zorgvuldig in witte stof gewikkeld en mee naar huis genomen. Daar legt de man de ingepakte wortel te drogen op de *tör*, een altaar op de ereplek in de ail.

Kleur: blauw

---

dag 93

16 september – 16.00 uur

50°11'NB|86°10'OL – Hoogte 1537 meter

Weer: vochtig

Kleur: groen

In de voormalige Sovjet-Unie zijn gerimpelde oude vrouwen (oude mannen zijn een zeldzaamheid, met alcohol als grootste doodsoorzaak) op het platteland verrassend vaak hoogopgeleid. Baba Zoja is zo'n vrouw. De weduwe, 66 jaar, goedlachs, forse boezem, kruidenvrouw en dichteres, bewoont een piepklein houten huis in het piepkleine dorp Katanda en vertelt haar levensgeschiedenis aan een piepkleine tafel waarop zelfgemaakte jam, worst, augurken, zelfgebakken pizza, verse boter en een pot met room staan.

'Ik werd onverwacht bij een koe geroepen,' zegt ze, nog haastig wat lekkernijen op tafel zettend.

'Een koe?'

'Ik ben dierenarts.' Baba Zoja wijst op watten en injectienaalden in de buffetkast.

'Gepensioneerd,' voegt ze eraan toe, 'maar niemand in het dorp weet het verschil.'

Baba Zoja is het soort vrouw bij wie je onmiddellijk je hart wilt uitstorten. Zelfs al heb je jaren niet aan huilen gedacht en is je leven ogenschijnlijk op orde, in haar nabijheid merk je pas wat zich in de loop van de jaren aan spanning heeft opgehoopt. Je wilt je hoofd tegen haar boezem leggen, getroost worden, misschien wel geplet. Daarom kloppen vrouwen uit de buurt vaak bij haar aan. 'Altijd problemen met kerels en ik geef ook altijd dezelfde tips,' schaterlacht baba Zoja, die zegt dwars door mensen heen te kijken. 'Ook door jou.'

Tip 1 – Nooit zeuren en klagen. Positief denken.

Tip 2 – Als klachten aanhouden: een mooie plek in het bos uitzoeken. Daar een tijdje blijven zitten. Daarna zal alles beter gaan.

En als dat niet helpt? Baba Zoja laat een parelende lach horen: 'Dan ga je maar naar een psychiater.'

Baba Zoja kan niet zonder de natuur. Ze loopt elke dag het bos in, ruikt aan mos, schraapt tondelzwam van dode bast, kijkt hoe zonlicht over bladeren wandelt. Onderweg kletst ze met vlinders, bloemen, zonnestralen en ze voert gesprekken met de rivier. Dat gaat vanzelf, zegt de vrouw, die als twee druppels water lijkt op baba Njoera uit Oost-Kazachstan. Beide vrouwen zijn knoestige oude bomen, stevig wortelend in vruchtbare aarde, de brede takken uitnodigend naar de hemel gespreid.

In het dorp Katanda logeren we bij Sergej, de paardenman, die een gigantisch huis blijkt te bezitten met schuren, land en heel veel paarden. Hoeveel paarden, wil Sergej liever niet onthullen. Zijn vrouw schuift bij het weggaan keurig een bonnetje over de keukentafel met alle kostenposten netjes onder elkaar gezet. Logies, schone lakens, eten, het autoritje naar de dorpswinkel, gebruik van de wasmachine en de banja. Zelfs een vriendelijke glimlach kost in dit huishouden geld.

dag 94

17 september – 15.00 uur

50°11'NB|86°20'OL – Hoogte 1638 meter

Weer: zon

Omgeving: graanvelden, rivier

Divers: thuisgevoel

Kleur: goud

Onder een strakblauwe hemel trekken we in draf een smal spoor door een zongerijpte graanakker in de uitgestrekte en vruchtbare Oejmonvallei. Oejmon is tot ver buiten de Altaj bekend om zijn zuivere en smakelijke honing, afkomstig van bijen die stuifmeel verzamelen in onbespoten bloemenweiden en boomgaarden. Bossen, akkervelden, moestuinen, houten hekken, scheve elektriciteitspalen, schommelkoeien, boerengehuchten en aftandse rammelauto's: Oeiman is het Arcadië van Siberië. De vallei trekt van heinde en verre wereldverbeteraars en kluizenaars aan. Weggestopt in boerendorpen en kleine nederzettingen vind je hier idealisten, sekteleiders met hun gevolg, kluizenaars en kunstenaars. Onder hen oudgelovigen, Burchanisten, Roerich-adepten, Riklasekteleden en simpele keuterboeren die grashalmen met de zeis te lijf gaan en een paard voor hun houten sjees spannen. Drie jaar geleden kwam ik hier bij toeval terecht. Ik had een tolk nodig maar het was zomer en niemand had tijd. Iemand dacht aan Taja, die weliswaar nauwelijks Engels sprak maar vast wel tijd voor me zou willen maken. 'Ze houdt net als jij van ruige bergtochten.' De beschrijving klopte, Taja nam me mee naar haar dorp in de Oejmonvallei en we werden vriendinnen.

Akkers maken plaats voor struikgewas en een zandweg die uitzicht biedt op de machtige Katun, de enige ongetemde, niet-vervuilde rivier van formaat in Rusland. Vanaf haar oorsprong op de zuidelijke helling van de Belucha stroomt ze over een lengte van achthonderd kilometer fier en ongehinderd door bergland en steppe om zich te voegen bij de Ob. Nergens een vervuilende fabriek of drukke stad langs haar oevers. Plannen om de stroom met een stuwdam in te tomen werden tijdens de perestrojka verijdeld door actievoerders, maar niemand juicht al te hard want het project voor het opwekken van energie uit water kan elk moment weer uit de lade worden gehaald. Het protest bracht destijds mensen van allerlei pluimage op de been: de inheemse bevolking kreeg steun van wetenschappers, Siberische schrijvers en internationale natuurbeschermingsorganisaties. Ongekend in die tijd, en de succesvolle actie was een enorme opsteker voor het zelfbewustzijn van de Altajbevolking.

In 2000 verscheen het artikel 'The Sacred and the Scientific', waarin vijf wetenschappers de belangrijke rol van Altajbewoners als natuurbeschermers beschrijven met als casus de Katun. In de Altaj vereert men de rivier als een godheid, de oevers bebouwen of het water vervuilen is taboe. Zelfs het gooien van stenen in de rivier is verboden, en wie de stroom oversteekt zal op de brug altijd een paar respectvolle woorden tot de spirit master richten.

In de Altajtraditie rust de aardschijf op de rug van een reusachtige amfibie. Een interessant gegeven, vonden de auteurs, antropologen en ecologen, die het mythologische beeld in biologische termen verklaarden. Amfibieën komen alleen voor in gezonde zoetwaterecosystemen en als het water vervuild raakt met fosfaten of chemicaliën, verdwijnt de amfibie. Het verband tussen ecologisch handelen en instructieve mythen werd geïllustreerd met lokale anekdotes over watergeesten die vervuilers dwarszitten en hun zo manieren willen bijbrengen.

Het was voor het eerst dat ik natuurwetenschappers in een officiële publicatie de lof hoorde zingen van een kosmologisch wereldbeeld waarin de big bang ontbreekt.

Het artikel eindigt met een kritische noot aan het adres van natuurorganisaties, die bij het uitdokteren van beheersplannen westerse ideeën en opvattingen zwaarder laten wegen dan de expertise en ideeën van de lokale bevolking. Een gemiste kans, luidde de conclusie van het artikel, want het waren niet de plannenmakers maar de plaatselijke keuterboeren en herders die eeuwenlang goed voor de Altaj hadden gezorgd.

We bereiken een staalplaten hangbrug met dikke kabels die de oevers van de zeker honderd meter brede Katun met elkaar verbindt. Een brug als meesterproef. Er spreekt dan ook trots uit het oude bord met Sovjetster dat de inauguratie memoreert. Dezelfde staat die formidabele bruggen liet bouwen vermoordde in 1937 een van de belangrijkste leiders die de Altaj heeft gekend. De kunstenaar, visionair en politiek leider Grigori Choros-Gurkin (1870-1937) legde zijn geliefde Altaj op tientallen schilderdoeken vast. Winterbossen met witbestoven dennen en azuurblauwe brokken drijvend ijs op een rivier, stormachtige herfstluchten boven joerten in een somber bos, luchtige weidelandschappen met voorjaarsbloemen, de extatische dans van een sjamaan, herders die een hard leven leidden maar over wier gezichten een gouden waas was gelegd. Choros-Gurkin hield van 'zijn' volk en zag hoe mensen leden onder de bezettende macht die alles van waarde afpikte en vertrapte. Spiritueel leiders werden weggevoerd, met het zwerven met schapen en paarden was het gedaan, de muziek, taal en geloof werden achterlijk verklaard. Choros-Gurkin had in Sint-Petersburg gestudeerd en kende de wereld buiten de Altaj. Hij wist waarvoor hij vocht toen hij terugkeerde naar zijn land en openlijk naar autonomie streefde. Uiteindelijk moest hij vluchten, maar hij keerde na een aantal jaren terug naar de Altaj. In 1937 werd hij op bevel van Stalin ter dood gebracht.

Holle klanken van hoefijzer op staalplaat overstemmen het haastige voortruisen van de Katun, die net voor het bereiken van de hoofdstad Gorno-Altajsk onderlangs het gerestaureerde schildersatelier van Choros-Gurkin stroomt. 'Daar is ze,' schreef de grote meester, 'woelig en onstuimig, overvloeiend, een klaterende smaragdgroene stroom die speelt met alle kleuren van de regenboog. Vervuld van magische kracht – een en al beweging en leven.'

Aan de overkant van de hol klinkende brug ligt Moelta, een dorp van oudgelovigen met wat import, waaronder mijn stoere vriendin Taja.

Taja's bouwvallige huisje met sleetse gordijntjes en groen uitgeslagen daklatten staat er nog net zo kneuterig bij als toen ik voor het eerst bij haar logeerde. Langs het huis gorgelt een ondiep watertje waarin witte eenden badderen. Omwonenden scheppen water uit de stroom om hun moestuin en zichzelf te begieten. Taja doet dat ook en steekt meestal een elektrische dompelaar in de zinken emmer om het ijskoude badwater op te warmen. Geld om het huis of de afgebrande banja te repareren is er niet. Het washok staat in de moestuin en ik ben verknocht geraakt aan de simpele constructie van de openluchtaffaire: vier rechtopstaande stokken, vier gordijntjes, een vlonder en een zeepplankje.

Kippen rennen kakelend naar de vermoeide rode Neva, de terreinwagen die jaren geleden al met pensioen had willen gaan. Een opgewonden kefhond verschijnt aan het hek en gealarmeerd volgen Taja en haar zoon Jarek, een blond, tenger joch dat nu veertien jaar oud moet zijn. Verlegen geeft hij me een zoen en gaat ons voor naar het huis, waar alles bij het oude is gebleven. Het enorme gat in de scheve keukenvloer is nog steeds een enorm gat in een scheve keukenvloer. Tafeltje, vier krukjes, een elektrisch kookplaatje, nauwelijks bestek en afwassen onder de koude kraan. Ik ben weer thuis. De enige verandering, ontdek ik later, is een nieuwe buitenplee omdat de oude tot aan de rand toe was volgekakt.

Drie jaar geleden, toen Taja me onder haar vleugels nam, wist ik nog steeds niet waar het heen moest met mij als ontdekkingsreizigster en schrijfster. Ik was op zoek naar Shambhala maar had geen echt plan, ik deed maar wat, in de hoop onderweg op het heilige vuur te stuiten. In Taja, een blonde, alleen-op-de-wereld-amazone van middelbare leeftijd, vond ik een maatje en een zielsverwant. Het klikte vanaf het moment dat ze me in Oest-Koksa ophaalde met haar krakkemikkige auto. Ik trok bij Taja en zoon Jarek in, sliep in de kleine woonkamer met de warme houtkachel en twee poezen, maakte mijn handen vies in de tuin, hakte brandhout en leerde het dorp van oudgelovigen kennen. Mannen met ruige baarden en geblokte overhemden, dikke moekes met zelfgebreide sokken en stugge haren op de kin, werkpaarden en houten sjezen, ijzeren waterpompen met zwengels langs de zandstraat en blauwe rookkringels boven houten lattendaken.

Het dorp is gesticht door Russisch-orthodoxe gelovigen die de door tsaar Peter de Grote opgelegde hervormingen binnen de kerk niet pikten en de bossen van Siberië in vluchtten met medeneming van de menselijke zonde. Een soap over dit vergeten dorp van boeren en aangewaaide bohemiens zou een smeuïge hit worden: overspel, amok, hypocrisie, drankmisbruik, godsdienstwaanzin, al het menselijk falen samengebald in een zondige modderpoel met de schijn van heiligheid. Een betere uitvalsbasis voor mijn Shambhalaverkenningen had ik me destijds niet kunnen wensen.

Taja nam me mee naar een groep kunstenaars uit Novosibirsk die een paar kilometer verderop midden in het bos hun eigen Ruigoord bouwden. We bezochten een bosvrouwtje met helderblauwe twinkelogen die op vergeet-me-nietjes leken. De oudere dame woonde met haar poezen in een witgekalkt huisje met dromerige gordijnen. Haar tuin stond vol snijbloemen en voorbij het hek begon het bos. Ze leefde alleen en zorgde zelf voor brandhout en drinkwater, dat ze oppompte of uit de rivier haalde. Ze las tijdens het bezoek gedichten voor die ze sinds een paar jaar schreef en liet beeldjes zien die ze van sprokkelhout maakte. Aan het plafond hingen kruiden te drogen. 'Kom volgend jaar maar bij me logeren,' zei de oude vrouw bij vertrek. Daar had ik wel zin in, maar toen ik een jaar later poolshoogte nam woonde ze niet meer alleen. Haar echtgenoot, van wie ik het bestaan niet wist, was net vrijgelaten uit de gevangenis. Van logeren kwam het niet meer.

Taja is een eigenheimer en praat niet graag over gevoelens en haar verleden. Ik weet alleen dat zij na haar studie geografie door India en Iran reisde, het contact met haar ouders in Magadan verbrak, in Siberië zwanger raakte en de vader van haar kind lang geleden de deur uit zette. Van een vervanger is bij mijn weten nooit sprake geweest. Nukkig, sterk, opvliegend, alles altijd alleen willen doen, het duurde even voor ik inzag dat Taja mij ongevraagd een spiegel voorhield. Dat was schrikken, want mijn evenbeeld beviel me niet. Taja is een strijdlustige amazone en ik ben dat natuurlijk ook. Maar na vijftig jaar vechten en knokken was ik toe aan een andere levenshouding. Niets is treuriger dan jezelf herhalen tot de dood erop volgt, en voor dat inzicht ben ik Taja eeuwig dankbaar. Alleen zeg ik dat haar niet, ze zou mijn woorden kunnen opvatten als kritiek.

Als alleenstaande moeder en buitenstaander heeft mijn vriendin het niet makkelijk in de gesloten geloofsgemeenschap. In Moelta draait alles om God, gezin en voor sommige mannen om drank. Taja past niet in dat beeld en haar leergierige zoon Jarek evenmin.

Hij wil niet meer naar de dorpsschool. De kinderen vindt hij wel aardig maar van de lessen steekt hij niets op. Dus krijgt hij thuis les van zijn moeder en doet op school examen. Jarek verslindt geschiedenisboeken, kent bloemen en gesteenten bij naam, bouwt hutten in het bos, rijdt paard en gaat soms met z'n moeder mee de bergen in. Als Taja onderweg dood zou neervallen, wat God verhoede, dan weet haar zoon de weg terug te vinden en ook hoe hij in het bos kan overleven. 'Jarek kan alles,' zegt Taja trots.

'sAvonds zie ik hem op bed knuffelen met het jonge poesje dat kwam aanlopen. Inderdaad, die jongen kan alles.

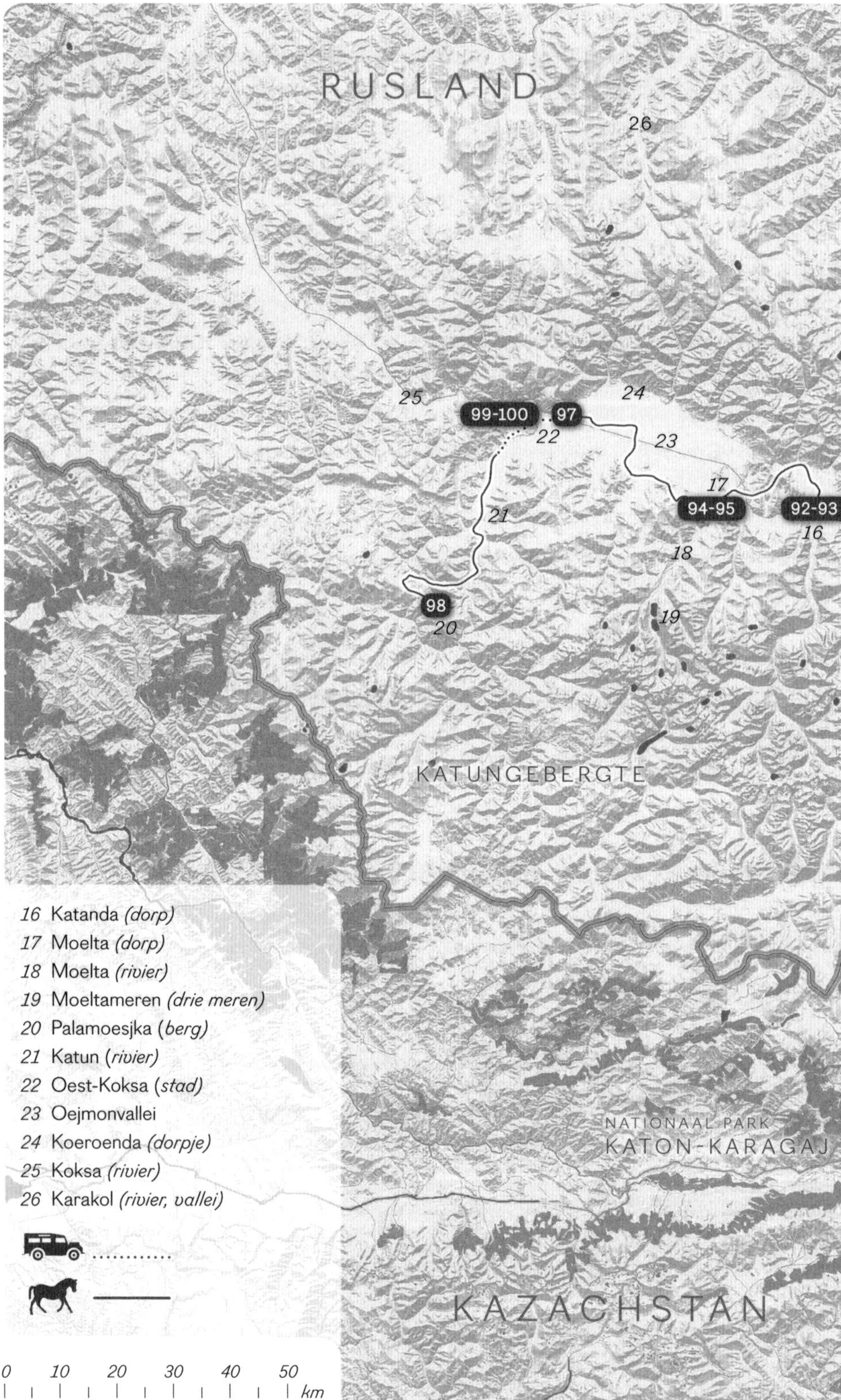
RUSLAND
26
25
24
99-100
97
22
23
17
94-95
92-93
16
21
18
98
19
20
KATUNGEBERGTE
NATIONAAL PARK
KATON-KARAGAJ
KAZACHSTAN
16 Katanda (dorp)
17 Moelta (dorp)
18 Moelta (rivier)
19 Moeltameren (drie meren)
20 Palamoesjka (berg)
21 Katun (rivier)
22 Oest-Koksa (stad)
23 Oejmonvallei
24 Koeroenda (dorpje)
25 Koksa (rivier)
26 Karakol (rivier, vallei)
0 10 20 30 40 50
km

dag 95

18 september – hele dag

Moelta

Divers: een glimp van het paradijs

Kleur: goud

'Hoor je nog wel eens wat van Natasja?' vraagt Taja, die een boventand mist en zichzelf niet de moeite waard vindt om een nieuwe bij elkaar te sparen.

Natasja is een danseres uit Moskou, lang, slank, met een weelderige haardos en droomogen in een rimpelloos 40-plusgezicht. Zij was een van de deelnemers aan de sjamanenreis tijdens mijn eerste verblijf in Toeva. Daarna zocht ik haar op in Moskou en zo raakten we bevriend. Toen ik liet weten met Taja naar Shambhala te gaan zoeken was ze meteen enthousiast. Te paard trokken we met z'n drietjes de bergen in om voorbij de boomgrens te speuren naar het paradijs. We verkenden bergspleten, ijsvlaktes en bergkammen en vertrouwden erop dat we iets zouden vinden dat voor paradijs door kon gaan, ook al hadden we geen idee hoe die plek eruit moest zien. Ver van de bewoonde wereld, voorbij bomen en struiken, in een doolhof van sneeuwvelden, puinwaaiers en ruisend smeltwater ving ik mijn eerste glimp op van het paradijs. Daar lag het, zomaar, voor ieder die het wilde zien. Een hartvormig meer ingebed in bekorstmost graniet en omsloten door sneeuwmuren en ruige gletsjers. Gesmolten ijs stroomde zo van de ijsmuur naar het meer en ruiste er voorbij de punt van het hart weer uit. Hoeveel water er ook in en uit stroomde, het hart bleef tot de rand gevuld. Voor iemand zoals ik, die denkt vanuit een tekort, of het nu om liefde of inkomen gaat, was de onverwachte aanblik van een hartvormig meer dat nooit leeg raakt een openbaring. Zeker een uur lang zaten we ieder op een eigen rots en dachten ieder onze eigen gedachten, te midden van wolken en sneeuw, met in de granietgrijze diepte een begin van het spoor dat naar Shambhala zou leiden. De glimp was een hint, een aanwijzing, een broodkruimeltje dat aangaf hoe te zoeken. Niet met de rede maar met het hart, want zonder de liefde zouden de deuren van het paradijs niet openzwaaien. En er zou heel wat liefde voor nodig zijn om dat paradijs te vinden, bedacht ik kijkend naar het waterhart. Van het meer dwaalde mijn blik naar sterke Taja, die me onbedoeld had laten inzien dat ik niet langer knokkend door het leven wilde gaan. En ik dacht aan Nikolaj Sjodojev, de oude Altajkenner die ik samen met Taja had bezocht in zijn dorp. Elk mens maakt om de twaalf jaar een geestelijke groeispurt door, had hij bij die gelegenheid gezegd. Het bewustzijn moest zich op elk van die overgangen grondig voorbereiden. De natuur was een goede helper en raadgever voor wie de uitgestoken hand aannam, had Sjodojev gezegd, daaraan toevoegend dat de zoektocht naar Shambhala een weg naar binnen was en dat de Altaj me zetjes in de goede richting zou geven.

Natuurlijk wilde ik in de buurt van het hartvormige meer overnachten. Taja ook. Maar Natasja schudde vastberaden het hoofd. 'Ik weet dat jullie me niet geloven,' zei ze toen we om uitleg vroegen, 'maar ik vertel het toch.' Mijn mooie vriendin had in Moskou al wat voorwerk verricht. Ze had naar eigen zeggen een direct lijntje naar de godenwereld en diende bij het huisaltaar een verzoek in om twee dagen droog weer in de bergen. Dat moest genoeg zijn om het paradijs te kunnen vinden. Aan het verzoek was voldaan en nu was het zaak zo snel mogelijk te vertrekken, zei Natasja. Zij waarschuwde dat meer gunsten vragen averechts zou werken.

Tegen de logica van een gelovige valt niets in te brengen, wist ik uit ervaring. Taja rolde meelevend met de ogen, maar ook zij kon Natasja niet ompraten. Daar zaten we dan, tegenover een brok onverzettelijkheid op een stenen sokkel. Het was een van de weinige keren in mijn leven dat ik verzet zinloos achtte. Van een ruzie zou mijn ego ontzettend zijn opgeknapt, maar ik zou het gevecht niet winnen. Sterker nog, ik zou meer verliezen dan de gevraagde extra dag in het paradijs. Niettemin was ik ziedend en bleef de hele avond uit Natasja's buurt. Ons tentje was klein en zij lag in het midden. De gedachte naast haar te moeten liggen beviel me niets en ik bleef liever buiten, waar ik op een beschutte plek tot ver in de avond naar de sterren keek.

Rond middernacht begon het te spoken. De wind joeg als een razende feeks over steen en ijs door het uitgeslepen gletsjerdal. Hagelstenen beukten het eendakstentje bijna in elkaar. 'Wou je nog een extra dagje blijven?' teemde Natasja de volgende ochtend. Regendruppels zo groot als kikkerdril joegen ons van de kale berg het druipende bos in. Nog geen uur later hing de zon haar kroonjuwelen aan natte varens, berken en populieren. Puur toeval, die storm, zeiden Taja en ik tegen elkaar. De verdere reis bleef het toeval aan Natasja plakken als kleefkruid aan een jas. Ik had bij vertrek uit het paradijs gezegd dat onze volgende bestemming tenminste net zo mooi, stil en afgelegen moest zijn als het verscholen meer waar we van Natasja niet langer mochten blijven. Maar ook dat plan werd getorpedeerd. De goden hadden haar bij de hartvormige waterplas opgedragen om de goede energie van de plek mee te nemen naar de Moeltameren aan de bovenloop van de Moeltarivier. De drie meren vormen een geliefde toeristenbestemming vanwege hun schitterende ligging midden in beboste heuvels, en het grootste en meest toegankelijke meer zou er na het drukke zomerseizoen slecht aan toe zijn. Het was aan ons, beweerde Natasja, om de energetische balans enigszins te herstellen. Bij aankomst zag ik autosporen, omgewoelde bosaarde, gevelde bomen, lege bierflessen en plastic afval bij zwartgeblakerde vuurplaatsen. Door de naaldbomen schemerde een purperen meer dat er met een beetje fantasie inderdaad uitzag als een gewond dier. Natasja had ons naar een energetisch afvoerputje gebracht en ik verwenste de Russen die de plek naar de ratsmodee hadden geholpen en ook Natasja, die hier wilde overnachten. Alle blijdschap die ik had gevoeld boven op de berg was in één klap verdwenen. Ik zette het tentje op omdat het miezerde, kroop naar binnen en nam een pil tegen de hoofdpijn. 's Avonds maakte Taja me wakker, ze had een banja ontdekt aan de rand van het meer en de boswachter zou het vuur onder de waterketel opstoken. Ik liet me gaar stoven in de sauna en liep toen blootsvoets over verende dennennaalden en uitstekende boomwortels naar het stille meer. Sorry, sorry, sorry, zei ik tegen het zacht klotsende water dat me omspoelde, verkwikte en me mijn onwetendheid grootmoedig vergaf. Na twee uur zweten, rusten en zwemmen verlieten we met z'n drieën het houten gebouwtje. Buiten dreven op de avondnevel vreemde klanken naar ons toe. We volgden het geluidsspoor naar een knetterend houtvuur op een open plek in het bos. Bij het rossige vuurschijnsel speelde een klein, rond mannetje in trance op zijn topshur. Het was Arzjaan, de sjamaan, al wist ik dat toen nog niet. Twee dagen later eindigde het uitstapje met een weergaloze rit bij vollemaan door een klam en donker naaldwoud. Natasja was moe en liftte naar huis, Taja en ik reden te paard verder naar Moelta. Ik ruik nog de geur van hars en vochtige aarde, en draaf weer achter Taja aan, blindelings vertrouwend op mijn paard, grijpgrage takken ontwijkend en geen moment bang om uit het zadel te vallen. Ik was geen ervaren ruiter maar vloog die avond moeiteloos en onbevreesd door een pikdonker bos vol zilversparren.

Aan Taja's keukentafel werk ik mijn schatkaart bij. Dankzij Irina is er bijna geen rode lijn te bespeuren op het laatste traject van de cirkel, maar de aanwezigheid van een superieure tolk verklaart nog niet waarom ik in het Siberische deel van de Altaj zoveel gelukkiger ben dan in de overige drie Altajlanden. Natuurlijk scheelt het dat het filmen me niet meer zoveel hoofdbrekens kost, maar toch ben ik er elke dag uren mee zoet en ik begin mijn geldschieters zo langzamerhand te haten. De hoge goudscore dank ik waarschijnlijk aan mijn voorgeschiedenis met Siberië en aan de hechte band tussen inwoners en natuur. Waar ik ook ga, altijd tref ik wel een ovoo aan, of een boom met gebedslinten of een ander teken van respect voor natuurgeesten. Bovendien is de Altajrepubliek geen onbekend terrein: aan het landschap kleven talloze herinneringen. Ieder stroompje, bospad, boom of bergpas, iedere vallei en elk boerengehucht is een hengel met een scherp haakje eraan, dat draadjes omhoog vist uit een vijver gevuld met ontmoetingen en verhalen, epische liederen die werden gezongen bij een vuur, beelden van bloemen en wilde dieren onderweg, de linten die ik ophing, tranen die werden vergoten, vreemden die vrienden werden. De ervaringen en herinneringen vormen en kneden mijn kijk op de omgeving en het landschap, net zoals een nieuweling anders door een stad fietst dan iemand die er jaren heeft gewoond. Maar zelfs als dit mijn eerste bezoek aan de Russische Altaj was geweest zou mijn hart bokkensprongen hebben gemaakt. Dit is het werkelijke hart van de Altaj; het gebergte, de hoogvlakten, ravijnen en valleien zijn van een dramatische schoonheid en de Russische taartpunt van de Altaj is bovendien het grootst van allemaal. Maar er is nog een reden dat mijn goudstiften bijna op zijn: de wonderlijke figuren die de Russische Altaj aantrekt. Dwarse vrijdenkers en kleurige paradijsvogels, dromers en gelovigen, onaangepasten zoals mijn vriendin Taja en ook de wereldvreemde hippie die in haar achtertuin is neergestreken. Op een dag kroop de man in het schuurtje en daar woont hij nog, samen met Toj, een kalfsgrote waakhond die blaft, bijt en tijdens uitstapjes een rugzak draagt.

dag 96

19 september – 22.10 uur

Oejmonvallei

Omgeving: akkers, berkenbossen, ruisend water
Divers: Roerich-allergie
Kleur: groen, rood

De tent, met al zijn gebreken en tekortkomingen, is de plek waar Wayne en ik ons altijd verzoenen, wat er overdag ook is gebeurd. Meestal is het de cowboy die de intimiteit herstelt met een humoristische opmerking of een teder gebaar. Nu is het mijn beurt, maar wat ik ook probeer, niets werkt. Het enige wat mijn lief loslaat voor hij zich omkeert naar het klapperende tentdoek is dat het mij ontbreekt aan compassie met de medemens.

Aanleiding is een mislukte filmpoging eerder vandaag in het Roerich-museum, een met zorg en liefde gerenoveerd houten huis in Verch-Oejmon, een dorp vlak bij Moelta. De mysticus en ontdekkingsreiziger Nicholas Roerich verbleef tijdens zijn Shambhala-expeditie met zijn vrouw Jelena enige tijd in deze ruime woning. Voor de camera introduceerde ik Nicholas, maar Wayne onderbrak me al na de derde zin: 'Ik stop met filmen als je zo denigrerend over hem spreekt.' Ik was me nergens van bewust, al moet gezegd dat Roerich ondanks zijn grote verdiensten bij mij afkeer oproept. Misschien dat mijn ergernis over het zorgvuldig gecultiveerde imago van heilsprofeet en redder der mensheid doorklonk in mijn woorden. Ik probeerde het opnieuw, maar Wayne schudde ook nu geërgerd zijn hoofd. Omdat Roerich me op het idee had gebracht naar Shambhala te zoeken mocht hij niet op de film ontbreken, dus ik sloot mijn ogen en concentreerde me op de boodschap. 'Draaien maar,' zei ik tegen de cowboy. Na nog een paar mislukte opnamen zette hij ostentatief de camera op de grond en beende weg over de planken vloer.

Het is niet dat ik Roerich zijn erkenning misgun. Hij was in zijn tijd een vooraanstaand kunstenaar, die onder andere decors en kostuums ontwierp voor de Ballets Russes. Later vierde Roerich triomfen in Amerika, waar hij met zijn vrouw in 1920 per stoomschip arriveerde. Schilderijen met titels als *Pagan Russia*, *Language of the Birds* en *Treasure of Angels* werden van New York tot Los Angeles enthousiast onthaald. 'De Walt Whitman van de schilderkunst,' schreef een recensent. Roerich richtte in New York een museum op en een kunstopleiding. Met een kring van getrouwen bereidde hij vanuit New York in die periode ook de Shambhala-expeditie voor. Het grote publiek wist niet beter dan dat het echtpaar in India en Azië op zoek zou gaan naar oude culturen. Intimi wisten dat de reis naar het hart van de wereld zou leiden, naar Shambhala. En een handjevol vrienden was op de hoogte van de boodschap die Jelena van haar onzichtbare spirituele mentor had gekregen, namelijk dat Nicholas een boeddhistisch vredesrijk moest stichten in Centraal-Azië, met de Altaj als centrum van geestelijke groei.

Na afloop van de expeditie vestigde Roerich zich in India en lobbyde voor een pact dat culturele monumenten en instellingen overal ter wereld moest beschermen in tijden van oorlog en conflict. Het Roerichpact of de pax cultura kwam er in 1935 en uit erkentelijkheid werd de initiatiefnemer genomineerd voor de Nobelprijs voor de Vrede. Des te opvallender was het dat Roerich niet lang daarna uit de gratie viel omdat hij, overigens met steun van de Amerikaanse minister van landbouw Henry A. Wallace, een controversiële reis naar Mongolië had ondernomen. Op het hoogtepunt van de Great Game reisde het echtpaar Roerich met een escorte gewapende Kozakken door een gebied dat strak stond van politieke spanningen. Voor iemand die toch al werd verdacht van spionage was dat vragen om moeilijkheden, zeker omdat Roerichs vrouw omstreden boeken had vertaald van Jelena Blavatsky, grondlegger van de theosofie. In *De geheime leer* introduceert Blavatsky de oude Shambhalalegende bij een westers publiek. Zij beschrijft het paradijs als een vredesrijk voor de zuiveren van geest. Het stichten ervan zal echter met veel geweld gepaard gaan, de oorspronkelijke legende rept van een leger van Shambhalakrijgers onder aanvoering van een spiritueel leider. Dat Roerich onderweg openlijk manschappen ronselde, sprak over een heilige oorlog en het stichten van een nieuw rijk en liet doorschemeren dat de Amerikanen hem steunden, maakte hem niet populair aan de andere kant van de oceaan. De onruststoker was vanaf die tijd persona non grata in Amerika en ook in Rusland wilden ze hem niet meer zien.

Ik had mijn best gedaan Nicholas Roerich te begrijpen. In Moskou en New York bezocht ik zijn museums, ook las ik biografieën, sprak met adepten en kocht zijn boeken. Gezien zijn avontuurlijke bestaan en zijn grote liefde voor de Altaj verdient de man een warm plekje in mijn hart, maar helaas is dat niet het geval. Vanwege mijn Roerich-allergie en vanwege een cowboy met principes zal de spiritueel leider daarom ontbreken op mijn gefilmde expeditieverslag.

dag 97

20 september – ochtend

zandweg Moelta-Oest-Koksa

Omgeving: berkenbos, zilversparren, zandweg

Divers: rijpe frambozen

Kleur: rood, blauw

Mijn slome paard komt maar niet vooruit. Dan maar te voet. Maar ook mijn benen weigeren dienst. Na bijna 1500 kilometer te paard vormen de twintig kilometer naar het stadje Oest-Koksa, het einddoel voor vandaag, een onoverkomelijk obstakel. Elke afgelegde meter op de vlakke zandweg richting het stadje kost meer energie dan het beklimmen van een steile berg. Het regent zachtjes. We passeren schoongepoetste berken met melkwitte stammetjes en hoog opgetaste hooimijten, gerooide aardappelvelden met vette, zwarte aarde, overkappingen met daaronder genoeg gekloofd hout om een winter op Nova Zembla mee door te komen.

Op een flauwe heuvel houdt een lariks met gebedslinten de wacht. Ooit waren de katoenen lintjes wit, nu hangen ze erbij als lusteloze vaatdoekjes. Wayne en Irina betuigen hun respect en spreken goede voornemens uit. Een zachte bries verspreidt de geprevelde wensen en intenties. Mij lukt het niet iets zinnigs bij te dragen aan het algemeen goed, de bewoonde wereld hangt als een autoband om mijn nek en ontneemt mij alle plezier. Zelfs mijn bemodderde laarzen, toch heel wat gewend, verzetten zich tegen het idee dat ik Oest-Koksa vandaag zou moeten bereiken.

Om mijn gedachten af te leiden maak ik op het ritme van mijn voetstappen een lijstje van wat de Altaj me leerde:

Ik ben het gelukkigst in grootse lege landschappen waarin de mens geen sporen na heeft gelaten en waar schoonheid een scherp randje heeft. Afwezigheid van mensen, huiver, ontzag en ontroering zijn de kernwoorden.

Een landschap slaat herinneringen op en tot mijn verrassing kan ik dat soms ook voelen.

Een onomstotelijke waarheid of werkelijkheid kan door ons niet worden gekend, wij interpreteren verschijnselen met onze zintuigen en het resultaat is per definitie een projectie. Zo bezien is het onderscheid tussen fantasie en werkelijkheid fictief.

Woorden zijn als harddrugs, ze scheppen een eigen werkelijkheid. Je kunt een cultuur nooit volledig doorgronden als je niet in de betreffende taal bent grootgebracht. Dat geldt ook voor mij en de Altaj.

Landschap kan de geest verruimen en extase veroorzaken, het kan tijd en ruimte doen oplossen en de mens in een andere staat van bewustzijn brengen. Andersom beïnvloedt de geest het landschap door er betekenis aan te geven.

De omgeving waarnemen via de zintuigen, ervaring, is een vorm van weten.

Het paradijs waar ik naar op zoek ben is geen roze wolk of romantisch shangri-la waar het leven vredig en goed is. Mijn gedroomde paradijs is eerder een ontzagwekkend oord waar ik iets te weten kan komen wat mij op andere plekken ontglipt.

We zijn niet alleen voor de geboorte en na de dood onderdeel van de natuur, maar ook tijdens ons leven. Wij bestaan uit hetzelfde weefsel als de wereld om ons heen, alleen hebben wij aan de dingen om ons heen afzonderlijke namen gegeven. Maar de zon noemt zichzelf geen zon. Zodra het denken stilvalt is alles één.

LINT

Wat is wijsheid?

Wijsheid is jezelf niet tot middelpunt van het universum verklaren, je hart laten spreken en doen wat gedaan moet worden.

Alles hangt met alles samen

Tijdens colleges ecologie en milieukunde leerde ik dat de giftige stoffen die we in Nederland op gewassen spuiten in de voedselketen terechtkomen, en worden aangetroffen in vissen en zelfs pinguïns op de verre zuidpool. Het bestaan van een relatieweb binnen en tussen organismen en de omgeving is tegenwoordig volkomen geaccepteerd maar toch is de kennis daarover niet eens zo heel erg oud. Een van de eersten die het relatieweb tussen organismen en hun omgeving beschreven was de Amerikaanse marien bioloog Ed Ricketts (1897-1948). Een charmante vrijbuiter die, terwijl Nicholas Roerich Kozakken ronselde in Mongolië, op een oude schoener over de Zee van Cortés voer en regelmatig twee goede vrienden meenam om te helpen bij het monsteren en beschrijven van zeediertjes en wieren. De ene vriend was de schrijver John Steinbeck en de andere de toekomstige mytholoog Joseph Campbell. De ideeën die de drie vrienden op de stampende boot met elkaar bespraken en later bij Ricketts thuis verder uitsponnen, lurkend aan een fles bier, kwamen niet alleen in Ricketts' dagboeken terecht. Ze legden ook de basis voor het werk van beide vrienden. Zonder Ricketts' inzichten zou Steinbeck bijvoorbeeld nooit *De druiven der gramschap* over de Dust Bowl hebben kunnen schrijven en Campbell zou oneindig veel meer tijd nodig hebben gehad om de onderliggende samenhang in de wereldmythologie te ontdekken. Maar hoe modern en vooruitstrevend de aanname toentertijd ook was dat niets op zichzelf staat en alles met alles samenhangt, nog steeds vormde de mens de spil waarom alles draaide. Niet alleen bij Steinbeck en Campbell, maar ook in de biologie. Het beschermen van ecosystemen dient nog steeds de mens. Zonder die link heeft natuur bij ons geen recht van bestaan zoals in de Altaj, waar mens en natuur nog een Siamese tweeling zijn. De mens plaatst zichzelf niet buiten de natuur maar ís natuur.

Antropoloog Caroline Humphrey verbleef jarenlang in Mongolië en schrijft in *Shamans and Elders* dat herders zich op de steppe letterlijk en figuurlijk ín het landschap bewegen. Bewoners bezitten noch bezetten het heuvelige grasland, ze claimen geen eigendomsrechten. De aarde bepaalt immers waar een ger zal staan, welke dieren waar het beste gedijen, op welke plekken voedzame grassen groeien en wanneer de tijd aanbreekt voor seizoenmigratie. De intieme relatie tussen mens en natuur vind je terug in de verhalen, muziek, taal en ook in de uitleg die mensen geven aan gebeurtenissen. Een paard dat in de stijgbeugels bijt, een onverwachte ontmoeting met een geitje op de steppe, een plotselinge windvlaag, niets gebeurt zomaar. Antropologen, zegt Humphrey, willen in zo'n geval graag een eenduidige verklaring voor eenzelfde soort gebeurtenis, want zonder eenduidige antwoorden is een theorie niet houdbaar. Maar net als in de ecologie botsen ook in de antropologie twee wereldbeschouwingen. In de Altaj kan een windvlaag of een ontmoeting met een weggelopen geitje een volgende keer namelijk weer iets heel anders betekenen.

dag 98

21 september – overdag, avond

50°01'NB|85°21'OL – Hoogte 1842 meter

Omgeving: besneeuwd naaldbos, grasweide

Divers: berenjagers, verhalen

Kleur: goud, goud, goud

Sneeuwvlokken dwarrelen traag naar de aarde, de kleinste zweven wat besluiteloos rond maar de dikkere maken vaart met de landing en bedekken het bos gul met een laag bevroren poederdons.

Ons clubje is sinds Oest-Koksa van samenstelling veranderd. Irina is gebleven, maar Sergej keerde met zijn paarden huiswaarts. De veel jongere Aleksej nam zijn plaats in en zijn jeugdige energie geeft de expeditie extra pit. Aleksej is een lange, stevig gebouwde man met een pientere blik en een goedlachs gezicht. Hij is halverwege de dertig en in de kracht van zijn leven, dat is zelfs te merken als je achter hem rijdt en tegen zijn jas aan kijkt. Ook Tatjana Jasjina rijdt met ons mee. Ik ken de Russische landschapsecologe van dezelfde bijeenkomst in Toeva waar ik professor Yuri Badenkov leerde kennen. Tatjana is een stevige verschijning. Zelfbewust, stoer en ze drinkt elke landgenoot onder de tafel. Daarbij is ze ook nog eens superintelligent: ze studeerde af aan de universiteit van Moskou, het Harvard van Rusland. Ze besloot in de Altaj te blijven nadat ze er een veldstudie had afgerond, trouwde iemand van hier en werkt nu als onderzoekster in het Katun-natuurreservaat, dat ook de berg Belucha omvat. De bescherming van uitzonderlijke natuur moet je volgens Tatjana niet overlaten aan een overheid die banden heeft met steenkoolbaronnen en daarom roert ze zich ook in het internationale wereldje van natuurbeschermers.

Hoe hoger we klimmen, hoe kouder het wordt en hoe dikker en compacter de sneeuwvlokken die onze wangen strelen. Mijn wanten raken doorweekt, gesmolten sneeuw vult de rubberlaarzen en verandert mijn tenen in roze ijsblokjes. Iedereen zit verstijfd in het zadel en hoe dat straks moet met kamperen en koken, geen idee. Het kan me ook niets schelen, want zorgen en jaren vallen van mij af als dode bladeren van een boom. In mijn hoofd is het Sinterklaas, Kerstmis, Oud & Nieuw tegelijk en het is onmogelijk rustig in het zadel te blijven zitten. Op de grond maak ik een vreugdedansje in het tere wit, dat genoeglijk knerpt en vrolijk smelt op mijn tong.

Schuilend onder een grote lariks film ik het kleine reisgezelschap: vier starre sneeuwpoppen op Altajpaardjes, die langzaam in beeld verschijnen en weer even traag in de coulissen verdwijnen. De sneeuw blijft vallen, in steeds dichtere vlokken, tot weldra niets meer herinnert aan de vier passanten en hun paarden. De scherpe afdrukken van hoefijzers vervagen voor mijn ogen, net als de armdikke boomwortels op het pad. Wat een minuut geleden nog vorm en kleur had is nog slechts een vervlogen herinnering, opgelost in schitterend wit.

In de avondschemer redt een jagershut ons van koudvuur en noodamputaties. Rook kringelt hemelwaarts, ijspegels glanzen, een modern jachtgeweer hangt werkeloos aan een spijker en drie paarden grazen in de sneeuw. De deur gaat open en van tussen een stel wankele benen schiet een kefhond tevoorschijn. Zijn baas, een beschonken jager, lacht gouden tanden bloot en haalt ons met een armzwaai naar binnen. Achter de houten deur wacht alles wat een buitenmens nodig heeft om een Siberische winter te overleven: vrolijk gezelschap, loeiende houtkachel, hompen spek, flessen schnaps en een pot versterkende thee.

Viktor, Pjotr en Aleksandr zijn berenjagers. Morgen trekken ze vijftig kilometer verder het bos in en maken daar een bedje van takken onder een grote Siberische den, ze stoken de hele nacht een groot vuur, zuipen zich klem en lokken dan de volgende dag een slaperige beer uit zijn hol, in die volgorde. Het keffertje dat ik voor schoothond aanzag blijkt een felle donder. 'Voor de duvel niet bang,' zegt Pjotr, terwijl hij zijn harige jachthond liefkoost. Het hondje is jong en pas een jaar in training. De vorige, vertelt Pjotr met vochtige ogen, was zijn grote liefde. Ze gingen samen achter herten en beren aan, de hond kon jagen als geen ander, maar vorig jaar schoot Pjotr zijn trouwe makker per ongeluk dood. Het verweesde baasje sloot zich dagenlang op en vergoot emmers met tranen. Pjotr verandert snel van onderwerp en laat me trots zijn warme slaapzak zien en zijn geweer. 'Weet je wat,' klinkt het monter, 'ga morgen mee op berenjacht.' Dan richt hij het geweer op de beer en hoef ik alleen de trekker over te halen.

Dieren doden die niets kwaads in de zin hebben is niet mijn ding, maar toch prikkelt het de verbeelding om in gezelschap te verkeren van kerels die hun handen vuilmaken aan iets wat de meeste Nederlanders veroordelen. Dat er in Nederland mensen zijn die plofkip eten en koeienvlees met hormonen, dat zou Pjotr dan weer heel gek vinden.

De avond vordert. Buiten hangt een roetketel aan een driepoot, in de pot borrelt bouillon waarin wortels, uien en stukken spek drijven. Voorbij de houten omheining staan de paarden roerloos in de sneeuw, dampwolkjes drijven uit hun neusgaten hemelwaarts. In het westen kleurt de horizon purper. In het oosten dwarrelt sterrenstof.

Binnen snort de potkachel en vloeit de wodka. Na de maaltijd glip ik naar buiten om gele gaatjes in de sneeuw te plassen. Ook al zou mijn kont eraf vriezen, denk ik kijkend naar mijn nat gespetterde laarzen, dan nog verkies ik het hurken in de buitenlucht boven een verwarmd doorspoeltoilet. Buiten je behoefte doen, dichtbij de aarde, stemt tot diepe tevredenheid. Al hurkend besef je dat jouw leven net als alle andere levensvormen op aarde draait om voedsel vergaren, voedsel verteren en het restant het lichaam uit werken. Meer stelt het niet voor en dat is geruststellend voor iemand die op een keerpunt in haar leven de carrièreladder tegen een blinde muur aanzette.

Eenmaal buiten wil ik niet meer naar binnen, zo adembenemend mooi is de vrieskoude wereld die het hutje omringt. IJspegels zo lang als degens glanzen in het maanlicht. Sintels gloeien na onder de driepoot, symbool voor eenheid, familie en geborgenheid. Boven me danst Orion als een vlinder met grote vleugels om de maan. Lopen, denk ik, het liefst zou ik het winterse landschap in stappen en niet meer terugkeren. Gewoon, omdat de aarde zo mooi is en de horizon lokt. Besneeuwde heuvels, het wonderlijke maanlicht, de paardjes, het is genoeg en al bijna te veel. Huilen, lachen, sneeuw opeten, wat moet ik doen om zo'n intens geluksgevoel te verwerken?

Gelach achter de houten deur lokt me uiteindelijk weer naar binnen. Beneveld door de wodka (ik ben een mietje als het op drinken aankomt) kan ik de gesprekken bij de warme kachel al snel niet meer volgen, maar hoe minder ik ervan begrijp des te meer voel ik me op mijn gemak bij de Russen. Er daagt iets van begrip voor hun volksaard. Uitleggen kan ik het niet precies, een omtrekkende beweging dan maar: Dostojevski, Gogol, extreme kou, afzien, underdog, lange donkere winters, kameraadschap, drank, los durven gaan.

dag 99

22 september – 03.00 uur

jagershut

Weer: helder, het vriest

Omgeving: besneeuwd bos

Kleur: blauw

Er is iets mis met Viktor, de derde man. Hij sloeg de hele avond wartaal uit en houdt ons ook midden in de nacht uit onze slaap.

'Die dronken tor,' mompelt Wayne als ik de man aan de andere kant van de muur verwens, 'is onze hofnar en de splinter in onze vinger.' Viktor zou ons herinneren aan de schaduwzijden van het bestaan, maar de lapzwans die iedereen wakker lalt is zich vast niet bewust van zijn edele rol. Ik ben hem en zijn twee kameraden oneindig dankbaar dat zij buiten in de vrieskou liggen en ons binnen laten slapen, maar het zou nog fijner zijn als de vrienden hun luidruchtige compagnon een stevige mep verkopen. Waarom is die minkukel trouwens met de jagers meegekomen? Zijn geraaskal verjaagt het wild tot in de verre omtrek.

'Dat is nou vriendschap,' zegt Wayne, die in het donker veel spraakzamer is dan overdag. Jagen, vervolgt zijn stem, is zo oud als de mensheid. Een man meet zijn krachten met de natuur waar hij als mens en jager deel van uitmaakt. Een dier doden is een welhaast magische handeling en een ingreep van jewelste in de bestaande orde. Dat kan niet zomaar. Daarvoor is een ritueel nodig: dronkenschap, een roes, een wilde dans rond het vuur. En die schreeuwaap, besluit de cowboy zijn monoloog, is meegevraagd omdat hij waarschijnlijk een moeilijke tijd doormaakt en een verzetje nodig heeft. Zo doen mannen dat. Meer viel er niet over te zeggen.

'Vuurrrrr,' lawaaiert Viktor bij het krieken van de dag. Handenwrijvend stommelt de hofnar onze hut binnen, gevolgd door zijn twee verkleumde jagersvrienden en onze man Aleksej, die uit solidariteit ook buiten sliep. 'Het vroor dik,' rilt hij met een van kou vertrokken gezicht. Heel soms, op momenten zoals deze, zou ik ook zo'n man willen zijn die flink zuipt, een geweer bezit en met zijn maten op een kluitje in de sneeuw slaapt.

De opgewarmde soep smaakt nog beter dan gisteren. We dippen hompen brood in de bouillon en drinken er sterke thee bij. Behalve Viktor zegt bijna niemand iets, het is te vroeg, onze geest moet wennen aan de nieuwe dag. De jagers rommelen wat met geweren, controleren bagage en maken voorzichtig de eerste grap. Halverwege de ochtend zwaaien ze ons gedag, Viktor is hekkensluiter en sleept het pakpaard achter zich aan. Na vijf minuten keert hij om, het zadel gleed van het pakpaard in de sneeuw. Viktor was in alle hectiek vergeten om de zadelriemen te controleren. Daar gaat hij weer, een tragikomische figuur in een veel te ruime feloranje jas.

12.40 uur

50°00'NB|85°21'OL – Hoogte 1906 meter

Weer: helder, het vriest

Omgeving: besneeuwd bos

Divers: einde van de rondreis, slang bijt in z'n staart

Kleur: goud

Iets voorbij het middaguur bereiken we het eindpunt van onze reis. We staan op de met sneeuw overdekte Palamoesjka en kijken uit over het gebied aan de andere kant van de grens, Kazachstan in, waar de reis een eeuwigheid geleden begon. De cirkel is gesloten, de slang bijt in zijn staart, de missie is volbracht. Ik weet niet wat ik had verwacht, maar niet dit krankzinnig blije gevoel en ook niet dat het paradijs me op dit moment koud laat. Ik sta hier maar te stralen met Wayne, Irina en de anderen, met de voeten in de sneeuw en het hoofd in de wolken, dankbaar en gelukkig. Met onze mutsen op, dikke handschoenen aan en de neuzen rood van de kou zwieren Wayne en ik in de rondte en binden dan een laatste lint om de takken van een kedr, die haar vorstelijk witte takken uitnodigend spreidt.

'Een toost,' roept Tatjana, een fles Russische cognac omhooghoudend. We vullen glaasjes, sprenkelen druppels in alle windstreken en toosten uitgelaten tot de fles bijna leeg is. De terugweg voert langs dezelfde jagershutten en door hetzelfde besneeuwde bos als op de heenweg. We dalen langs steile paden af naar het bos waar ik gisteren in de verse sneeuw een pirouette draaide. Daar is de eenzame vissershut en hier liet een van de paarden mest vallen. De afdaling is een reis terug in de tijd en hoe lager we komen, hoe brosser de sneeuw. Er verschijnen zwarte gaten in het wit en beneden bij de rivier de Koksa lonken vurige herfstkleuren. De sneeuw lost op, de finale is nog slechts een herinnering.

19.45 uur

50°16'NB|85°36'OL – Hoogte 1149 meter

Weer: droog, vrieskoud

Omgeving: stadje aan rivier

Divers: balans herstellen

Kleur: blauw

‘Of we zin hebben morgen naar de stoepa te komen.’

Irina heeft Viktor Katynov aan de lijn, een wat stille figuur uit een naburig gehucht, bij wie we een paar dagen geleden een middag doorbrachten. Viktor had niets op met buitenlanders, maar maakte graag een uitzondering voor gasten die een lange rit achter de rug hadden. Zo brachten we een paar genoeglijke uren door in de appelboomgaard voor zijn huis, in een verscholen boerengehucht in de heuvels. Het lot bracht ons samen, redeneerde Viktor, die goudkleurige honing liet vloeien, melk, room en kaas op tafel zette en vuurrode wilde aardbeitjes over versgebakken brood sprenkelde. Of zijn geloken ogen en afwezige blik een test waren of een act verklapte Viktor niet, maar blijkbaar konden we ermee door want hij nam ons mee naar een bescheiden monument op een grasheuvel die uitzicht bood over de kilometers brede en met bergen omzoomde Oejmonvallei. En nu belt hij Irina met het aanbod een ritueel uit te voeren bij de stoepa, een dag nadat onze expeditiepaarden op de wei zijn gezet en wij onze intrek hebben genomen in een familiehotel aan de rivier de Koksa. Viktor onderstreept de noodzaak van een rituele dankzegging. Honderd dagen tegen de klok in rijden en zonder bedankje verdwijnen, dat gaat niet. De balans moet worden hersteld.

‘Hoe lang gaat het duren?

‘Natuurgeesten houden er geen klok op na,’ vertaalt Irina. Soms rekken ze een uur tot een dag en andersom blijkt een middag soms in tien minuten te passen.

dag 100

23 september – middag

stoepa nabij Koeroenda

Weer: zonnig

Omgeving: fruitbomen, bijenkassen, heuvels bij Oejmonvallei

Divers: herfstequinox

Kleur: goud, blauw, groen

We wandelen zeven kilometer over voetheuvels doorsneden met ritselende beekjes. Knalrode appeltjes versieren fruitbomen in wuivend grasland dat al een beetje naar winter geurt. Op sommige plaatsen staan bijenkorven en overal bloeien lila herfstasters. Een speels windje beroert de zwierige takken van berken, die in de herfst voor geldboompjes door kunnen gaan. Het tere blad dwarrelt naar beneden en versiert de aarde met gouden dukaten. Boven op de heuvel met de stoepa wapperen gebedsvlaggetjes. Naast het stenen koepeltje staan twee vierkante sokkels, altaren met bovenop een paar witte kommetjes van Viktor, die hier elke maand bij wassende maan komt. Meestal in zijn eentje, dus hij voelt zich vandaag een beetje bekeken, bekent hij. Viktor drentelt wat, legt een witte lap op het gras, zet witte kommen neer en witte producten zoals brood, room, melk en verse kaas. Het wit drukt zuiverheid uit. De steel van de zelf gesneden houten lepel met wit lint wijst naar het oosten, de jeneverbestak krijgt ook een plekje en daartussen strooit Viktor fleurige koekjes, snoepjes en chocolaatjes in zilverpapier. De vogels, muizen en vossen die er straks van eten hebben niets te klagen.

We nemen de tijd en zuiveren bij een beekje onze handen, monden en harten. Viktor prevelt wat voor zich heen en gaat ons voor naar de stoepa. Bij de witte lap herschikt hij de schaaltjes en vult de houten lepel met melk. De woorden die hij mompelt ontgaan me, maar de goden zullen er blij mee zijn. Melk vliegt naar alle windstreken, snoepjes volgen. Zaadpluisjes drijven voorbij maar niet de tijd, die ergens achter een takje is blijven steken. Ik proef het zurige aroma van een grasspriet, kijk naar opgerolde hooibalen op verre akkers en bewonder een groengeel vinkje dat rondhipt.

'Met opgeheven hoofd,' instrueert Viktor als we op ons dooie gemak rondjes om het monument lopen. De wind pikt onze woorden en gedachten op, neemt ze mee de vallei in, blaast nog eens flink, en daar zweven ze als vrolijke ballonnen op weg naar Tengri, de blauwe hemelgod. Ik stuur een bedankje mee voor de vele verrassingen die ons ten deel vielen. De bergpassen met hun verpletterende panorama's, het water dat ons bijna deed verzuipen maar ook verfriste, de bloemen die me in vervoering brachten, het gras dat ons droeg en dat de paarden voedde.

Het is de tijd van het jaar waarop de zon loodrecht boven de evenaar staat en het overal op aarde even lang dag als nacht is. Twee jaar geleden vierde ik de herfstequinox in de Karakolvallei met Arzjaan, de sjamaan, die helaas een jaar later verongelukte. Bij het rokende altaartje nam ik me destijds voor mijn scepsis tegenover alles wat niet wetenschappelijk verklaarbaar is een tijdje opzij te zetten. Mijn oog glijdt langs de gekartelde rand van de bergrug die als een torpedoboot tegen de horizon ligt aangemeerd. De bovenzijde sneeuwwit, de onderzijde een donkere helleveeg. Het silhouet is me dierbaar, maar hoe indrukwekkend ook, het is en blijft gewoon een bergrug.

'Wat zie je als je naar die bergreuzen kijkt?' vraag ik Viktor.

'Die bergen,' klinkt het zonder aarzelen, 'dat ben ik.'

'Die ene daar,' wijst Viktor naar een voetheuvel, 'kan ik verstaan. Die andere ernaast is niet zo spraakzaam en de hoge piek op de achtergrond vangt net als een radiomast signalen op uit de ether.'

Viktor voert gesprekken met de bergen en bekrachtigt hun bestaan elke maand met rituelen en offerandes. Omgekeerd geven de bergen hem levensenergie. 'Dat hoef je natuurlijk niet te geloven om ze toch mooi te vinden,' zegt hij met zijn gezicht naar de bergen gekeerd. 'Maar de schoonheid die je dan ervaart is een beetje kil en zit alleen aan de buitenkant.'

Een paar maanden geleden zou ik beleefd hebben geknikt, maar ik weet tegenwoordig hoe te luisteren. Niet naar de afzonderlijke woorden, maar naar de ruimte ertussen.

Een klein joch verschijnt, hij is hooguit tien jaar oud en toch zie ik in de krachtige tred en zelfbewuste blik al sporen van volwassenheid. Met de knuisten vol offergaven loopt hij naar het altaar en komt dan onze kant op. Viktor knikt en speelt ondertussen verder op zijn hese fluit, een holle berenklauwstengel met gaatjes. De jongen hurkt in het gras, de pet gaat af en een lange haarvlecht rolt van zijn kruin tot op de schouder. Gebiologeerd staar ik naar het kind, dat op zijn tiende al lijkt te weten wie hij is en wat zijn plek is in de wereld. Wayne moet mijn gedachten hebben gelezen, bij het weggaan fluistert hij plagerig in mijn oor: 'Die jongen heeft geen schatkaart nodig om Shambhala te vinden.'

Epiloog

Een jaar na de ceremonie bij de stoepa rijd ik op een warme augustusmiddag het dorp Dzjazator uit. Onder mijn kont een betrouwbaar paard en in de zadeltas gedichten, vishengel en een scherpe bijl. Aan mijn broekriem bungelt een stoer mes, gekocht in de dorpswinkel van Sinkel, die ook kunstvliegjes, dobber, gasbrander en touwen leverde. Gordijntjes bewegen, een zeis wordt neergezet en spelende kinderen stoten elkaar aan als Gaziz en ik zo waardig mogelijk het dorp verlaten.

'Het paard altijd vastzetten,' had Albert Kamenov bij vertrek gewaarschuwd, wijzend op de lange ijzeren pin met oog, die hij met een speciale knoop vastbond aan het zadel. De enige keer dat een buitenlander solo naar Oekok was gereden, illustreerde Albert zijn punt, keerde het huurpaard op de derde dag terug. Zonder ruiter.

Dat mijn zenuwen opspelen is precies de bedoeling, maar het arme paard heeft natuurlijk niet om dit avontuur gevraagd. Wat als het mank gaat lopen of een snelstromende rivier ons meesleurt? Er kan zoveel misgaan onderweg en echt verstand van paarden heb ik nog steeds niet.

Wel leerde ik onlangs op een achternamiddag meer over hun psyche dan op alle voorgaande expedities bij elkaar. 'Er is niets geheimzinnigs aan,' zei trainer Annemarie van der Toorn. 'Gewoon goed leren kijken door de ogen van het paard.' Eén les van de vrouw die samenwerkte met Monty Roberts maakte van mij een ander mens, erkende ook de cowboy, die diep in zijn hart nog steeds niet gelooft dat ik in mijn eentje Oekok zal bereiken.

'Paardje, hoe zat het ook alweer?' vraag ik Gaziz bij de groene weidezoom aan de rand van het dorp. 'Moesten we voorbij de rivier nou linksaf of rechtsaf?' Tevoren had ik de kaart en de omgeving bestudeerd. De routeaanwijzingen kende ik uit mijn hoofd, bezwoer ik Albert, die een mannetje wilde meesturen omdat ik anders zou verdwalen in de beboste voetheuvels. Hoe dom kan een ervaren reiziger zijn, bedenk ik zittend in het zadel. Mijn stafkaart is onvindbaar en de gloednieuwe gps doet niet wat ik ervan verwacht. Ik zou natuurlijk moeten afstappen om de kaart te zoeken, maar ik verdwijn liever uit beeld en zoek later wel uit waar ik ben. 'Gaat dit pad naar Oekok?' schreeuw ik over het hek van een eenzaam graslandje waar een echtpaar de zeis hanteert. 'Ja, die kant op,' wijst een verbaasde boer.

Mijn mobieltje rinkelt. 'Je rijdt verkeerd,' meldt een bekende stem. Het is mijn tolk Irina, die dichtbij klinkt maar zeshonderd kilometer verderop in haar flatje thee zit te drinken. Iemand in Dzjazator had mijn bewegingen gevolgd en Albert gewaarschuwd. Albert spreekt geen Engels en vroeg Irina mij te bellen nu het nog kon, want een paar kilometer verderop is er geen bereik meer.

'Rijd maar terug naar het dorp,' zegt Irina op haar kordate verpleegsterstoon. 'Dan stuurt Albert morgen een herder met je mee.'

'Nee, dat doe ik niet.'

Albert moet dat antwoord hebben voorzien, want Irina bezweert me dat ik me nergens voor hoef te schamen. 'De bergen zijn een vreselijke warboel, zegt Albert. Zelf is hij ook wel eens verdwaald.'

'Kan wel zijn, maar ik ga niet terug.'

'Goed,' werkt mijn tolk haar draaiboek af. 'In dat geval moet je bij de brug op instructies wachten.'

De manier waarop het paard en ik gedurende twee dagen riviertjes en veenmoerassen doorkruisen, bergen op en af klauteren en besneeuwde bergkammen en nauwe kloven trotseren verdient geen schoonheidsprijs, maar op de derde dag bereiken we in ongeschonden staat het boerderijtje op het Oekokplateau. Uitzinnig van vreugde zoen ik het paard in zijn warme hals, gooi het leidsel om een paal en dans joelend door het gras. De plek is geen spat veranderd. Links van de winterboerderij schitteren de besneeuwde schouders van Tavan Bogd. In het zuiden loopt een bergrug als een witgestreepte rups door het beeld en onder aan het terras waarop het boerderijtje staat flonkeren twee rivieren, die op dit punt samenkomen. Als vette bonus wachten achter mijn rug geheimzinnige heuvels op ontdekking. De hele goddelijke hoogvlakte voor mij alleen, zing ik tegen niemand in het bijzonder. Geen herder die mij voortdrijft of het beste met mij voorheeft. 'Het enige schepsel waarmee ik rekening houd,' beloof ik Gaziz, 'dat ben jij.'

De tweede dag houdt de euforie aan. Jammer dat Gaziz mijn gevoelens niet deelt, hij graast wat verloren rond de lege schapenstal en gaat er soms in staan, alsof hij vastigheid zoekt in de omsloten ruimte. 'Kalm maar, jongen, ik vergeet je echt niet,' stel ik hem regelmatig gerust. Tussendoor richt ik de kale blokhut in en leer de kachel aanmaken met plaggen gedroogde schapenmest en houtsplinters die ik aan een balk ontfutsel. Etenswaren hangen in zakken verpakt aan de balken. De rondrennende muizen, zo dik als een opgerolde sok, mogen 's nachts feestvieren in de blokhut, ik slaap wel in de tent met uitzicht op Gaziz. Water haal ik beneden uit de rivier en de rest van de dag zit ik op een rots verwonderd om me heen te kijken. Soms ontspant een opgewonden veer in mijn lichaam. Dan spring ik zomaar op, zwaai met mijn vuist en roep domme dingen zoals 'Fucking hell!' en 'We did it!' De derde dag verkennen het paard en ik de naaste omgeving en verlies ik mijn stoere mes. De vierde dag is mijn geurvlag uitgezet en voelt dit stukje van de wereld als thuis. Het paard kijkt rustiger uit zijn ogen en hinnikt nog slechts een paar keer per dag: 'Hallo, ben je daar nog?'

'Ja, ik ben hier!'

'Okay.' En dan graast hij weer verder.

Op een avond zet ik mijn tentje aan de rand van een naburige heuvel met vrij uitzicht op het ijspaleis Tavan Bogd. Beneden stroomt de Kalgoety, het paard graast vlakbij en op mijn brandertje borrelt theewater. De zon is net achter een verre bergrand verdwenen en ik verheug me op het drakengevecht in de lucht, dat op Oekok bloederiger en feller opvlamt dan elders in de Altaj. Verpakt in thermo-ondergoed, gewatteerde jas en warme muts volg ik het drama in de arena. Daar verschijnen de eerste lavastromen uit de bek van de draak, gloeiende wolkenflarden drijven op een schuimzee, die feloranjeroze kleurt van het giftige drakenbloed dat uit de schubbenhuid gutst. Een helse oven opent de deuren, de verzengende hitte trekt als een siddering door het wolkendek en zet de hemel in lichterlaaie. Het strijdtoneel verandert per seconde, hier drijven zuurstokroze wolken en daarginds kleuren ze opeens giftig rood. Verderop lijkt de strijd alweer gestreden en overheerst de doffe kleur van geronnen bloed. Na tien minuten is de strijd voorbij. Een laatste speer trilt gloeiend na in vlees waar het leven langzaam uit verdwijnt. Driftig rood droogt voor mijn ogen op tot purper, de kleur van beurse plekken, keizerlijke status en devotie.

Met een mok hete thee binnen handbereik volg ik het verstillen van de natuur. De eerste grondmist verschijnt en de rivier aan mijn voeten hult zich in doorzichtige nevelslierten, schimmige dubbelgangers, die uiterst nauwkeurig de loop van de bedding volgen. De versluiering van de aarde brengt me op de kwestie Shambhala. Oekok beloofde het paradijs te openbaren, maar hoe komen we met elkaar in gesprek? Bladerend in een bundeltje gedichten van Fernando Pessoa rust mijn blik op de woorden van zijn heteroniem Alberto Caeiro.

> Ik geloof in de wereld zoals in een madeliefje,
> Omdat ik haar zie. Maar ik denk er niet aan
> Want denken, dat is niet begrijpen...

'Ik heb geen filosofie: ik heb zintuigen...' geeft de Portugese dichter de spelregels van Oekok door. Het verstand laten varen! Precies waar ik bang voor ben, maar wie ben ik om de grote dichter tegen te spreken?

Zadelriemen strak genoeg? Check. Tassen in balans? Check. IJzeren pin en touwen mee? Check. Voor de zekerheid leg ik hier en daar een extra knoop in paktouwtjes en de gesp kan nog een tikje strakker. Dan dalen Gaziz en ik af naar de rivier, met in de tassen een tent, slaapzak en gedichten. De gevaarlijke en onvoorspelbare Ak-Alacha durf ik niet aan, maar de Kalgoety na enige aarzeling wel. Als het paard en ik de overkant bereiken zit er genoeg adrenaline in mijn bloed om een regiment struikrovers knock-out te slaan. Pessoa laat de eerste dagen niet meer van zich horen, hij vertoont zich pas als ik op een druilerige middag mijn tentje opzet bij een loodgrijs gletsjermeer waarover een ragfijne voile van druppeltjes zweeft. In het verstilde water, dicht bij de oever, rust een roerloze aalscholver op een glanzend gepolijste steen, neergelegd door een zenmeester.

Een vuurtje maken in de nattigheid is onmogelijk, forellen vangen met de hengel die gisteren brak inmiddels ook, maar Pessoa lacht om dergelijke futiliteiten. 'Kleren uit,' hoor ik hem zeggen. En even later dans ik in mijn blootje door de regen met voeten die zuchten van genot omdat het deinende mos zo zacht en welkom aanvoelt. Korrelige stenen bij de oever doen mijn tere voetzolen krommen en het vinnig koude water is een knoet met geselende spijkertjes. Op de kant vangt kletsnat mos me op. Billen, rug en ledematen verdwijnen in een warreling van groene draadjes die naar vochtige aarde en verrotting ruiken. De ogen gaan dicht, de mond open. Omringd door geuren en sappen zak ik weg in Moeder Aarde en voel regendruppeltjes als gewichtloze donsjes neerdalen op mijn huid, die nagloeit van het koude bad in de rivier. Hoe vreemd dat er lef voor nodig is om de aarde in natuurlijke staat te ervaren. Maar dat bedenk ik pas later, als ik geurend als een pasgeboren baby in mijn warme slaapzak kruip.

De dagen rijgen zich aaneen. Wanneer de zon schijnt verglijden de uren als vanzelf, als het regent, stormt en bliksemt duren dagen en nachten langer. Overgeleverd aan de elementen kan ik weinig anders doen dan de wisselende weersomstandigheden nemen zoals ze komen. Het opgeven van verzet schept ruimte en ook de eenzaamheid doet weldadig aan. De afwezigheid van mensen en gebouwen doet me beseffen hoeveel energie de bewoonde wereld gewoonlijk opslurpt. Op Oekok ben ik bevrijd van sociale verplichtingen, ook de rede heeft vrijaf gekregen. Verveling, extase, ergernis over zwermen steekvliegjes, angst om te verdwalen of Gaziz kwijt te raken (de ijzeren vastzetpin verdween op dag zes); de sensaties blijven maar niet het oordeel. Een stoïcijnse wijze ben ik niet, want vurige koplampen in het duister of plastic afval bij een vuurplaats kan mijn stemming danig verpesten. Soms brengt de geur van mensen ook iets moois. 'I love you,' zegt een goedmoedige Est op een regenachtige dag als ik met een opgelapte hengel in een luidruchtig riviertje sta te vissen. Hij had nieuws opgevangen over een eenzame zwerfster en nu omhelst hij me in een drijfnat regenpak. 'Kom aan mijn hart,' klinkt het zichtbaar aangedaan. De Est trekt met een groepje landgenoten over Oekok om de bijzondere 'spirit' te ervaren, hun paardengids wist mij te lokaliseren en begeleidde de cavalier in de stromende regen naar mijn visstek. En daar staan we aan de waterrand, de vreemdeling met zijn mondharmonica en ik, twee losse draadjes in de tijd waar het toeval een knoopje in legt.

'Wel godverju!' Op een ochtend ontwaar ik donkere stipjes op de Ak-Alacha, de Witte Rivier. Mijn verrekijker maakt van de vlekjes acht kajaks. Twee aan twee drijven ze op de wilde stroom naar het punt waar de Kalgoety en de Witte Rivier samenkomen om zich even verderop met vereende krachten door een nauwe rotsspleet te persen. 'Sodemieter op!' schreeuw ik naar acht jongelui in rode zwemvesten die de rivier ontheiligen waaraan ik elke ochtend 'The Dry Salvages' van T.S. Eliot opdraag. In de prille dageraad reciteer ik staande op een rots en spiekend op een briefje het visionaire gedicht, gewoon omdat het goed voelt een ode te brengen aan de opaalkleurige rivier die langs mijn huisje stroomt en mij elk moment van de dag verrast met fonkels, glitters, nevelslierten en een waterhuid die van kleur verandert. Ik zag de rivier als een glibberdraadje worden geboren uit een gletsjer op de grens met Kazachstan en peil dagelijks de stemming van de bleke, doorschijnende schoonheid, die het mij vast vergeeft dat Eliot haar een bruine kleur toedicht: 'I do not know much about gods, but I think that the river is a strong, brown god.' En nu eigenen leeghoofden met helmen zich deze rivier toe. Stampvoetend loop ik naar buiten en hef mijn vuist, fulminerend tegen toeristen die de natuur beschouwen als een hoer, waar je alles mee kunt doen zolang je er maar voor betaalt. Mijn actie is totaal zinloos, want de peddelaars in de bootjes kunnen mij niet eens zien, laat staan horen. Toch lucht de scheldpartij het gemoed. 'Waiting, watching and waiting,' roep ik de verdwijnende stippen na en draai me om naar Gaziz, die nieuwsgierig komt aanlopen. 'Het is maar goed dat daar geen jachtgeweer hangt,' zeg ik, wijzend op de gevulde waterzak aan een dikke spijker in de buitenmuur.

Eergisteren keerden we terug op het honk, met enige moeite, want de Kalgoety, die ons een week tevoren nog redelijk vriendelijk gezind was geweest, was door heftige regens getransformeerd tot een veelkoppig monster. Mijn eerste opwelling was omkeren, maar het boerderijtje lag toch echt aan de overkant en ik had geen aspiraties om te eindigen zoals die jongen in de Canadese wildernis, die zijn eenzame avontuur met de dood moest bekopen omdat hij net als ik een tamme rivier was overgestoken, vergetend dat rivieren levende wezens zijn die om de haverklap van karakter veranderen. Het onschuldige stroompje dat de rugzakker hartje zomer zonder problemen doorliet gromde een maand later als een valse waakhond en liet de jongen rustig creperen, hoe wanhopig hij ook om genade smeekte. Mijn paardje weigerde in eerste instantie de grimmige rivier in te stappen, maar deed uiteindelijk toch wat ik vroeg en sindsdien kan onze relatie niet meer stuk. 'Maak je niet druk,' adviseert Gaziz inzake de kajakkers. Daar heeft hij een punt, want de rivier is niet van mij en de bootjesmensen laten geen sporen achter zoals auto's of zelfs paarden. Maar het pijnpunt is dat zelfs het afgelegen Oekok niet veilig of heilig is voor de amusementsindustrie.

Mijn boosheid komt voort uit genegenheid, om niet te zeggen liefde voor deze plek. Oekok is de centrale stok naar het rookgat in de joert, een ladder naar de hemel, naar de Poolster, die volgens sommige herders geen ster is maar een opening naar de geesteswereld. Als 'cultuur' het filter vormt tussen individu en natuur, dan verschijnen in die van mij almaar grotere gaten, gaten die berichten doorlaten van gene zijde. Verstoken van gezelschap en de rede vang ik tekens en signalen op die mij eerder ontgingen of minder indruk maakten. Dit keer ervaar ik de zeggingskracht en grootsheid van Oekok tot in elke vezel. De hoogvlakte is een charismatische persoonlijkheid, een zelf, een levend wezen met wie mijn zintuigen voortdurend in gesprek zijn.

Soms dwaal ik dagen achtereen met Gaziz door het achterland en stop waar het uitkomt, bij een hoge rotspunt, viswater of een kletsnat mostuintje. 'Schoonheid en charme worden uitgedragen, al dan niet door ons waargenomen,' merkt Annie Dillard op in *Pilgrim at Tinker Creek*. 'Het minste wat we kunnen doen is proberen er te zijn.' Ik ben er en luister. Urenlang stalk ik beekjes en riviertjes met een recorder. Het vangen van watergeluiden zou een levenstaak kunnen zijn, bedenk ik, want elke rots in de stroom en elk inhammetje produceert een plaatsgebonden melodie. Het aantal klanken en timbres op Oekok gaat mijn bevattingsvermogen te boven, om nog maar te zwijgen van wat heel Siberië aan muziek te bieden heeft. Als het zo uitkomt kruip ik over gladde stenen naar het midden van de stroom of ga in het gras liggen, op mijn rug, met oorschelpen als schotelantennes om maar niets te missen van de soundtrack die de rivier levert bij het wolkenspel boven mijn hoofd. 'Mensen die de ervaring van het nomadisme missen beschouwen keelzang vaak als "fantasievol" of "kosmisch",' zegt musicologe Valentina Süzükei in *Where Rivers and Mountains Sing*. Maar voor Toevanen is keelzang juist heel concreet en er is zelfs een term voor natuurschetsen uitgedrukt in klanken: *kargyraa*. Kent de toehoorder het bezongen landschap – een specifieke bergflank, grot, rivierstrook – dan zal hij of zij het ook zeker herkennen. Anderen ontgaan de finesses en horen gewoon muziek. Bergen moet je heel precies weergeven, lichtte herder en keelzanger Aldyn-ool Sevek zijn techniek toe. De hoogte van de berg geeft hij weer met het tegenovergestelde: diepte. Dan produceert Aldyn-ool extreem lage keelgeluiden die hij volop in zijn borstkas laat resoneren. De levendige, helder klinkende stem van bergstroompjes vertaalt hij in wervelingen die van hoog naar laag stromen, rivieren in open steppeland klinken uit zijn keel als zachte, kalm ruisende stromen.

Keelzangers sturen mijn geest op avontuur. Luisterend en kijkend naar riviertjes volg ik de grillige sporen van vlechtend water en probeer onbekende klankwerelden binnen te dringen. Niet gehinderd door zelfcensuur of kritische commentaren borrelen gekke vragen op. Waarom klinken beekjes eigenlijk niet overal hetzelfde? Dient het omvangrijke repertoire van waterklankorgels op Oekok ergens toe? Is er een evolutionair verklaarbare ontwikkeling te bespeuren, bijvoorbeeld van eenvoudig naar veelzijdig? En is een verklaring, welke dan ook, afdoende om het huppeldansje te verklaren dat de overdaad aan gorgels en wervelingen teweegbrengt in mijn hart?

'Informatie raakt niet aan ervaring,' schrijft filosoof en musicus David Rothenberg in *Why Birds Sing*. Hij durft de stelling aan dat sommige vogelsoorten zo gevarieerd zingen omdat ze plezier aan de melodie beleven, wat volgens hem niet tegenspreekt dat vogelzang ook andere doeleinden dient, zoals het afbakenen van een territorium of het lokken van partners. *Briep, boea, bwe, ba boo pu tee. Gronk, gronk, gronk, brr, brr, brr, brr, brr.* Hoe kunnen we achterhalen waarom een vogel de longen uit zijn lijfje trillert, meent Rothenberg, als we al nauwelijks weten wat de mens beweegt om te zingen? De muzikant, die graag in volières jamt met gevleugelde vrienden, schrijft dat wetenschappers de ziel van een dichter nodig hebben om de diepere betekenis van vogelmuziek te doorgronden. En dat geldt waarschijnlijk ook voor de persoon die aan Oekok vraagt waarom het er zo'n krankzinnig uitgebreid repertoire aan watergeluiden op na houdt.

Shine, shine, shine!
Pour down your great strength, sun!
While we bask, we two together...

Met Walt Whitman in gedachten, die voor bovenstaand gedicht leentjebuur speelde bij de spotvogel, jam ik, eenmaal terug bij het boerderijtje, met de musachtigen die elke avond rond schemertijd onder de balken van mijn huisje verschijnen, kwetterend als opgewonden schoolmeisjes. 's Ochtends zing ik wel eens met het groepje zwarte vogels op de nok van de schapenschuur, die clownesk met hun vleugels klapperen zodra de snavel opengaat. Heel soms waag ik me aan een aria en negeer stoïcijns de opborrelende lach die vanachter het herdershutje opklinkt, een milde terechtwijzing van een wijsneuzerig bergstroompje dat daar rondzwabbert.

In mijn heerlijke eentje, bevrijd van conventies en strakke denkkaders bezit ik de ontdekkingsdrang en de ongebreidelde nieuwsgierigheid van een vierjarige kleuter. Soms denk ik niets en soms is het spitsuur in mijn bovenkamer, dan bubbelen ideeën als zeepbellen uit een onzichtbaar sopje en volg ik hun glanzende spoor tot ze met een zacht *poeff* oplossen in het niets, waar ze ook vandaan komen.

Oekok leert me dat uitbundigheid de norm is in de natuur. Hoe aandachtiger en opener ik de wereld tegemoet treed, des te meer werelden zich ontvouwen. Als poppen in een set Russische matroesjka's opent elke klank, kleur of vorm een venster naar een nieuw scala aan klanken, kleuren en vormen. De natuur is genereus en beknibbelt nergens op. 'Het extravagante gebaar kenmerkt de schepping,' meent Annie Dillard. 'De hele wereld fonkelt en vlamt.'

Op een avond staat mijn slurftentje weer op de heuvel met uitzicht op het sneeuwpaleis Tavan Bogd. Ik houd de berg gezelschap zoals ik soms ook bij Gaziz zit: zonder doel en genietend van het ongedwongen samenzijn. In de windbeschutting van de tent wandelen mijn ogen over gletsjers en langs wendingen en krommingen van de fonkelzwarte rivier, een watervlugge boodschapper, door Tavan Bogd op missie gestuurd naar de bewoonde wereld die voorbij Oekok begint. Schuin invallende zonnestralen, die een afstand van honderdvijftig miljoen kilometer aflegden om de theatervoorstelling uit te lichten, bestrooien de toendra met goudpoeder. In mijn schriftje noteer ik: 'Natuurlijk bezit Oekok spiritus en animus. Alles om mij heen tokkelt, ritselt, tsjilpt, beweegt, deint, verschiet van kleur of maakt orgelmuziek. Oekok is doortrokken van levenskracht en scheppingsdrang, hemel en aarde zijn er innig met elkaar verstrengeld, regenwolken, donder en rivieren ontstaan voor mijn ogen.' De constatering dat Oekok bezield is, leeft, beweegt en zelfs ademt brengt geen paniek teweeg, de grond zakt niet weg onder mijn voeten en er klinkt geen trompetgeschal. De schroom en de weerzin die ik mijn hele volwassen leven heb gevoeld in verband met gedachten en ervaringen die niet in een wetenschappelijk denkkader passen, ze knappen als zeepbellen na een mooie zweefvlucht. Dit is dus wat Rilke bedoelt met het liefhebben van de vragen om op zekere dag, bijna ongemerkt, de antwoorden binnen te wandelen. Ik denk aan Viktor, de kluizenaar, en aan Albert, die stemmen hoort op Oekok, en aan de inheemse vrouw, die me vertelde dat natuurverering in de Altaj geen tovertruc is maar een uiting van een diepgevoelde relatie met de omringende natuurlijke wereld. Ik snap nu wat mij al die tijd ontging, de mist is opgetrokken. Niet zozeer in mijn hoofd, want ik wist al dat mens en natuur niet wezenlijk van elkaar verschillen, maar de kennis transformeert op Oekok tot een zeker weten. Het is een aparte gewaarwording zonder feitenkennis of tastbare bewijzen absoluut zeker te weten dat ik niet boven of naast de natuur sta, maar dat ik natuur bén, dat natuur in mij en door mij leeft en bestaat. Het weten zetelt in de maagstreek, robuust en onwankelbaar, niet van zins te wijken voor de rede. *The meaning is felt with evidence*, zou antropoloog Eduardo Kohn zeggen. In zijn studie *How Forests Think* verkent Kohn het onderscheid tussen de mens en zijn natuurlijke omgeving en komt tot de conclusie dat de opgetrokken schutting alleen bestaat in het hoofd van de moderne mens. Eeuwenoud materiaal over de blauwdruk van het leven en de fasen die de menselijke psyche doorloopt ligt ergens – genen, cellen, collectief bewustzijn – opgeslagen en komt bij de juiste prikkel tot leven. Oekok is zo'n prikkel, een zone voorbij de bekende wereld, waar rivieren zingen, roodgekapte meisjes verdwijnen in de buik van een boze wolf en een prinses soms uit haar diepe slaap wordt gekust. Het wakende bewustzijn, schrijft theoloog Tjeu van den Berk, is omgeven door andere vormen van bewustzijn, die ouder zijn en verder teruggaan in de tijd dan het alledaagse, redelijke bewustzijn. Je kunt je afsluiten voor het onderhuidse, maar daarmee is de invloed van het onbegrijpelijke, het impliciete dat ontsnapt aan de rede, nog niet verdwenen. 'Wij worden gestuurd door onbegrijpelijkheid,' beweerde hoogleraar psychiatrie Damiaan Denys onlangs in een interview. Volgens de Belg houden Nederlanders van transparantie en logische verklaringen, maar zo zit de wereld helemaal niet in elkaar. Het is precies andersom, meent Denys. Het leven draait om onbegrijpelijkheid en om de ruimte tussen het vaste.

Ieder mens krijgt vroeg of laat de oproep zich te verstaan met onbewuste krachten. Daarvan verhalen de *Ilias*, *Odyssee*, *Mahabharata* en moderne sprookjes zoals *Alice in Wonderland*. Geen gevolg geven aan de oproep en jezelf afsluiten van bronnen van de verbeelding leidt tot geestelijke armoede en vage verlangens, verlangens die de motor vormden achter mijn zoektocht naar het paradijs. Heeft de moderne mens wezenlijk andere behoeften dan een volk dat in mythen gelooft? Wat maakt ons uniek? Wat onderscheidt de mens van de omringende wereld? Bewustzijn? Denken? Moraal? In zijn boek neemt Eduard Kohn lezers mee naar indianen die in het Amazonewoud leven en communiceren met panters, honden en het bos. Als we ons niet prettig voelen bij het idee dat een bos denkt, schrijft de antropoloog, die jarenlang onderzoek deed bij Amazone-indianen, dan komt dat omdat wij een beperkt beeld hebben van wat denken is. Wij verbinden denken met woorden en symbolen, vaardigheden waarvan we aannemen dat alleen de moderne mens daarover beschikt. Maar zou je 'taal' vervangen door 'tekens' en het denkproces omschrijven als 'doorgeven van informatie', zoals Kohn doet, dan gebeuren er spannende dingen. Het van leven krioelende Amazonewoud is vergeven van tekens die gebeurtenissen inluiden en van organismen die daarop reageren. Een woudreus dreigt te kapseizen, zijn stam kraakt en de takken schudden hevig. Dat alles alarmeert de apen in de boom, hun leven is in gevaar en ze vluchten. Kohn vat deze overdracht van informatie via tekens op als een denkproces en redeneert: Denken = Leven. Want denken kan groeien, betekenis doorgeven, acties uitlokken en het suggereert het bestaan van een toekomst: er staat immers iets te gebeuren.

Eduardo Kohn doorbreekt met zijn radicale voorstel de scheiding tussen mens en natuur, ding en gedachte, binnen en buiten. De *deep ecology*-beweging ruimde die schutting dertig jaar geleden al op en ook de negentiende eeuw kende pleitbezorgers voor het natuur-inclusief denken, zoals de denkers en dichters Emerson, Thoreau, Wordsworth en Blake. Het kost geen moeite gelijkgestemden te vinden voor de idee dat mens en natuur niet wezenlijk van elkaar verschillen, maar dat geldt ook voor het omgekeerde. Veel belangrijker is de constatering dat ideeën, concepten en theorieën zijn gebonden aan plaats, tijd, cultuur en binnen die context moeten worden begrepen. De moderne technowetenschap, kenmerk van onze westerse cultuur, wortelt in het Verlichtingsdenken. Prima natuurlijk, zolang onze manier van wetenschap bedrijven maar niet aan andere culturen wordt gepresenteerd, of opgelegd, als het enige waardenvrije en boven de partijen staande kennissysteem. Wat de moderne wetenschap bedreigend maakt is niet het kennissysteem op zich, schrijft Paul Devereux in *Re-visioning the Earth*, maar haar invloed en macht. De wetenschap doet fantastische ontdekkingen en gedraagt zich tegelijkertijd als een bekrompen en jaloerse minnaar, die elke andere vorm van naar de wereld kijken smoort. Terwijl niemand is gebaat bij een monocultuur. Het duizelingwekkende assortiment aan denkrichtingen geeft onze samenleving juist de nodige veerkracht en het illustreert de genialiteit en veelzijdigheid van de menselijke geest. Duizenden talen en minstens evenzoveel scheppingsmythen, denkrichtingen, godenwerelden, mentale landschappen, genii loci. Waarom zo'n veelkleurige lappendeken inwisselen voor een monochroom dekkleed?

De afgelopen weken leerden mij dat het eigenlijk niet uitmaakt of een berg of bos nou wel of niet denkt, wat ertoe doet is wat een mens gelooft en welke aspiraties een samenleving heeft. Want het maakt uit of een kind opgroeit in de wetenschap dat het bos een levend wezen is met een zelf of ziel, of dat het toekomstig brandhout ziet groeien. In het eerste geval groeien bos en kind tezamen op, in het laatste geval zullen de bomen op zeker moment worden geveld.

Mijn verblijf op Oekok loopt ten einde. De paardengids van het groepje Esten had een briefje van Albert in mijn boerderijtje achtergelaten: Ga niet alleen terug. Wacht op de gids. Albert zette er ook een naam en datum bij. Ik waardeer de geste en de man die me komt halen ontvangt zijn loon, maar ik vertrek twee dagen voor hij arriveert en verlaat Oekok via een andere route. Op tafel leg ik een bedankbriefje in het Russisch neer en bij wijze van cadeautje hangt daarboven een plastic boksbal gevuld met lekkernijen. Op mijn afscheidsrondje bedank ik de gastvrije muizen, de kwetterende vogels, de opgepoetste rivier onder mijn huisje en Tavan Bogd, die voor de gelegenheid de sneeuwmantel door een sopje heeft gehaald. 'Kom op, jongen,' zeg ik tegen een zwaarbepakte Gaziz, 'we gaan huiswaarts.' Zwoegend beklimmen we de steile heuvel achter de boerderij, waarvan ik de top gek genoeg nog niet heb bezocht. De zon schijnt, de hemel kleurt blauw en op de grens met Mongolië, China en Kazachstan houden bergreuzen een feestelijke parade. Ondertussen komt de top niet echt dichterbij, zigzaggend ploeteren we door vochtige alpenweiden met gele bloemetjes en donszachte edelweiss wijzen de weg naar droger land. Halverwege stroomt een rebbelend bergbeekje ons tegemoet en speelt achter onze rug verstoppertje met het veenmoeras. Gaziz slobbert gulzig van het water en stapt weer voort, tot we hijgend en zwetend de top bereiken. Verscholen in het gras wacht een afscheidscadeautje, dat ik pas opmerk als ik vanaf een volgende berg omkijk. Beneden mijn gelaarsde voeten, op de bodem van een groene bergkom, ligt een liefdesverklaring. Ik zou het niet durven verzinnen, het ligt er echt, een waterplas in de vorm van een hart. Het onpeilbare blauw van achtergebleven gletsjerwater herinnert aan Rebecca Solnit, die precies dit blauw, de kleur van de verte, beschrijft in haar boek *A Field Guide to Getting Lost*. Blauw, betoogt ze, is de kleur van eenzaamheid en verlangen, van dromen en een verre einder. De kunst is te leven op de rand van het mysterie, waar vragen niet op antwoorden wachten maar richting geven aan de zoektocht die nooit ten einde komt.

ALTAJGEBERGTE

RUSLAND
p. 210
p. 218
TSJOEJAGEBERGTE
p. 176
p. 152
MONGOLIË
BAJAN-ÖLGII
DISTRICT
p. 118
CHINA
0
50
100
km

Dankwoord

Yuri Badenkov zette me op het spoor van Shambhala, Meike Ziegler van Creatuals bedacht het concept voor de Shambhalakaart, tassenontwerpster Hester van Eeghen doneerde de soepele lederen lap waarop de vorderingen van de zoektocht werden vastgelegd, Wayne Poulsen stippelde de expeditieroute uit, hielp met filmen en tekende de overzichtskaart voor in het boek, de Gorno-Altaj staatsuniversiteit assisteerde bij de aanvraag van vergunningen, meelezers Tjitske Lingsma en Sjon Klaaijsen gaven waardevol commentaar. Vrienden, meedenkers, sponsors en crowdfunddonors bliezen jarenlang wind onder mijn vleugels. Heel veel dank.

Literatuurlijst

Anthony, David W., *The Horse, the Wheel and Language: How Bronze-Age Riders from the Eurasian Steppes Shaped the Modern World.* Princeton: Princeton University Press, 2010

Arsenyev, Vladimir, *With Dersu the Hunter: Adventures in the Taiga.* Adapted by Anne Terry White. New York: George Braziller, 1965

Baumer, Christoph, *The History of Central Asia: The Age of Steppe Warriors.* Londen: I.B.Tauris & Co Ltd, 2012

Berk, Tjeu van den, *Het numineuze.* Zoetermeer: Uitgeverij Meinema, 2005

Berk, Tjeu van den, *Op de bodem van de ziel. Onbewuste drijfveren in de spirituele beleving.* Zoetermeer: Uitgeverij Meinema, 2006

Bernbaum, Edwin, *Op zoek naar Shambhala. Een mythisch koninkrijk achter de Himalaya.* Utrecht: AnkhHermes, 2003

Bourgeois, Jean, Wouter Gheyle e.a., *The Frozen Tombs of the Altai Mountains. Phase 1 2005-2006.* Gent: Universiteit Gent, 2007

Campbell, Joseph, *The Hero With A Thousand Faces.* New York: Harper Collins Publishers Inc., 2009

Davis, Wade, *The Wayfinders. Why Ancient Wisdom Matters in the Modern World.* Toronto: House of Anansi Press, 2009

Devereux, Paul, *Re-visioning the Earth: A Guide to Opening the Healing Channels Between Mind and Nature.* New York: Touchstone, 1996

Devereux, Paul, *The Sacred Place: The Ancient Origin of Holy and Mystical Sites.* London: Cassell, 2001

Dillard, Annie, *Pilgrim at Tinker Creek.* New York: Harper Perennial, 2013

Drayer, Ruth A., *Nicholas and Helena Roerich: The Spiritual Journey of Two Great Artists and Peacemakers.* Wheaton: Quest Books, 2005

Eliot, T.S., *Four Quartets.* San Diego: Mariner Books, 1968

Griffiths, Jay, *Wild: An Elemental Journey.* Penguin, 2007

Choros-Gurkin, Grigori I., *G. Gurkin.* Gorno-Altajsk: Ak Chechek, 1994

Gronden, Johan van de, *Wijsgeer in het wild. Essays over mens en natuur.* Amsterdam: *Athenaeum* – Polak & Van Gennep, 2015

Hilton, James, *Lost Horizon. A Novel.* New York: Harper Perennial, 2012

Hinton, David, *Hunger Mountain: A Field Guide to Mind and Landscape.* Boulder: Shambhala Publications, 2012

Hopkirk, Peter, *The Great Game. On Secret Service in High Asia.* Londen: Hodder & Stoughton Ltd., 2006

Humphrey, Caroline, *Shamans and Elders: Experience, Knowledge, and Power among the Daur Mongols.* Oxford: Oxford University Press, 1996

Kohn, Eduardo, *How Forests Think: Toward am Anthropology Beyond the Human.* Berkeley: University of California Press, 2013

Kunanbay, Alma, Gareth L. Steen, Wayne Eastep en William McCaffery, *The Soul of Kazakhstan.* New York: Easten Press, 2001

Lemaire, Ton, *Filosofie van het landschap.* Amsterdam: Ambo, 2010

Levin, Theodore en Valentina Süzükei, *Where Rivers and Mountains Sing: Sound, Music, and Nomadism in Tuva and Beyond.* Bloomington: Indiana University Press, 2010

Lopez, Barry, *Droombeeld Arctica: verbeelding en verlangen in het Noord-poolgebied. Over het magisch landschap.* Vertaald uit het Engels door M.D.J. Leijten et al. Utrecht: Veen, 1986

Macfarlane, Robert, *De laatste wildernis.* Vertaald uit het Engels door Nico Groen. Amsterdam: De Bezige Bij, 2010

Macfarlane, Robert, *De oude wegen. Een voetreis.* Vertaald uit het Engels door Nico Groen en Marijke Versluys. Amsterdam: De Bezige Bij, 2012

Matthiessen, Peter, *The Snow Leopard.* London: Vintage Classics, 1998

Muir, John, *My First Summer in the Sierra.* Mineola: Dover Publications, 2004

Nescio, *Titaantjes.* Amsterdam: Nijgh & Van Ditmar, 2002

Orden, Chris van, *De glans van het echte. Impressies uit Centraal-Azië en Siberië 1970-1995.* Emst: Maitreya, 1996

Palmer, James, *The Bloody White Baron: The Extraordinary Story of the Russian Nobleman Who Became the Last Khan of Mongolia.* Basic Books, 2011

Peskov, Vasili, *Kluizenaars in de taiga.* Vertaald uit het Russisch door Jacqueline Godfried. Houten: Van Holkema & Warendorf, 1993

Pessoa, Fernando, *In ons leven tallozen: een keuze uit de mooiste gedichten.* Samengesteld door Maarten Asscher. Amsterdam: Rainbow, 2013

Pyak, A.I., S.C. Shaw en A.L. Ebel e.a., *Endemic Plants of the Altai Mountain Country.* Princeton: Princeton University Press, 2008

Rilke, Rainer Maria, *Brieven aan een jonge dichter.* Vertaald uit het Duits doorTheodor Duquesnoy. Amsterdam: Balans, 2012

Roerich, Nicholas, *Shambhala. In Search of the New Era.* Rochester: Inner Traditions Bear And Company, 1990

Roerich, Nicholas, *The Heart of Asia. Memoires from the Himalayas.* Rochester: Inner Traditions Bear And Company, 1990

Roerich, Nicholas, *Altai-Himalaya. A Travel Diary.* Kempton: Adventures Unlimited Press, 2001

Schipper, Kristofer, *Lao Zi. Het Boek van de Tao en de Innerlijke Kracht.* Amsterdam: Atlas Contact, 2010

Schouten, Matthijs G.C., *De natuur als beeld in religie, filosofie en kunst.* Zeist: KNNV Uitgeverij, 2001

Shodoev, Nikolai A., *Spiritual Wisdom from the Altai Mountains*, Moon Books, 2012

Solnit, Rebecca, *A Field Guide to Getting Lost.* New York: Penguin Books, 2006

Tamm, Eric Enno, *Beyond the Outer Shores: The Untold Odyssey of Ed Ricketts, the Pioneering Ecologist Who Inspired John Steinbeck and Joseph Campbell.* Boston: Da Capo Press, 2005

Tuan, Yi-Fu, *Space and Place: The Perspective of Experience.* Minneapolis: University of Minnesota Press, 2001

Verschuuren, Bas, Robert Wild, e.a., *Sacred Natural Sites: Conserving Nature and Culture.* Londen: Routledge, 2010

Waugh, Louisa, *Hearing Birds Fly: A Nomadic Year in Mongolia.* Londen: Little, Brown Book Group, 2003

Znamenski, Andrei, *Red Shambhala. Magic, Prophecy, and Geopolitics in the Heart of Asia.* Wheaton: Quest Books, 2011

Znamenski, Andrei, *The Beauty of the Primitive: Shamanism and the Western Imagination.* Oxford: Oxford University Press, 2007

Bij de productie van dit boek is gebruikgemaakt van papier dat het keurmerk Forest Stewardship Council® (FSC®) draagt. Bij dit papier is het zeker dat de productie niet tot bosvernietiging heeft geleid. Ook is het papier 100 procent chloor- en zwavelvrij gebleekt.

MIX
Papier van verantwoorde herkomst
FSC® C004472
www.fsc.org